folio
junior

Millie Plume

Les malheurs de Millie Plume

Une nouvelle vie pour Millie Plume

Jacqueline Wilson

Une nouvelle vie pour Millie Plume

Illustrations de Nick Sharratt

Traduit de l'anglais
par Alice Marchand

GALLIMARD JEUNESSE

Pour mes deux filles préférées

Titre original : *Sapphire Battersea*

Édition originale publiée en 2011, en Grande-Bretagne
par Doubleday, une filiale de Random House Children's Books

au hasard. On ne dirait pas des vrais noms. Millie Plume ! C'est ridicule.

– Tu aurais pu avoir pire, a répliqué maman. Imagine, tu aurais pu être Grizel Grognon.

Cette pauvre Grizel est dans la classe de la petite Eliza, à l'hôpital des Enfants-Trouvés. Tout le monde l'appelle Grisaille, et par conséquent, elle est tout le temps grognon, comme son nom l'indique.

– Saphir, c'est tellement élégant, tellement romantique. C'est un nom idéal pour un écrivain, ai-je repris en traçant ma signature dans l'air d'un grand geste théâtral.

– Espérons que tu en deviendras un, alors, a commenté maman d'un ton un peu mordant.

– Tu vas voir. Je vais publier mes Mémoires et grâce à moi, nous serons riches. Miss Smith m'aidera. Mon histoire deviendra un vrai livre avec des lettres d'or et une belle illustration sur la couverture, comme toutes les histoires signées Sarah Smith qu'elle publie chez la Religious Tract Society.

– Je ne suis pas sûre que tes histoires à toi puissent convenir à une maison d'édition religieuse, Millie, a observé maman en riant.

– *Saphir !* Pourquoi tu refuses de m'appeler par mon vrai nom, celui que tu as choisi pour moi ?

– Je suppose que je me suis habituée à Millie, chérie, a dit maman en jouant avec ma natte rousse.

– Je t'appelle toujours « maman » quand nous sommes seules, moi, ai-je souligné, un peu blessée.

– Oui, mais je préférerais que tu évites. Tu tentes le diable. Si cela t'échappait ne serait-ce qu'une seule fois devant les autres, nous serions fichues, a dit maman en m'attirant contre elle.

– Je ne laisserai rien échapper, maman, ai-je promis avec ferveur. Personne ne découvrira jamais que tu es ma vraie mère.

Moi-même, je n'en ai rien su pendant les dix longues premières années de ma vie. Ma pauvre maman a été obligée de me confier à l'hôpital des Enfants-Trouvés quand j'étais tout bébé, parce qu'elle n'avait pas les moyens de m'élever. Peu après, on m'a placée dans une famille d'accueil à la campagne. Je suis tombée sur des gens adorables. J'aimais beaucoup mes nouveaux parents et tous mes frères et sœurs adoptifs. Et j'aimais tout particulièrement mon frère Jem.

Je le vénérais. J'ai conservé comme un trésor la pièce de six pence en argent qu'il m'a donnée quand on m'a emmenée à l'hôpital des Enfants-Trouvés, à l'âge de cinq ans. Il m'a juré qu'il m'attendrait et qu'un jour, il m'épouserait. J'étais si jeune et si bête que je l'ai cru… jusqu'au jour où la petite Eliza, qui a été prise en charge par la même famille d'accueil, est arrivée à l'hôpital, cinq ans plus tard. Elle n'arrêtait pas de parler de son cher Jem. J'ai découvert qu'il lui avait fait les mêmes promesses et qu'il n'en pensait pas un mot. Je n'ai pas pu lui pardonner. J'ai décidé de me le sortir de la tête pour toujours.

J'ai beaucoup souffert des règles draconiennes de la

vie à l'hôpital. Certaines nurses étaient gentilles, mais les deux surveillantes générales étaient d'une cruauté innommable. Je me suis payé Mme Peters-Cochonne quand j'étais petite, et Mme Groderrière-qui-pue quand je suis passée chez les grands. Elles déployaient l'une comme l'autre des trésors d'énergie pour me punir et m'humilier. Je les haïssais toutes les deux.

En plus, j'ai eu du mal à me faire des amies parmi les autres filles. Sheila et Monica sont carrément devenues mes ennemies. Quand Polly est arrivée aux Enfants-Trouvés, nous sommes devenues inséparables, mais elle a été adoptée par des gens riches et nous ne nous sommes plus jamais revues.

Ma seule véritable amie, c'était Ida, la fille de cuisine. Le jour du jubilé d'or de la reine Victoria – la fête en l'honneur de ses cinquante ans de règne –, je me suis enfuie de l'hôpital. Quand je suis revenue, Ida était tellement chamboulée qu'elle m'a appelée « ma fille chérie » en me prenant dans ses bras. Je n'en croyais pas mes oreilles ! Ida était ma mère biologique. Elle avait fait la bonne et trimé comme une esclave à l'hôpital des Enfants-Trouvés pendant des années rien que pour pouvoir m'apercevoir chaque jour. Elle me glissait une pomme de terre supplémentaire au souper, ou saupoudrait secrètement de sucre ma bouillie d'avoine du petit déjeuner. Elle avait toujours un sourire ou un mot gentil pour moi, et c'est grâce à elle si je me suis un tant soit peu épanouie dans cette sinistre prison.

Quand j'ai appris l'incroyable vérité au sujet du lien

qui nous unissait, ma vie a radicalement changé. Je ne peux pas dire que je sois devenue une pensionnaire exemplaire des Enfants-Trouvés. Que je sois Saphir ou Millie, j'ai toujours un caractère assorti à ma chevelure de feu. Mais chaque fois que Mme Groderrière-qui-pue, la surveillante, me giflait pour mon impertinence et me forçait à nettoyer le plancher du hall sur toute sa longueur, je savais que maman n'était pas loin, qu'elle m'observait avec compassion. Elle croisait mon regard depuis l'autre bout du réfectoire bondé, et cela me réconfortait.

Parfois, quand tout le monde dormait dans les dortoirs, j'osais sortir sur la pointe des pieds, me glisser sur le palier obscur, descendre le grand escalier interminable, traverser les cuisines qui sentaient un mélange de ragoût de mouton et de gâteau de riz et suivre le couloir tortueux jusqu'à la minuscule chambrette de maman. Je poussais la porte et elle se levait d'un bond pour me serrer contre elle de toutes ses forces. On s'asseyait côte à côte et on discutait à voix basse jusque tard dans la nuit. Parfois, on s'allongeait toutes les deux sur le lit étroit de maman, blotties l'une contre l'autre. Je suivais les contours de son cher visage dans le noir et elle enroulait mes longues nattes autour de son cou. On se sentait profondément unies, et cela rattrapait toutes ces longues années que nous avions passées séparées.

Mais ensuite… oh, je ne sais pas si je vais supporter de l'écrire. Tout est arrivé à cause de Sheila. Elle a toujours eu le sommeil léger. Elle a dû se réveiller quand j'ai traversé le long dortoir discrètement. Elle ne m'a pas appelée. Elle est restée allongée en attendant que je sois sortie, puis elle a quitté son lit sans bruit avec la sournoise intention de me suivre. Elle était tellement furtive et silencieuse, avec ses pieds nus, que je ne l'ai pas entendue marcher derrière moi. Je n'ai pas remarqué les crissements de l'escalier quand elle m'a suivie jusqu'au rez-de-chaussée.

Elle m'a filée jusqu'à la chambre de maman. Qui sait combien de temps elle a attendu dehors, l'oreille collée à la porte ? Soudain, elle a déboulé dans la pièce et nous a surprises, maman et moi, tendrement enlacées. Nous étions parfaitement visibles dans la lumière vacillante de la bougie.

– Qu'est-ce que tu fabriques, Millie Plume ? s'est exclamée Sheila. Pourquoi es-tu allongée là, avec *Ida* ?

– Va-t'en ! Sors d'ici ! Sors de la chambre de maman ! me suis-je écriée dans un accès de fureur.

– « La chambre de *maman* » ? a répété Sheila.

– C'est juste un petit jeu de Millie, a vivement expliqué maman en me donnant un coup de coude.

Mais Sheila n'était pas idiote.

– Vous êtes la *mère* de Millie ?

– Non ! Comme l'a dit Ida, c'est juste un jeu idiot auquel j'aime bien jouer, ai-je déclaré en sautant sur mes pieds.

Sheila nous regardait toujours avec des yeux ronds, bouche bée.

– Oui, maintenant, je le vois !

Elle courait de l'une à l'autre en nous regardant sous le nez, sans manières.

– Vous êtes pareilles, c'est vrai. Vous êtes si petites et si menues… et vous avez toutes les deux les yeux bleus. Oh ! là, là, c'est insensé ! Tu le savais depuis tout ce temps, Millie ? Je ne t'aurais jamais crue capable de garder un secret pareil aussi longtemps.

Ce n'était plus la peine de le nier.

– C'est le plus privé et le plus précieux des secrets ! Si tu oses en souffler un seul mot à qui que ce soit, j'arracherai ta langue de rapporteuse et je la ferai manger aux cochons, ai-je tempêté.

– Quel mauvais caractère ! a commenté Sheila, les yeux luisants. Bien, qu'est-ce que tu es prête à faire pour moi si tu veux que je me taise gentiment ?

– Ce n'est pas un jeu, Sheila, est intervenue maman en se levant et en la prenant par les épaules. Je n'ai pas enduré cette vie année après année pour laisser une gamine tout détruire par pure malveillance, comme si cela n'avait pas d'importance. Tu ne dois pas le dire à âme qui vive. Si les surveillantes l'apprennent, nous sommes fichues. Jure-moi que tu te tairas !

– Je ne dirai pas un mot à qui que ce soit, je vous le promets, a dit Sheila – mais elle avait toujours les yeux brillants.

J'avais peur qu'elle le répète à Monica dès son retour dans le dortoir.

Nous ne saurons jamais ce qu'elle aurait révélé et si elle nous aurait délibérément trahies. Nous avons

– Ce sera au conseil d'administration d'en juger ! À mon avis, ils verront cette duperie d'un très mauvais œil. À ta place, Ida Battersea, je me préparerais à être renvoyée sur-le-champ… sans certificat de moralité, alors n'espère pas trouver une autre place dans un établissement honorable. Tu es une fille dépravée et tu as une mauvaise influence sur toutes nos élèves.

– Comment osez-vous menacer maman comme ça ? me suis-je écriée. Vous allez voir, madame Peters ! Mon amie et bienfaitrice Miss Sarah Smith siège au conseil d'administration. Jamais elle ne renverrait ma mère. C'est *vous* qui allez être renvoyée, parce que vous êtes vile et cruelle et qu'il n'y a pas de cœur dans votre grosse poitrine grasse !

Elle m'a entraînée en vociférant. Je n'ai même pas eu le temps d'embrasser maman et de lui dire au revoir. Je me suis débattue de toutes mes forces, mais Mme Cochonne m'a giflée et m'a soulevée dans ses bras. La moitié des filles du dortoir étaient rassemblées dans l'escalier et me regardaient bouche bée.

– Retournez tout de suite vous coucher ! a hurlé Mme Cochonne – et elles se sont enfuies.

Elle m'a portée à l'étage au-dessus.

– Non ! Non, s'il vous plaît, ne me mettez pas dans le cagibi à punitions ! ai-je crié. Je ne supporte pas d'être là-bas, vous savez bien que je ne le supporte pas !

– Tu mérites d'y rester enfermée pour toujours, a rétorqué Mme Cochonne en me jetant dans la petite pièce sombre et terrifiante.

– Non, s'il vous plaît, je vous en supplie ! Ne m'enfermez pas ! S'il vous plaît, je n'ai rien fait de mal !

– Tu es la gamine la plus perverse que j'aie jamais rencontrée. Tu n'as aucune retenue, aucun respect ! Tu te comportes comme si tu valais autant qu'une autre. N'oublie pas que tu n'es qu'une vulgaire enfant trouvée, née dans le péché, sans père. Je ne serais pas étonnée que tu sois le rejeton du diable en personne, a-t-elle ajouté, haletante, avant de fermer la porte à clé devant moi.

Cette nuit-là a été la plus longue et la plus épouvantable de ma vie. J'ai tapé sur la porte et les murs jusqu'à avoir les poings en sang ; ensuite, je me suis jetée par terre et j'ai pleuré. J'ai appelé maman encore et encore, mais elle n'est jamais venue. J'ai eu peur qu'elles l'aient enfermée aussi.

Quand l'une des nurses m'a laissée sortir, le lendemain matin, je l'ai bousculée pour passer et j'ai redescendu l'escalier en courant jusqu'à la chambre de maman… mais elle n'y était pas ! Sa coiffe, son tablier et ses robes en tissu imprimé avaient disparu des patères fixées à son mur ; sa brosse, son peigne, son pain de savon et son gant de toilette avaient disparu du placard. Même la taie d'oreiller et les draps avaient été retirés du lit, mettant à nu un matelas à rayures noires et blanches. Il ne restait aucune trace de maman. C'était comme si elle n'avait jamais existé.

2

J'ai pleuré jusqu'à épuisement. Je ne pouvais rien avaler. Je ne pouvais pas fermer l'œil. À la fin, j'étais tellement abrutie que j'avais du mal à quitter mon lit. Je tenais à peine debout.

– Cette enfant n'a aucun problème, docteur March, a dit Mme Groderrière. Elle a juste hurlé à se rendre malade. Je n'ai jamais connu de gamine aussi têtue que Millie Plume. Elle mérite de bons coups de fouet… même si, bien sûr, nous ne levons jamais la main sur nos pensionnaires, s'est-elle hâtée d'ajouter.

Le docteur March a posé le dos de la main sur mon front, puis m'a auscultée.

– Têtue ou pas, cette enfant est clairement malade, madame la surveillante, a-t-il déclaré. C'est une fillette bien frêle et j'ai peur qu'elle ait des poumons fragiles. Il faut la garder ici, au lit, enveloppée dans des draps mouillés pour faire baisser la fièvre, et la mettre au régime des malades : pain et lait.

– Je trouve ça criminel de dorloter une si vilaine fille, a marmonné Mme Groderrière à l'infirmière – mais elle n'a pas osé désobéir aux ordres du médecin.

On m'a gardée en isolement à l'infirmerie. Ma fièvre est retombée au bout de quelques jours, mais j'étais toujours étrangement souffrante. Je pouvais à peine me redresser dans le lit. Je ne mangeais rien, n'ingurgitant que quelques gorgées d'eau, et je restais allongée les yeux fermés, sans parler à personne.

– Viens, Millie Plume, a dit Mme Groderrière-qui-pue. Lève-toi tout de suite.

– Remue-toi, paresseuse. On sait que tu fais semblant, a ajouté Mme Peters, alias Mme Cochonne.

Elles ont arraché mes couvertures, mais je n'ai pas bougé, bien qu'il fasse un froid glacial.

– DEBOUT ! ont-elles hurlé – et elles m'ont tirée du lit.

Je tremblais, debout dans ma chemise de nuit, et la pièce s'est mise à tourbillonner follement autour de moi. Les deux surveillantes braillardes tourbillonnaient aussi, comme si elles dansaient une ronde insensée autour de moi. Je me suis évanouie aussitôt et je me suis cogné la tête contre le sol de pierre.

Quand j'ai repris connaissance, du sang dégoulinait sur ma joue et dans le col de ma chemise de nuit. Les deux surveillantes avaient la même couleur que les draps de l'infirmerie – elles m'avaient crue morte. On a vite rappelé le docteur March. Il a tamponné ma grande entaille à la tempe en soupirant, et il a dit aux deux surveillantes que c'était dangereux d'essayer de me forcer à me mettre debout.

– Mais sa fièvre est retombée, j'en suis sûre. Physiquement, elle est en parfaite santé, a protesté Mme Groderrière.

– Ah, physiquement, peut-être, même si elle va être sonnée pendant deux ou trois jours après ce choc à la tête. Non, c'est ce qui se passe *dans* sa tête qui me préoccupe.

– Ce qui se passe dans sa tête de rouquine, je ne le sais que trop bien. Polissonnerie, mensonges et insubordination totale ! a murmuré Mme Peters à Mme Groderrière.

Le docteur March s'est assis près de moi, m'a pris la main et l'a tapotée avec douceur. J'ai été tellement bouleversée par sa gentillesse inattendue que je me suis mise à sangloter.

– Allons, mon enfant. Qu'est-ce qui te perturbe tant ? Qu'est-ce que tu veux ?

J'ai avalé ma salive, humecté mes lèvres sèches et lâché d'une voix enrouée :

– Je veux MAMAN !

– Ah, je me disais bien que ce devait être ça, la raison de ce numéro extravagant ! a commenté Mme Peters. Eh bien, quoi que tu *veuilles*, Millie Plume, ta mère a été fichue à la porte et elle ne reviendra jamais.

Le mot « jamais » a résonné comme le glas dans ma tête, et j'ai sangloté de plus belle. Je me suis rallongée dans mon lit. Ma tête me lançait, mais je m'en moquais. Plus rien ne m'importait à part maman.

Puis, un matin, j'ai reçu une nouvelle visite. Ça sentait le savon au citron et à la verveine et le linge fraîchement repassé. J'ai ouvert les yeux et j'ai vu Miss Sarah Smith dans une de ses tenues simples et soignées. Elle me regardait gravement.

– Oh ! là, là, Millie ! s'est-elle écriée en secouant la tête. Tu ressembles à un petit fantôme !

– Miss Smith !

Je me suis forcée à décoller la tête de l'oreiller. La pièce s'est mise à bondir et à tanguer, mais j'ai fait un énorme effort pour rester assise à la verticale.

– Oh, Miss Smith, il faut que vous m'aidiez !

– Que puis-je faire pour toi, mon enfant ?

– Ce que vous pouvez faire ?

J'étais si désespérée que j'ai oublié d'être polie et respectueuse.

– Vous pouvez ramener maman, voilà ce que vous pouvez faire !

– J'ai bien peur que ce ne soit pas possible, ma chère, a-t-elle dit.

– Mais si ! Vous siégez au conseil d'administration ! Vous participez à toutes ces bonnes œuvres et vous publiez tous ces livres. Ils vous écouteront. Écoutez-*moi* ! Maman n'a rien fait de mal…

– Elle a eu un enfant hors mariage, Millie, a répliqué Miss Smith tout bas.

– Comme les mères de tous les enfants de cette odieuse institution !

– Elles ont toutes confié leur bébé à l'hôpital. Elles ne sont pas revenues ici en douce, sous des prétextes fallacieux.

– Ça prouve à quel point maman m'aime, c'est tout. Moi aussi, je l'aime, et je ne supporte pas qu'on l'ait jetée dehors comme une vulgaire criminelle et qu'on ait refusé de lui donner un certificat de moralité.

Miss Smith a essayé de m'interrompre, mais j'ai continué à parler, assise avec raideur dans mon lit. Je hurlais, à présent. L'infirmière est arrivée en courant pour me calmer, mais Miss Smith lui a fait signe de rester à distance.

– Que va faire ma pauvre maman ? Elle ne pourra pas trouver de nouvelle place sans certificat de moralité. Elle n'a jamais travaillé qu'ici… et trois horribles années à l'hospice. Et s'ils ne la reprennent pas là-bas, elle sera à la rue. Et vous osez me demander ce qui ne va pas ! Comment croyez-vous que je me sens, sachant que ma chère maman est assise dans un sordide caniveau plein de boue, en train de pleurer…

– Oh, Millie, tu as une imagination si débridée ! Ne t'emballe pas comme ça. Je t'assure que ta mère n'est *pas* en train de pleurer dans un sordide caniveau plein de boue. J'aime bien cette formule ! Je te l'emprunterai peut-être pour un de mes livres.

– Vous vous moquez de moi ?

– Je te taquine gentiment, c'est tout. Je comprends

ton tourment, mais il n'est pas fondé. Ta mère, Ida, a tout ce qu'il lui faut. Elle a déjà une nouvelle place.

– Vous mentez !

L'infirmière s'est étranglée, choquée.

– Millie Plume, comment oses-tu t'adresser de cette façon à une dame !

– Tout va bien, madame l'infirmière. Ça me fait plaisir de voir Millie aussi fougueuse. J'en déduis qu'elle est déjà sur la voie de la guérison, a dit Miss Smith. Je vous suggère d'aller vous occuper de vos autres patients, pendant que Millie et moi continuons notre petite conversation.

Quand l'infirmière est partie, avec une réticence très nette, Miss Smith a approché son visage pâle du mien et m'a regardée dans les yeux.

– Tu crois vraiment que je suis une menteuse, Millie ?

J'ai inspiré à fond, puis j'ai secoué la tête.

– Je te dirai toujours la vérité. Ta mère va bien, elle est en sécurité et elle a une bonne place. Il faut me faire confiance.

– Je vous fais confiance, Miss Smith... mais à part vous, je n'ai confiance en personne. Peut-être qu'on vous a menti, ai-je répliqué.

– Millie, j'ai pris la liberté d'évoquer le cas de ta mère au conseil d'administration. Nous avons tous admis que nous ne pouvions pas créer un précédent en gardant Ida à notre service. Beaucoup d'autres mères se mettraient à chercher du travail à l'hôpital, et ça n'irait pas. Nous avons toujours bien veillé à ce qu'aucun de nos enfants trouvés n'ait de traitement spécial et reçoive plus de gâteries, de compliments ou de faveurs…

– Pff ! Moi, j'ai *tout le temps* un traitement spécial. Je reçois beaucoup de remontrances et de claques !

– Oui, et peut-être que tu les mérites, Millie Plume ! Maintenant, écoute-moi, s'il te plaît. Les surveillantes ont exigé le renvoi immédiat, et c'était compréhensible… mais il m'a paru singulièrement injuste de congédier Ida sans lui donner de certificat de moralité. Elle a été une employée exemplaire durant toutes ses années ici, même s'il y avait une raison particulière à cela. Elle s'est montrée diligente et enjouée, toujours prête à aider. J'ai écrit tout cela dans sa lettre de recommandation.

– Vous lui avez donné un certificat de moralité, *vous* ! Oh, merci, Miss Smith, merci !

– Et je lui ai également trouvé un nouvel emploi, une place de gouvernante chez une dame âgée à Bignor-sur-Mer, sur la côte sud. Une connaissance d'une de mes tantes, une invalide qui, j'en suis certaine, traitera Ida avec équité.

– Mais la côte sud… c'est à des kilomètres d'ici ! Je ne la verrai jamais ! Vous n'auriez pas pu lui trouver une place *plus près*, Miss Smith ?

– Parfois, j'ai l'impression que tu n'es jamais satisfaite, Millie !

– Est-ce qu'on pourra se rendre visite de temps en temps ?

– J'ai peur que le conseil d'administration ne voie pas cette idée d'un très bon œil. Mais je pense que vous pourrez vous écrire.

– Vraiment ? Je vais recevoir des lettres de maman ?

– Oui, je suis sûre qu'elle t'écrira à l'occasion.

Je n'avais encore jamais reçu de lettres, à part une de Polly. J'écrivais chaque semaine à ma famille adoptive. Je n'étais pas sûre que maman sache écrire, mais Jem savait, lui. Il m'avait appris l'alphabet alors que je savais à peine marcher. Je leur écrivais depuis des années, mais ils ne m'avaient jamais répondu une seule fois. Très peu d'enfants trouvés recevaient du courrier, et pourtant, à l'école primaire, nous écrivions tous une fois par semaine sans faute.

Mon cœur s'est mis à battre plus fort dans ma poitrine.

– Ils me donneront les lettres de maman ? ai-je demandé craintivement. Ils ne nous donnent pas toujours notre courrier, j'en suis certaine.

Je n'en étais pas certaine du tout ; mais l'expression de Miss Smith m'a montré que j'avais visé juste.

– Je crois en effet qu'il y a un peu de censure. Je ne l'approuve certainement pas, mais c'est fait avec de bonnes intentions. Apparemment, les lettres venant des familles d'accueil sont souvent inadéquates ou perturbantes et n'aideraient pas les enfants à s'adapter à l'hôpital…

La voix de Miss Smith s'est faite hésitante.

Je lui ai pris les mains.

– C'est scandaleux, Miss Smith, et vous le savez !

– Millie, Millie, du calme ! Je suis d'accord avec toi, c'est scandaleux dans la plupart des cas, mais je ne pense pas pouvoir intervenir pour changer ça. C'est la pratique actuelle.

– Dans ce cas, c'est cruel et inutile de me dire que maman m'écrira, si je ne peux pas recevoir ses lettres ! ai-je protesté.

– Doucement ! écoute-moi.

Elle m'a tenu fermement les mains et a approché son visage du mien.

– J'ai donné mon adresse personnelle à Ida. Je lui dirai de m'envoyer toutes les lettres chez moi. Je te les apporterai régulièrement et je posterai tes réponses. Ainsi, tu pourras être *sûre* que tes lettres sont parties. Si tu me fais confiance, naturellement…

– Oh, Miss Smith, bien sûr que je vous fais confiance !

Je lui ai sauté au cou.

– Allons, allons, Millie, doucement. Bon, je suis contente de voir que tu es presque redevenue toi-même : tu te mets en rage et l'instant d'après, tu bondis de joie, a-t-elle dit en riant. Si tu es vraiment reconnaissante…

– Je le suis, je le suis !

– Alors tu dois vite te rétablir et être sage, polie et travailleuse pendant tout le reste de ton séjour à l'hôpital.

– Je ne suis pas sûre d'y arriver… ai-je avoué franchement.

Miss Smith a ri de plus belle.

– Eh bien, fais ton possible, ma grande.

Elle a appelé l'infirmière.

– Vous allez voir, Millie va mieux. J'ai le sentiment qu'elle pourra se lever demain. Je suis sûre qu'elle sera redevenue elle-même d'ici à la fin de la semaine. N'est-ce pas, Millie ?

J'ai acquiescé gaiement. Ma tête me faisait mal, je me sentais encore faible et j'avais toujours des vertiges quand j'essayais de me lever, mais j'ai persévéré. J'ai mangé autant de gruau que j'ai pu pour prendre des forces... même s'il n'avait pas le même goût, sans le sucre brun et les cuillerées de crème dont maman l'arrosait tendrement.

J'étais toujours punie quand je suis retournée en classe et dans mon dortoir, mais je m'en fichais. J'ai écouté les réprimandes de Mme Groderrière-qui-pue la tête haute. Qu'est-ce que ça pouvait me faire, si elle trouvait que j'étais fourbe et malhonnête et que je déshonorais l'hôpital ? J'ai même tenu ma langue quand elle a dit du mal de maman. Je savais qu'elle essayait juste de me pousser à lui voler dans les plumes pour se sentir en droit de m'enfermer dans le cabinet noir. À présent, je savais que maman avait tout ce qu'il lui fallait et qu'elle m'écrirait, et grâce à ce secret, j'ai gardé le silence et continué à paraître obéissante.

J'ai fait toutes les corvées ménagères supplémentaires que la surveillante m'a données. Je n'ai pas pipé quand elle m'a ordonné de nettoyer les toilettes.

Sheila m'a surprise en train d'accomplir cette tâche déplaisante. En temps normal, elle aurait ri de plaisir en me voyant frotter d'une main et me tenir le nez de l'autre, mais cette fois, elle s'est attardée près de moi, l'air soucieux. Puis, à ma grande surprise, elle a pris une autre brosse et s'est mise à frotter aussi.

– Mais qu'est-ce que tu fabriques, Sheila ? ai-je demandé.

– À ton avis ? Beurk ! C'est dégoûtant !

– Mais pourquoi tu m'aides ? *Toi !*

– Parce que je me sens coupable de ce qui vous est arrivé, à Ida et à toi. Je pense que c'est ma faute si Mme Peters est descendue fourrer son nez dans la chambre. J'ai trébuché dans l'escalier en te suivant. C'est sûrement ça qui l'a réveillée.

– Oh ! Malgré tout, tu ne m'as pas dénoncée.

– Je ne dénoncerais même pas ma pire ennemie, a déclaré Sheila sans cesser de frotter.

– Je pensais que c'était moi, ta pire ennemie, ai-je dit.

– Eh bien tu vois, voilà. Je ne t'ai quand même pas dénoncée, a souligné fièrement Sheila.

– Décidément, tu n'es plus ma pire ennemie. De mon point de vue, en tout cas. Si tu continues à m'aider à faire cette corvée répugnante, je vais devoir te changer de catégorie. Tu seras une amie précieuse.

Sheila a rosi.

– Je ne sais pas trop, Millie ! Mais je suis bien triste que tu aies perdu ta mère une deuxième fois. En plus, Ida devait être une mère *adorable*…

– Oui, c'est vrai !

– Tu dois te faire tellement de souci pour elle maintenant.

– Oui. Mais maman a une volonté de fer et une grande détermination. J'ai le sentiment qu'elle a tout ce qu'il lui faut, maintenant, et qu'elle est en sécurité.

Je ne voulais pas lui dire que Miss Smith m'avait rassurée. Même si Sheila était presque une amie, à présent, je n'étais pas sûre de pouvoir lui faire entièrement confiance.

– Si seulement je pouvais retrouver ma mère à moi, a-t-elle lancé tristement. Tu penses que tu reverras Ida un jour, toi ?

– Bien sûr ! Dès que j'aurai quatorze ans, je quitterai cet horrible hôpital et je ratisserai toute l'Angleterre de long en large jusqu'à ce que je la retrouve ! ai-je déclaré avec ferveur.

Miss Smith est revenue aux Enfants-Trouvés quelques jours plus tard, soi-disant pour vérifier l'état de ma santé et observer l'avancement de mes Mémoires. (C'est elle qui m'a acheté ce beau carnet rouge qui vient d'Italie et qui m'a encouragée à entreprendre le récit de ma vie sur ses belles pages couleur crème.) En général, quand Miss Smith me rend visite, on s'assied dans un coin de la salle de classe, sous l'œil vigilant de ma maîtresse, Miss Morley ; mais cette fois, Miss Smith a dit qu'elle me trouvait encore très pâle. Elle a pensé qu'un petit tour dans le parc me ferait le plus grand bien.

Miss Morley n'a pas osé protester, parce que Miss Smith faisait partie du conseil d'administration et que, par-dessus le marché, c'était une dame célèbre et influente.

On a descendu l'escalier et on est sorties par la porte de derrière, ce qui était déjà en soi un plaisir interdit. Nous, les filles, nous sortions « jouer » dehors tous les jours, mais nous étions cantonnées à la cour de devant, où les grandes se promenaient et où les petites sautillaient. Tout notre apprentissage et tout notre travail scolaire avaient lieu à l'intérieur : lecture, écriture, calcul, couture, service, ménage – pour faire de nous des servantes accomplies dès l'âge de quatorze ans.

Les garçons deviendraient soldats, alors chez eux, on encourageait les activités d'extérieur. Ils avaient des cours d'éducation physique tous les jours. Ils marchaient au pas en balançant les bras, ils couraient sur place. Ils n'avaient pas la moindre corvée domestique à faire. À la place, on les envoyait dans le jardin de derrière, où ils creusaient, binaient et arrosaient nos pommes de terre, nos navets et nos carottes, nos choux et nos salades, nos petits pois et nos haricots verts, nos mûres et nos groseilles.

Quand nous sommes sorties, tous les grands s'y trouvaient, occupés à creuser en bras de chemise. Bien qu'ils soient sous la surveillance du vieux Joe, le jardinier, ils s'interpellaient entre eux et sifflaient des mélodies joyeuses tout en travaillant – alors que nous, nous devions travailler dans un silence total. Si nous nous avisions de chuchoter, nous étions punies.

– Oh, comme ils ont de la chance, les garçons ! ai-je dit à Miss Smith.

– Je suis d'accord avec toi, Millie. Les garçons semblent beaucoup plus libres et mieux lotis que les filles, quel que soit leur rang dans la société.

Elle a observé un grand garçon mince qui se tenait tout seul dans un coin. Deux types plus costauds le mitraillaient sournoisement avec des patates chaque fois que le jardinier avait le dos tourné. Le garçon n'essayait jamais de crier, de pester ou de se défendre. Il se contentait de rester planté là, tel un saint tourmenté, un martyr acceptant son châtiment.

– Pauvre gars, a commenté Miss Smith. Il n'a pas l'air de s'amuser beaucoup, lui.

Je l'ai observé, le cœur lourd, en me mordant la lèvre pour m'empêcher de crier. Je connaissais ce garçon. C'était mon cher frère adoptif, Gédéon. J'aurais voulu courir le protéger. J'aimais toujours énormément ce frère bizarre, timide et solitaire, même si on ne se voyait plus que rarement, maintenant qu'on était aux Enfants-Trouvés.

Si seulement je pouvais rendre la monnaie de leur pièce à ses deux agresseurs ! J'ai avisé la terre fraîchement retournée, à côté du sentier. Je me suis baissée et j'en ai pris une poignée, que j'ai malaxée pour en faire une boule gluante.

– Non, Millie, non ! a soufflé Miss Smith.

– Il le faut, ai-je répliqué – et j'ai lancé ma motte.

Elle a atterri fort obligeamment en pleine figure du plus grand. Il a poussé un cri étouffé – il ne pouvait pas crier plus fort avec la bouche pleine de terre. J'espérais que de gros vers juteux se tortillaient dans sa gorge. Il s'est plié en deux, hoquetant et toussant, pendant que son copain tournait sur lui-même, pris d'un affolement comique, en se demandant d'où avait bien pu venir cette attaque. Il ne voyait qu'une dame à l'air sévère et une petite pensionnaire des Enfants-Trouvés prenant sagement l'air dans le jardin.

Gédéon aussi s'est retourné, et il m'a vue. Je portais notre horrible uniforme marron, mais ma coiffe ne réussissait pas à retenir toute ma masse de cheveux d'un roux flamboyant. J'ai espéré qu'il allait me faire signe et me sourire quand il me reconnaîtrait, mais il a baissé la tête et pris un air encore plus malheureux qu'avant. En voulant l'aider, je n'avais réussi qu'à l'humilier.

– Oh ! là, là, peut-être que je n'aurais pas dû faire ça, ai-je murmuré.

– Oh que non ! Tu devrais avoir honte, Millie. Quel comportement !

– Oui, c'était inutile et stupide, ai-je approuvé en soupirant.

– Je suis sûre que Mme Grodder et Mme Peters estimeraient que tu mérites une punition sévère et particulièrement douloureuse. Elles jugeraient peut-être opportun de te priver de ton courrier, a dit Miss Smith.

Je lui ai pris la main.

– Mais vous n'êtes pas une surveillante, vous êtes ma chère Miss Smith, et vous allez me donner mon courrier, n'est-ce pas ? Oh, est-ce que j'ai vraiment une lettre de maman ?

Miss Smith a tapoté la poche de sa jupe et m'a souri. Quand nous avons tourné à l'angle des serres et disparu hors de la vue du jardinier et des garçons, elle a plongé la main dans sa poche et m'a tendu une petite enveloppe blanche.

J'ai essuyé soigneusement mes mains terreuses dans le dos de mon uniforme et je l'ai prise avec des doigts devenus gourds et tremblants. J'ai décollé le rabat en essayant de ne pas la déchirer – elle était si précieuse – et j'en ai extirpé la lettre.

18 Saltdean Lane
Bignor-sur-Mer
Sussex

Ma chère petite Millie… non, ma lumineuse Saphir au zieus bleu !

Tu me manque telman, ma chère enfant, mais si je n'avais pas le ceur serré, je serais eureuse parce que maintenan je travaille pour une adorable vieille dame, Miss Roberts, et c'est un ange avec moi, elle et bien plu jentille que ces vieilles biques de surveillantes.

C'est trè bau ici. La mer est belle a voire. Si seuleman tu étais là pour prendre l'aire et courir sur le sable. Mais tien bon, tu sortira bientos de l'opitalle, et quan j'aurais assez d'arjan on se retrouvera et on ne se quitra plus jamé, ma chère enfant.

Avec toute ma tendrece,
Ta maman,
Ida

P.S. Excuse l'ortografe. Je n'ai pas l'abitude d'écrire des lettre et je ne sai pas coman les mot s'écrive.

J'ai lu et relu ma lettre, mais ces mots de tendresse sont devenus flous parce que mes yeux se sont emplis de larmes.

– Ida va bien ? a demandé Miss Smith d'une voix douce.

– Oh, elle a l'air d'être en pleine forme et elle se plaît bien chez cette dame, mais je lui manque et oh ! là, là, ce qu'elle me manque, à moi aussi ! ai-je débité en serrant la lettre de maman contre mon cœur.

Je ne voulais pas la montrer à Miss Smith, je la jugeais trop précieuse et personnelle, et puis je ne supportais pas l'idée qu'elle voie que maman avait quelques problèmes d'orthographe. Miss Smith a semblé le comprendre. Elle a sorti de sa poche une autre enveloppe contenant une feuille blanche, ainsi qu'un crayon en cèdre bien taillé.

– J'ai pensé que tu souhaiterais peut-être répondre tout de suite, a-t-elle dit.

– Oh, Miss Smith, vous êtes une si bonne amie ! me suis-je écriée.

On s'est assises ensemble sur le vieux muret en brique. Miss Smith, absorbée par la rédaction d'un nouveau roman, s'est mise à prendre des notes dans un petit carnet. Pendant ce temps, j'ai vite griffonné un mot pour maman.

Hôpital des Enfants-Trouvés

Oh, maman, ma chère maman, la plus exceptionnelle des mamans du monde,

Tu me manques beaucoup – énormément. Je n'arrive pas à croire que le sort ait pu être aussi cruel avec nous, en nous séparant une deuxième fois de cette façon brutale – mais si j'avais été plus prudente et Sheila moins indiscrète (d'ailleurs elle le regrette, maintenant), nous serions toujours ensemble. Comme tu es mignonne de m'écrire ! C'est un tel soulagement de savoir que tu es dans une bonne maison avec une dame gentille – cela dit, Dieu sait que même Satan paraîtrait gentil à côté de ces affreuses surveillantes !

Je suis tombée malade quand tu as dû quitter les Enfants-Trouvés, mais le médecin était gentil et Miss Smith a été merveilleusement rassurante, et je suis totalement rétablie maintenant, bien que j'aie le cœur serré, moi aussi, et que je rêve de retrouver tes bras bien-aimés.

Tendrement,

Ta fille Saphir

(le plus beau prénom du monde, parce que tu l'as choisi spécialement pour moi)

Depuis, on n'a pas cessé de s'écrire, maman et moi. Je garde précieusement ses lettres par petites liasses attachées avec un ruban de soie. Winnie, la nurse, m'a donné en secret un mètre de fin ruban de soie verte quand je l'ai assistée lors de ses cours de couture pour les petites.

– Tu te souviens de ta première leçon de reprisage quand tu avais cinq ans, Millie ? m'a-t-elle dit avec un sourire. Tu ne savais pas quoi faire de tes dix doigts, ma pauvre petite puce, tu as cousu ensemble l'orteil et le talon de ton bas !

– J'étais une petite fille particulièrement stupide, Miss Winterson, ai-je répondu.

– Non, non, tu étais très vive d'esprit. Tu as toujours été spéciale, Millie. Je savais que tu irais loin.

– Comment ça, loin ? ai-je rétorqué en soupirant. Vous voulez dire que j'irai jusqu'à frotter le plancher des gens et épousseter leur cheminée pendant le restant de mes jours ?

– J'ai le sentiment que tu ne seras pas toujours une servante, a insisté Winnie. Mais même si tu le restes, tu mèneras une vie bien différente de celle que tu mènes ici. Les domestiques ont des jours de congé, tu sais. Tu pourras faire ce que tu veux. Et les jolies servantes ont des admirateurs.

– J'imagine... mais je ne suis pas jolie du tout, ai-je répliqué. Je suis la plus petite et la plus maigre de ma classe, et en plus je suis rousse.

– Je trouve que tes cheveux sont d'une couleur magnifique, ma belle, a déclaré Winnie.

Et quand je l'ai aidée, la fois suivante, elle m'a donné le ruban vert.

– Pour nouer tes beaux cheveux roux, a-t-elle chantonné en tirant sur une de mes nattes.

Chère Winnie ! C'était la seule personne de l'hôpital des Enfants-Trouvés qui comptait pour moi désormais, à part Eliza, ma petite sœur. Eliza est arrivée dans mon ancienne famille d'accueil à la campagne quand elle était encore bébé. J'ai été envoyée aux Enfants-Trouvés alors que je n'avais pas six ans – et cinq ans plus tard, Eliza m'a suivie.

J'étais folle de joie quand j'ai retrouvé ma petite sœur d'adoption, car je mourais d'envie d'avoir des nouvelles de la maison. Ça m'a fait un coup quand elle m'a parlé si tendrement de notre frère Jem. J'avais eu une passion pour Jem quand j'étais toute petite. Il s'était occupé de moi affectueusement et avait joué avec moi patiemment. Il m'avait même appris à lire et à écrire... Il avait été comme un père et une mère pour moi, en plus d'être mon frère adoptif. J'avais espéré qu'un jour, dans un avenir lointain, ce serait aussi mon cher mari. Quand je m'étais amusée à me déguiser en mariée, Jem m'avait embrassé le doigt et m'avait promis d'y passer une bague un jour.

Je l'avais cru. Je le considérais comme *mon* Jem, mais quand la petite Eliza m'en a parlé tout innocemment, je me suis rendu compte que c'était aussi *son* Jem. Il avait joué aux mêmes jeux avec elle. Je ne l'ai pas supporté. J'avais le sentiment qu'il m'avait trahie. J'ai cessé de lui écrire de petits messages affectueux dans les lettres hebdomadaires que j'envoyais à la maison. Ça ne me semblait guère utile de lui écrire, de toute façon, vu qu'il ne prenait jamais la peine de répondre. Mais peut-être avait-il écrit, en fait ? Miss Smith avait tout de même avoué que nombre de nos lettres étaient confisquées.

J'ai eu les larmes aux yeux en imaginant les gros doigts de Mme Cochonne tripoter mes précieuses lettres, les déchirer en petits morceaux et les jeter au feu. Je me suis demandé ce que Jem avait écrit…

Non, qu'est-ce que ça pouvait me faire ? J'avais été une petite gamine idiote et il avait été gentil, rien de plus. C'était ridicule de croire que notre amour avait existé. Je ne mettrais pas mon ruban vert pour Jem, ni pour un seul autre garçon, d'ailleurs. Je ne voulais pas de stupides admirateurs. Tout ce qui comptait pour moi, c'était maman.

3

Je me suis réveillée très tôt et je me suis assise dans mon lit étroit. J'ai regardé le long dortoir plein de filles endormies dans la lumière argentée de l'aube. C'était la toute dernière fois que je les verrais !

Je me suis roulée en boule, les mains crispées sur les genoux. Il ne faisait pas excessivement froid, mais je tremblais dans ma chemise de nuit. Aujourd'hui, j'allais quitter l'hôpital des Enfants-Trouvés pour toujours. Millie Plume n'existait plus. J'allais la laisser derrière moi, avec ma blouse marron, mon tablier, mes manchettes et ma stupide coiffe molle.

J'ai jeté un coup d'œil dans le panier posé au pied de mon lit. Mes nouveaux vêtements m'y attendaient, pliés avec soin. J'ai trépidé d'excitation à l'idée de les enfiler, même si c'étaient de simples vêtements de travail : une robe grise ordinaire et un tablier blanc cassé, en tissu rêche. Je ne connaissais rien à la mode, après toutes ces années d'incarcération aux Enfants-Trouvés, mais rien ne m'empêchait de rêver d'une

robe en soie véritable assortie à mon ruban vert, avec de longs jupons à fanfreluches, de la dentelle fine, des bas de soie blanche et des chaussures aussi élégantes que les escarpins de vair de Cendrillon. Des chaussures, je n'en avais pas – mes hideux croquenots marron m'allaient encore, alors ils avaient été jugés acceptables pour mon nouvel emploi.

Je partais pour être servante chez un monsieur qui habitait dans la banlieue de Londres.

– Pas n'importe quel monsieur, Millie, m'avait dit Miss Smith avec excitation. C'est un écrivain ! M. Charles Buchanan.

– Vous le connaissez, Miss Smith ?

– Je le connais de nom, ma belle. Il écrit des histoires pour enfants qu'il publie chez la Religious Tract Society, comme moi. Des contes très moraux. Apparemment, c'est un homme très moral. Il s'est adressé à l'hôpital car il s'est dit que ce serait un geste charitable d'embaucher un enfant trouvé – et j'ai fait mon possible pour convaincre le conseil d'administration que tu serais la candidate idéale, Millie. Ça n'a pas été chose facile. Mme Grodder semble penser que tu ne conviens pas du tout pour la maison d'un monsieur aussi respectable, mais j'ai défendu ta cause, en soulignant que M. Buchanan pourrait avoir une excellente influence sur toi. Pourquoi me regardes-tu comme ça ? Tu n'es pas contente ?

– Je suis contente que vous m'ayez défendue, Miss Smith. Bien sûr. Mais pour être tout à fait honnête, je n'ai pas vraiment *envie* d'être la servante de ce monsieur très moral…

– Et tu voudrais servir qui, alors ? a demandé Miss Smith, l'air contrariée.

– Je ne veux servir personne, ai-je répondu d'un ton décidé, en croisant les bras.

Miss Smith a soupiré.

– Et comment penses-tu gagner ta vie, Millie ? m'a-t-elle lancé d'un ton acerbe.

J'ai dégluti avec peine. N'était-ce pas évident ? Je me suis tenu les coudes pour me donner la force de le dire.

– Je… J'espérais publier mes Mémoires et gagner de l'argent de cette façon.

– Oh mon Dieu, Millie, comment as-tu pu imaginer une chose pareille ?

– Eh bien, vous l'avez suggéré vous-même… indirectement. Vous avez dit que j'avais un style très vivant, un vrai talent pour les descriptions et une grande imagination.

– Ce n'est que trop vrai.

– Alors ?

– Alors ça ne veut pas dire que tes Mémoires sont publiables.

– Mais pourquoi m'avez-vous fait tant de compliments à leur sujet ?

– Je voulais t'encourager, ma belle. Je n'aurais jamais imaginé que tu pensais pouvoir publier un travail pareil !

– Je sais que c'est un peu puéril par endroits, parce que j'en ai écrit la majeure partie il y a des années… mais je peux énormément l'améliorer, et peut-être réécrire certains passages. Oh, Miss Smith, ils ont sans doute une chance d'être publiés, non ?

– C'est un superbe travail, Millie, mais seulement comme journal intime. Ça ne convient pas pour une publication. Sois raisonnable ! Pense à ce que tu as écrit sur les surveillantes, Mme Peters et Mme Grodder !

– Mais c'est vrai, tout est vrai au mot près. Je le jure !

– J'imagine bien, mais il y aurait un scandale terrible si on publiait un document comportant des accusations aussi virulentes à l'encontre d'une organisation caritative aussi respectée !

– Eh bien, le scandale serait sûrement une bonne chose. Ça ferait vendre plus d'exemplaires !

– Millie, tu es incorrigible ! Tu ne pourras jamais publier ce texte : il est beaucoup trop audacieux, trop personnel, trop passionné, trop violent, trop amer, trop inconvenant, trop dénué de gratitude, trop tout !

– Dans ce cas, pourquoi ne m'avez-vous pas dit ça il y a des années ?

– Parce que je trouvais judicieux que tu aies un lieu secret où exprimer librement ce que tu ressentais au fond de toi. Je sais combien c'était dur aux Enfants-Trouvés. Cela t'a énormément aidée de prendre l'habitude d'écrire. Tu as un remarquable talent littéraire, qui dépasse largement ce que l'on pourrait attendre de quelqu'un de ton âge et de ton statut social, mais il faut apprendre à te brider si tu souhaites écrire en vue d'être publiée un jour. Oh, je t'en prie, ne te mets pas dans cet état, ma belle !

Effondrée, je pleurais amèrement. J'avais cru si fort que mes Mémoires seraient publiés et feraient ma fortune, de sorte que maman et moi pourrions vivre ensemble sans devoir servir quiconque !

Miss Smith m'a prêté son mouchoir en dentelle. Voyant que je continuais à pleurer, elle m'a passé un bras autour du cou et m'a tamponné le visage elle-même. Sa bonté m'a apaisée, et j'ai fait de gros efforts pour cesser de sangloter.

– Là, là, peut-être que tu deviendras effectivement écrivain plus tard. Mais pas avant un moment, ma belle. Accepte cet emploi idéal chez M. Buchanan et sois patiente. Tu pourras observer comment travaille un écrivain si tu entres à son service.

– Je préférerais entrer à votre service à vous, Miss Smith, ai-je répliqué.

– Si tu étais ma servante, je te demanderais de répondre « Oui, Mademoiselle » et d'acquiescer sagement chaque fois que je t'adresse la parole, a souligné Miss Smith.

– Oui, Mademoiselle ! ai-je répondu en lui faisant la révérence.

Elle a éclaté de rire.

– Je ne te reconnais plus avec cette nouvelle

personnalité, Millie ! Continue comme ça et sois une brave fille raisonnable chez M. Buchanan. Il faut vraiment que tu essaies d'être humble et de faire ce qu'on te dit. Je commence à m'inquiéter pour ce pauvre monsieur. Dire qu'il croit avoir embauché une petite orpheline docile qui lui sera très reconnaissante de lui avoir donné une si bonne place… Tu es un peu reconnaissante, hein, Millie ?

– Oui, Miss Smith, ai-je dit – parce que j'éprouvais quelque reconnaissance pour *elle*.

Je ne voyais pas pourquoi je devrais de la reconnaissance à quelqu'un d'autre. Même après neuf dures années de formation aux Enfants-Trouvés, je ne voyais toujours pas pourquoi je devrais me *réjouir* d'être une servante.

Tous les dimanches, à la chapelle, nous chantions :

L'homme riche en son château
Et l'homme pauvre à sa porte,
Tout en bas ou tout en haut
De l'échelle Dieu les a mis.

Pourquoi devrais-je rester coincée tout en bas de l'échelle ? Pourquoi ne pourrions-nous pas être des femmes riches en leur château, maman et moi ?

– Attends voir, maman chérie, ai-je chuchoté le dernier matin, assise dans mon lit. Un jour, je vais faire fortune avec mes livres, quoi qu'en dise Miss Smith. Et alors on l'aura, notre château. Enfin, ce ne sera peut-être pas exactement un *château*, mais au moins une grande villa avec de jolies chambres pour nous toutes seules, où on vivra ensemble dans le bonheur et l'harmonie, rien que nous deux. On sera assez riches pour avoir toute une armada de servantes, mais on n'en emploiera pas une seule. On ne voudra pas que des filles pauvres travaillent pour nous. On se débrouillera parfaitement bien toutes seules. Je ferai le ménage pour toi, maman, et tu feras la cuisine pour moi, et nous serons bien, nous aurons de l'intimité et du confort.

Je me suis levée et j'ai traversé le long dortoir, en passant devant toutes les filles endormies. Je suis sortie sur la pointe des pieds et, une fois sur le palier, j'ai descendu le grand escalier en bois, sous l'œil sévère des augustes portraits accrochés au mur.

– Vous pouvez froncer les sourcils tant que vous voudrez, je n'ai pas peur de vous. Je n'aurai plus jamais à vous regarder, ai-je déclaré.

Je me suis faufilée jusqu'en bas et je me suis glissée dans le réfectoire des filles. La table était déjà mise pour notre frugal repas du matin. Il n'y avait pas un bruit dans la cuisine. La cuisinière devait encore être au lit. J'ai traversé sans bruit, comme une ombre, la grande salle encore empuantie par le mouton de la veille, et je me suis engagée dans le couloir des domestiques.

Je me suis arrêtée devant la chambre de maman. Je ne pouvais pas entrer. Une autre servante l'occupait, désormais, une grosse fille maladroite dénommée

Maud. Elle n'était pas méchante, mais je la détestais, tout simplement parce qu'elle avait pris la place de maman. Je ne supportais pas d'imaginer ses affaires clinquantes encombrant la commode de maman, sa brosse et son peigne crasseux sur la table de toilette de maman, son corps bouffi et disgracieux vautré dans le lit de maman.

Je suis restée devant la porte, la tête appuyée contre le bois vernis, à me remémorer tous les moments précieux que j'avais passés entre ces quatre murs avec maman.

Avec le doigt, j'ai tracé : *Je t'aime, maman* sur la porte, puis je suis repartie doucement. Je suis retournée me coucher sans me faire repérer. Si seulement j'avais eu cette chance la fois d'avant ! Nous pourrions nous voir régulièrement si maman était encore employée à l'hôpital des Enfants-Trouvés, à Londres, sachant que je partais pour une banlieue proche. Peut-être aurait-il suffi de prendre un bus.

Mon cœur s'est mis à battre plus vite quand j'ai pensé au voyage que j'allais faire aujourd'hui. J'avais noté l'adresse de M. Charles Buchanan à l'intérieur de mon journal : 8 Lady's Ride, Kingstown. Je ne savais pas du tout comment m'y rendre. Je n'étais sortie de l'hôpital qu'une seule fois, quand j'avais dix ans, à l'occasion du jubilé d'or de la reine Victoria. On nous avait escortés tout le long du chemin jusqu'à la grande foire que l'on donnait dans Hyde Park pour les enfants. Apercevant un cirque là-bas, je m'étais échappée pour aller voir l'idole de mon enfance, Madame Adeline, cette femme extraordinaire en costume pailleté qui m'avait laissée m'asseoir sur un de ses chevaux de voltige et qui m'avait émerveillée pour toujours. Hardie comme pas deux, j'avais pris l'omnibus, ce jour-là. Je me suis creusé la tête pour me rappeler comment je l'avais arrêté et combien j'avais payé. Comment faisait-on quand on voulait descendre ? Fallait-il appuyer sur une espèce de sonnette ? Comment saurais-je où se trouvait le 8 Lady's Ride ? Comment saurais-je *quoi que ce soit* dans le monde extérieur ?

Je me suis souvenue que les enfants de Hyde Park m'avaient raillée et montrée du doigt. Les gens allaient-ils encore me montrer du doigt et me ridiculiser aujourd'hui ? J'ai serré les poings. S'ils faisaient ça, ils allaient le regretter. J'étais Saphir Battersea et j'allais leur montrer de quoi j'étais faite. Je ne serais pas éternellement une vulgaire servante. Un jour, je deviendrais célèbre et mon nom serait connu dans tout Londres.

J'ai fermé les yeux, et j'ai vu SAPHIR BATTERSEA en gros caractères sophistiqués sur des affiches publicitaires, SAPHIR BATTERSEA en gras dans les journaux. J'ai entendu le nom « Saphir Battersea » diffusé par des haut-parleurs, « Saphir Battersea » acclamé par des milliers de bouches.

Puis une cloche a sonné dans le couloir, et je suis redevenue Millie Plume dans son dortoir lugubre.

Toutes les filles ont grogné, bâillé et quitté leur lit avec peine, les pieds nus, en sautillant sur le lino froid. Elles ont enfilé leur blouse marron et bataillé avec leur tablier et leurs manchettes.

Je me suis levée aussi pour enfiler ma nouvelle robe grise. Elle avait une odeur totalement différente, elle sentait le frais et le propre. Même si le tissu était tout neuf, elle paraissait remarquablement douce, comparée à mon gros uniforme râpeux. Les autres filles ont formé un cercle autour de moi pour caresser le tissu avec envie et déployer la jupe avec admiration, pendant que je brossais et nattais mes cheveux.

– Tu vas te faire un chignon maintenant, Millie ? m'a demandé Emma Baxter, une fille gentille et serviable qui dormait dans le lit voisin du mien.

– Bien sûr, ai-je dit – mais je n'avais pas d'épingles à cheveux et ma nouvelle coiffe en tissu léger contiendrait difficilement ma toison volumineuse.

J'ai essayé deux minutes, puis j'ai dû renoncer et laisser pendre mes nattes d'écolière dans mon dos.

– Oh ! là, là, tu ne fais pas très adulte, a commenté Emma.

Je savais qu'elle disait vrai. Je n'étais pas plus grande que les filles de dix ans de l'hôpital et je ne faisais pas tellement plus âgée non plus. Emma, elle, avait des formes, alors que moi, j'étais aussi plate que les garçons.

Je me suis redressée, tête haute, pour paraître le plus grande possible.

– Je vais devoir *me comporter* comme une adulte, voilà tout, ai-je dit.

Les autres filles se sont approchées de moi pour me souhaiter bonne chance. Certaines ont poussé des soupirs envieux, mais les plus timides se cramponnaient les unes aux autres, contentes que ce ne soit pas encore leur tour.

– Tu n'as pas peur, Millie ? Je serais terrifiée si je devais partir à l'extérieur et me retrouver au milieu de tous ces inconnus.

– Je n'ai pas peur du tout, ai-je menti.

J'ai essayé de prendre un petit déjeuner consistant, au réfectoire, pour le leur prouver. Je me suis rappelé que Monica était dans tous ses états le jour de son départ et qu'après quelques cuillerées de porridge, elle avait dû courir aux toilettes, dehors, pour vomir. Même l'intrépide Sheila avait été terriblement pâle, et son haut front était plissé d'angoisse. Brusquement, après le petit déjeuner, elle m'avait serrée dans ses bras et murmuré : « Ne me demande pas pourquoi, mais tu vas me manquer, Millie Plume. »

J'étais certaine qu'aucune de ces filles avec lesquelles j'avais grandi ne me manquerait, mais j'ai eu un horrible nœud dans le ventre quand j'ai regardé vers le bout de la longue, longue table et que j'ai aperçu Eliza, qui tendait le cou pour me voir, avec un air éploré.

Nous n'avions pas le droit de quitter la table du petit déjeuner avant la cloche, mais c'était cette chère Miss Winterson qui surveillait le repas, et elle n'était jamais sévère. J'ai enjambé mon banc et couru auprès d'Eliza, à l'autre bout de la pièce. Je l'ai prise dans mes bras et je l'ai serrée fort contre moi.

– Oh, Millie ! a-t-elle gémi en collant son visage contre ma poitrine plate. Je ne supporterai pas l'hôpital sans toi !

– Bien sûr que si, Eliza. Tu as plein, plein d'amies, ai-je dit – ce qui était à peu près vrai.

Eliza était une petite personne enjouée et solaire, avec des cheveux bouclés et des fossettes. Tout le monde voulait être ami avec elle. Même les cruelles surveillantes se radoucissaient en la voyant. Ce n'était pas étonnant que Jem m'ait oubliée si facilement pour elle et lui ait donné son cœur.

Winnie est venue vers nous. Elle secouait la tête, mais elle souriait en même temps.

– Allons, allons, ma chère Millie, je sais que c'est ton dernier jour, mais tu connais le règlement. Retourne sur ton banc, ma grande.

Eliza a fondu en larmes. J'ai supplié Winnie :

– Oh, s'il vous plaît, est-ce que je peux embrasser Eliza une dernière fois ?

– Bien sûr.

Winnie elle-même avait les larmes aux yeux.

– Ne t'inquiète pas pour Eliza, Millie. Je te promets de veiller sur elle.

J'ai embrassé Eliza cinq ou six fois sur ses joues roses, en essuyant ses larmes avec les manchettes toutes douces de ma nouvelle robe.

– Allons, ma chérie. Ne te tourmente pas tant. Tout ira bien, lui ai-je assuré.

Winnie m'a passé un bras sur les épaules et m'a ramenée vers mon banc.

– Elle va tant me manquer ! ai-je dit en faisant de gros efforts pour ne pas pleurer à mon tour. Mais je ne m'inquiéterai pas pour elle. C'est le pauvre Gédéon qui me fait le plus de peine. Oh, Miss Winterson, s'il vous plaît, s'il vous plaît, s'il vous plaît, est-ce que je peux aller lui dire au revoir ?

– Allons, Millie ! Tu sais très bien que je ne peux pas te laisser aller chez les garçons !

– Non, mais vous pourriez peut-être tourner le dos et ne pas remarquer que je me suis éclipsée. Je vous promets que je ne mettrai pas plus de dix minutes. Oh, *s'il vous plaît*, ma chère madame Winterson. Vous aussi, vous allez beaucoup me manquer. Vous avez toujours été ma nurse préférée.

– Et toi, tu as toujours été la plus coquine de mes pupilles ! a répliqué Winnie – mais elle a tourné le dos.

J'ai foncé dehors avant qu'elle ait le temps de changer d'avis. Je pensais avoir du mal à accéder au réfectoire des garçons. J'ai croisé plusieurs nurses, mais aucune ne m'a arrêtée. Puis j'ai aperçu mon reflet dans une vitre. Je n'avais plus l'allure de Millie Plume l'enfant trouvée. J'avais une allure de servante, avec ma robe grise – de servante miniature, certes, mais tout de même. Je me suis examinée pendant une minute entière, en me tournant d'un côté puis de l'autre. C'était excitant d'être quelqu'un de différent, mais aussi très bizarre ; j'avais l'impression que ma tête avait été collée sur le corps d'une autre.

La cloche a sonné la fin du petit déjeuner. Je me suis ressaisie et j'ai filé vers l'aile des garçons. Ils sortaient en masse de leur réfectoire, emplissant le couloir et montant vers leurs salles de classe. La plupart se taisaient, mais ils faisaient quand même beaucoup plus de bruit que nous, les filles. Ils marchaient d'un pas plus lourd, avec leurs grosses chaussures, et d'une façon étrangement dispersée. J'ai cherché autour de moi dans le tumulte, en me frayant un passage parmi eux. C'était dur de repérer un garçon en particulier dans cette immense foule de gens habillés en marron. Enfin, je l'ai vu qui avançait de sa démarche élastique, seul, la tête baissée.

– Gédéon ! Hé, Gédéon !

Il a tourné dans ma direction des yeux éteints.

– Gédéon, c'est moi, Millie.

Il s'est précipité vers moi. Il me dépassait d'une tête, à présent. À une époque, pourtant, quand nous étions bébés, nous tenions dans le même panier.

– Oh ! là, là, Millie ! Tu es drôlement différente sans ton uniforme ! Tu t'en vas aujourd'hui, c'est ça ?

– Oui, je dois entrer au service d'un monsieur qui s'appelle Buchanan. Il écrit des livres pour enfants.

– Tu devrais t'y plaire, alors.

– Non.

– Eh bien moi, ça me plairait. Je pars à la fin du mois, je vais à la caserne Renshaw.

– Oh, Gédé, je donnerais n'importe quoi pour échanger avec toi ! Ça va être une sacrée aventure pour toi. Imagine comme tu vas être beau en uniforme de soldat. Tu pourras peut-être même partir dans un pays étranger !

– Oui, ce que ça va être amusant… de se faire tirer dessus et d'éclater en mille morceaux, a rétorqué Gédéon avec amertume. Toi, tu t'en sors bien, Millie. Moi, ça ne me correspond pas du tout ! Je suis un lâche.

– Mais non ! Tu peux être extrêmement fort, courageux et stoïque. Oh ! là, là, tu n'aurais jamais pu survivre ici, sinon.

– Tous les autres gars se moquent de moi. Je ne peux pas le leur reprocher, je suis si différent ! Ce sera encore pire à la caserne. J'ai entendu de ces histoires…

Je ne supportais pas de voir mon cher frère adoptif se tourmenter ainsi.

– Alors n'y va pas ! Tu n'as qu'à sortir de ce foyer et ne plus jamais y revenir… Tu as tout Londres pour te cacher. Tu es grand et tu es intelligent. Tu peux te débrouiller avec quelques bobards, trouver un travail quelconque et un logement. C'est tellement plus facile pour un garçon !

– J'y ai souvent pensé. Peut-être que je trouverai le courage de le faire… mais je ne pense pas. Je te le dis, Millie, je suis un lâche. On aurait dû échanger nos places quand on était dans ce couffin. J'aurais dû être la fille, et toi le garçon.

– Viens par ici, Smeed ! Arrête de traînailler avec les servantes et va en cours, mon garçon, a grondé quelqu'un.

Gédéon a sursauté.

Je lui ai vite pris la main.

– Souviens-toi, Gédéon, je suis ta sœur chérie et je t'aime très fort. Tu compteras toujours pour moi. Peut-être qu'un jour, quand tu seras en permission, tu pourras venir me voir et m'emmener faire un tour. J'adorerais être accompagnée par un beau soldat dans un superbe uniforme, ai-je dit sincèrement.

– GÉDÉON SMEED ! Tu m'entends ? La tête dans les nuages, comme d'habitude ! REMUE-TOI, ou tu auras du bâton !

– Je dois y aller, Millie, a soufflé Gédéon, désespéré.

– Au revoir, mon Gédé chéri. Bonne chance ! lui ai-je lancé – et je me suis perchée sur la pointe des pieds pour l'embrasser sur la joue.

Les garçons qui nous entouraient ont ricané et sifflé, et Gédéon est devenu aussi rouge que son gilet, mais il m'a envoyé un rapide baiser à son tour. Puis il est parti et je me suis demandé si on se reverrait un jour.

J'étais si déprimée que j'ai failli me décourager. J'avais presque envie de rester aux Enfants-Trouvés. C'était un lieu froid et sans joie, surtout depuis que ma chère maman n'y travaillait plus, mais j'y avais vécu neuf ans. J'essayais d'avoir confiance en Miss Smith et en son monsieur écrivain, mais je n'étais pas du tout certaine que ce soit une bonne idée. Et si je suivais le conseil que j'avais donné à Gédéon en m'enfuyant dès que j'aurais franchi la porte de l'hôpital ?

J'avais survécu à mes deux jours de liberté quand j'avais dix ans. J'avais eu des aventures fabuleuses, par bien des aspects, et j'avais même gagné assez d'argent pour manger. Désormais, j'étais bien plus apte à me trouver une place correcte. Peut-être devais-je sauter sur cette occasion unique ! Cela me gênait pour Miss Smith, mais peut-être qu'elle comprendrait.

J'ai rassemblé mes quelques affaires dans ma petite malle marron pour me préparer à partir. Mais Mme Grodder m'a convoquée dans son bureau. Mme Peters était là aussi. Elles me regardaient toutes les deux en secouant la tête.

– Alors, Millie Plume, tu nous quittes enfin, a dit Mme Groderrière-qui-pue.

– Nous ne t'oublierons jamais, a dit Mme Peters-Cochonne. Il n'y a pas de doute, tu es la fille la plus intenable et la plus récalcitrante que nous ayons eue à notre charge.

– Tu vas retomber lourdement sur terre quand tu auras goûté au monde du travail, à l'extérieur, a repris Mme Groderrière. Attention, Millie Plume ! Si tu continues à jouer les rebelles, tu seras renvoyée pour insolence, sans certificat de moralité, et qu'est-ce que tu vas devenir alors ?

– Tu vas suivre les traces de ta mère, j'imagine, a renchéri Mme Cochonne – et les deux femmes se sont mises à ricaner.

– Je vous prierais de ne pas dire de mal de ma mère, ai-je rétorqué. Je n'aurai plus jamais à vous écouter, ni l'une ni l'autre. Je m'en vais, maintenant. Au revoir.

– Au revoir et bon débarras ! ont-elles lancé en chœur, comme Bonnet Blanc et Blanc Bonnet[1].

Nurse Winnie nous avait lu les deux aventures d'*Alice au pays des merveilles* pendant son cours de couture quand j'étais petite.

Elles m'ont escortée dans l'escalier. En bas, la nurse Winnie est accourue. Sans prêter la moindre attention aux deux surveillantes, elle m'a jeté les bras autour du cou.

– Bonne chance, petite Millie ! Je n'arrive pas à croire que c'était il y a quatorze ans que je t'ai prise dans mes bras et que j'ai essayé de te consoler. Je n'ai jamais connu de bébé qui hurlait si fort ! Mais déjà à l'époque, je savais que tu étais une enfant très spéciale et que tu irais loin.

– Oh, chère Winnie ! Merci d'avoir été si bonne avec moi toutes ces années. Je ne vous oublierai jamais, ai-je dit, soudain au bord des larmes.

– Allons, Miss Winterson, inutile d'accorder un traitement particulier à cette jeune fille. Elle a déjà

1. Bonnet Blanc et Blanc Bonnet sont des jumeaux fantasques qui apparaissent dans le deuxième tome des aventures d'*Alice*, *De l'autre côté du miroir*.

une assez haute opinion d'elle-même, a sifflé Mme Cochonne.

– J'ai l'impression que vous l'avez gâtée et que vous avez fait d'elle une chipie quand elle était en primaire, a ajouté Mme Groderrière. J'ai eu beaucoup de mal à faire impression sur un démon pareil. Vous devriez suivre les leçons de la Bible, Miss Winterson : qui aime bien châtie bien.

– N'importe quoi ! me suis-je écriée. Miss Winterson est la seule nurse à nous aimer et à s'occuper de nous correctement, ici. C'est grâce à elle, et à elle seule, si nous avons pu nous épanouir un tant soit peu dans cette sinistre prison !

– Tais-toi, Millie Plume ! Comment oses-tu nous parler sur ce ton ?

– Je dis ce que je veux. Vous n'avez plus le moindre pouvoir sur moi, ai-je déclaré.

– N'en sois pas si sûre ! Nous allons garder un œil sur toi, et plutôt deux fois qu'une. Si tu déplais à ton nouvel employeur, nous avons le pouvoir de te faire revenir aux Enfants-Trouvés pour refaire ta formation, m'a menacée Mme Groderrière.

Ça, ça m'a déstabilisée ! Il n'était plus question que je prenne le risque d'aller chez M. Buchanan, à présent. J'allais recommencer à zéro, là où personne ne pourrait être au courant de mes faits et gestes. Je ne serais plus Millie Plume. J'étais Saphir Battersea, fille unique de cette chère Ida. J'allais leur montrer de quoi j'étais capable, à ces sales surveillantes à face de cochon. Quoi qu'il arrive, je me battrais pour me faire une place dans le monde. Il fallait que je m'échappe sur-le-champ.

Mais mon plan audacieux a été déjoué aussitôt. Une femme inconnue attendait dans le hall d'entrée – inconnue de moi, en tout cas, et d'allure étrange. Elle était *très* grosse. À côté d'elle, même Mme Cochonne avait l'air d'une sylphide. Elle portait un curieux ensemble rouge foncé qui la faisait ressembler à une énorme tranche de viande saignante. Sa coiffe assortie, ornée d'un volant blanc, évoquait des côtelettes de mouton dans une papillote en papier. Je l'ai regardée avec stupeur, les yeux ronds. Elle a semblé tout aussi abasourdie en me voyant.

– Impossible que cette petite maigrichonne soit Millie Plume ! s'est-elle exclamée, les mains sur les hanches. Je croyais que vous aviez dit qu'elle avait quatorze ans et que c'était une brave fille robuste ? Cette enfant a à peine dix ans... ses bras et ses jambes sont épais comme des allumettes !

– C'est bien Millie Plume, madame, et elle a fêté son quatorzième anniversaire il y a au moins trois mois... n'est-ce pas, Millie ?

J'ai hésité. Je ne savais pas quoi dire. La tête de ce mastodonte vêtu de rouge sang ne me revenait pas du tout. J'ai même songé que quelques semaines de plus aux Enfants-Trouvés seraient peut-être préférables. Que faisait-elle ici ? Pourquoi était-ce cette femme qui venait me chercher ? Où était M. Buchanan ?

– Je croyais que j'allais entrer au service de M. Buchanan ? ai-je marmonné.

– Mais oui, mon enfant. Si tu as l'âge, tout au moins.

– Parle, Millie, rassure la dame. Tu n'as jamais su tenir ta langue très longtemps jusqu'à présent, a fait remarquer Mme Groderrière.

– J'ai quatorze ans. J'ai toujours été très petite.

– Et en plus, tu es rousse ! J'espère que ton caractère n'est pas assorti à tes cheveux. Dieu sait pourquoi on m'a refilé une fille comme toi, a dit le bifteck géant en me plantant un doigt dans la poitrine. Viens, alors, mon enfant. Nous avons un long voyage à faire.

– Au revoir, Millie Plume. Tâche d'être aussi obéissante et appliquée que tu le pourras. Si je peux me permettre de vous donner un conseil, madame, vous devriez la traiter sévèrement dès le départ. Elle est assez rétive, a dit Mme Groderrière.

– Franchement, quelques coups de fouet de temps en temps ne lui feraient pas de mal, a renchéri Mme Cochonne.

Je leur ai jeté un regard assassin. J'avais la bouche pincée. Je ne leur ai même pas dit au revoir. Je serrais ma petite malle entre mes mains. Mon cœur battait à tout rompre. J'ai décidé de partir en courant dès que la grande porte serait ouverte, mais la grosse dame m'a saisie par les épaules et ses doigts boudinés se sont enfoncés dans ma chair, en me pétrissant comme du pain. Elle m'a entraînée vers le portail extérieur, au bout de la longue allée. Je me suis tordu le cou pour jeter un dernier coup d'œil à l'institution où j'étais restée enfermée si longtemps. J'ai fixé la fenêtre à barreaux du grenier et j'ai vu mon fantôme qui regardait dehors.

J'ai frissonné dans l'air froid, parce que je n'avais pas de cape ni de châle d'aucune sorte.

– Ah, tu fais moins la maligne, maintenant ! a commenté Mme Bifteck. Tu tremblotes comme de la gelée de fruits dans son moule.

– J'ai juste un peu froid, madame, ai-je répondu, le menton en l'air – mais elle a ricané.

Elle a hélé le portier à l'entrée.

– Est-ce que ce fiacre attend toujours ? Viens vite, Millie Plume, il va déjà nous faire payer assez cher comme ça.

Elle m'a tirée vers un fiacre attelé à un cheval, de l'autre côté du portail. Je n'ai pas pu m'empêcher d'éprouver un léger frisson d'excitation à l'idée de voyager là-dedans. Elle m'a poussée dans le fiacre et m'a rejointe aussitôt. Sa jupe rouge foncé s'est déployée tout autour de moi. J'ai aperçu ses jambes dans leurs bas de soie rose, telles d'énormes saucisses de porc. Je me suis tortillée pour m'écarter d'elle le plus possible dans cet espace confiné, pendant que le cocher, au-dessus, claquait la langue pour aiguillonner son cheval. Au moment où l'animal s'est mis à trotter, j'ai entendu des cris. Je ne distinguais pas bien les mots, mais j'aurais juré que quelqu'un criait mon nom.

Je me suis retournée comme j'ai pu, pendue à la fenêtre du fiacre, et j'ai vu un jeune homme en pantalon de velours côtelé marron qui nous courait après en agitant les bras et en criant.

– Assieds-toi, mistinguette ! Tu risquerais de dégringoler du fiacre et de te briser le crâne, a grondé le bifteck géant.

– Mais ce monsieur m'appelle ! Il me fait des signes comme s'il me connaissait, ai-je répliqué, perplexe. S'il vous plaît, arrêtons le fiacre pour voir ce qu'il veut.

– Ne dis pas de sottises, mon enfant. Nous n'allons pas arrêter le fiacre pour que tu puisses papoter avec Pierre, Paul ou Jacques. Nous avons du travail ! Je suis venue te chercher par pure bonté, de peur que tu te perdes pendant le voyage. Mais maintenant, je vais être terriblement en retard toute la journée.

Elle a ordonné au cocher d'accélérer. On a bientôt tourné au coin de la rue, en fonçant à une telle allure qu'il était impossible que le jeune homme nous rattrape.

Qui cela pouvait-il bien être ?

4

J'ai examiné longuement la grosse dame en rouge pendant que nous cheminions, serrées l'une contre l'autre comme deux porcelets sur une broche.

– Pourquoi tu me regardes comme ça ? J'ai une saleté sur la figure ? m'a-t-elle questionnée.

– Non, madame. Je me demandais juste qui vous êtes, ai-je répondu avec sincérité. Comment vous appelez-vous ?

– Je suis Mme Beedosh, a-t-elle répondu, annonçant son nom aussi fièrement que si elle était la reine d'Angleterre.

Mme Bidoche ? « Bidoche » veut dire « viande », non ? Oh, quel nom magnifique pour cette grosse dame bovine ! Un énorme fou rire s'est mis à me chatouiller de l'intérieur. J'ai dû serrer les dents et me mordre les joues pour m'empêcher d'exploser. Je me suis concentrée sur la question de savoir pourquoi elle s'appelait Mme Beedosh. Si c'était la femme d'un monsieur Buchanan, pourquoi ne portait-elle pas son

nom ? Peut-être était-ce une voisine venue me chercher pour rendre service ?

– Excusez-moi, madame, mais vous vivez dans la maison de M. Buchanan ?

– Bien sûr que j'y vis, espèce de bécasse.

– Et… et M. Beedosh aussi ?

– Il n'y a pas de M. Beedosh. On m'appelle « madame » par courtoisie, a-t-elle expliqué.

J'ai réfléchi. J'ai repensé à tous les *Police Gazette* de la cuisinière que j'avais lus en cachette à l'hôpital.

– Alors est-ce que vous… est-ce que vous êtes sous la protection de M. Buchanan ? ai-je bredouillé.

Je croyais avoir posé la question avec délicatesse, mais la dame a toussé et crachoté, en devenant encore plus rouge que sa coiffe.

– Comment *oses-tu* sous-entendre une chose pareille ? Je n'en crois pas mes oreilles !

– Je suis désolée ! Je ne voulais pas vous froisser. Je n'ai pas compris. Je pensais juste…

– Je suis la cuisinière et la gouvernante de M. Buchanan, a coupé Mme Beedosh. Je ne peux même pas *imaginer* comment tu as pu comprendre autre chose. Mais bon, tu es une pauvre orpheline ignorante, Millie Plume, alors je suppose que tu n'y peux rien.

– Oh non, je ne suis pas une orpheline, madame. J'ai une maman que j'aime beaucoup, Ida Battersea. En fait, je ne m'appelle pas vraiment Millie Plume, c'est juste le nom dont l'hôpital des Enfants-Trouvés m'a affublée. Je m'appelle Saphir Battersea. Est-ce qu'on peut m'appeler comme ça, s'il vous plaît ? Par courtoisie ?

– *Saphir ?* Qu'est-ce que c'est que ce nom païen et fantaisiste pour une petite servante ? Ne sois pas ridicule, mon enfant. As-tu été baptisée quand tu étais bébé, à ton arrivée à l'hôpital des Enfants-Trouvés ?

– Oui, madame.

– Et quel nom de baptême t'a-t-on donné ?

J'ai inspiré à fond.

– Millie Plume, mais…

– Pas de « mais » ! C'est ton nom, et on ne t'appellera pas autrement. Saphir… non mais vous m'en direz tant !

« Oui, Saphir. Saphir ! SAPHIR ! ai-je repris dans ma tête. C'est un très beau prénom, et c'est le mien. Vous pourrez toujours m'appeler Millie Plume mille fois par jour, je connais mon *vrai* nom, maintenant, et vous ne pouvez pas me l'enlever. »

– Je n'aime pas cette tête, Millie. J'espère que tu n'es pas une fille colérique. Te rends-tu compte de la chance que tu as d'avoir eu cette place ?

J'avais l'impression d'être la fille la moins chanceuse au monde, mais j'ai recomposé mon expression pour afficher un sourire mielleux et j'ai hoché la tête avec énergie. De toute évidence, Mme Beedosh était soupe au lait et ses doigts semblaient aussi acérés que des crochets à viande. J'étais persuadée que mes épaules étaient couvertes de bleus.

Le cheval a ralenti et nous nous sommes arrêtés.

Mme Beedosh m'a donné un coup de coude pour me faire signe de descendre du fiacre. Nous nous trouvions devant un grand bâtiment imposant, presque aussi vaste qu'un château. Il me rappelait vaguement quelque chose.

– C'est la maison de M. Buchanan ? ai-je demandé, dubitative.

– Doux Jésus, comment peux-tu être aussi stupide, mon enfant ? C'est la gare de Waterloo ! Nous allons poursuivre notre voyage en train.

Elle s'est interrompue un instant, puis elle a ajouté lentement, comme si elle s'adressait à une simple d'esprit :

– Un train, c'est une très longue voiture tirée par une grosse machine à vapeur.

– Je sais ce que c'est, un train, madame Beedosh, ai-je dit non sans fierté. J'en ai pris un quand j'ai quitté la maison de mes parents adoptifs, à la campagne.

Elle a ricané.

– Tu devais avoir seulement cinq ans à l'époque. Ça m'étonnerait que tu t'en souviennes.

– Mais si ! Je m'en souviens très bien. Mère nous accompagnait, Gédéon et moi, et nous étions affreusement tristes. Jem, mon frère adoré, est venu à la gare avec nous. Il m'a dit d'être sage et courageuse, et il m'a promis qu'un jour il viendrait me chercher pour me ramener à la maison…

Là-dessus, je me suis interrompue et j'ai gémi douloureusement.

– Qu'y a-t-il ? Tu t'es mordu la langue ?

– Oh, madame Beedosh, il faut qu'on y retourne ! me suis-je écriée en essayant de remonter dans le fiacre.

– Qu'est-ce que tu fais ? Cesse d'être aussi pénible, mon enfant. Nous n'avons plus besoin du fiacre. Nous devons aller prendre le train.

– Non ! Non ! Je viens de comprendre… Ce jeune homme qui attendait devant le portail ! C'était peut-être Jem.

Je n'avais aucun moyen d'en être sûre. Il était très grand, il faisait largement un mètre quatre-vingts, et il avait de robustes épaules d'homme – mais bien sûr, Jem devait avoir dix-neuf ans, à présent, ce n'était plus un petit garçon. Je n'avais eu aucun contact avec lui – il n'avait pas pris la peine de répondre à une seule de mes lettres –, mais Miss Smith m'avait signalé qu'une partie de mon courrier avait été confisqué. Il m'avait vite oubliée et il avait fait croire à la petite Eliza qu'il allait l'épouser, mais j'avais été son premier amour. Peut-être qu'il avait calculé la date où je devais sortir de l'hôpital et qu'il était venu de sa campagne lointaine pour me retrouver ? Et moi, j'étais passée devant lui sans m'arrêter, sans même le regarder !

Comment avais-je pu être aussi aveugle ? À l'instant, je venais de me vanter de ma mémoire devant Mme Beedosh, et pourtant, je n'avais pas reconnu mon cher Jem.

– S'il vous plaît, s'il vous plaît, je vous en supplie,

laissez-moi y retourner ! me suis-je écriée. C'est une question de vie ou de mort. Il *faut* que je voie ce jeune homme, celui qui m'attendait devant le portail de l'hôpital.

– Pardon ? Petite demoiselle, ne me dis pas que tu as déjà des admirateurs… Tu es encore une enfant !

– Non, Jem est mon *frère*, mon frère adoptif. Oh, c'était lui, j'en suis sûre à présent. S'il vous plaît, madame Beedosh, je serai toujours sage et obéissante, je vous le jure… Laissez-moi juste y retourner et lui dire que je ne l'ai pas oublié, en fait.

J'ai empoigné sa manche couleur viande saignante d'un air suppliant.

Elle s'est dégagée aussitôt.

– Tu es ridicule, Millie Plume, contrôle-toi, sinon je serai contrainte de parler de ton comportement impulsif au maître. Et tu auras le singulier honneur d'être renvoyée avant même d'avoir pris ton poste, m'a-t-elle menacée.

Elle a agité son doigt boudiné sous mon nez.

– C'est ta dernière chance !

Je savais bien que c'était ma dernière chance. J'aurais dû la contourner et courir comme une dératée jusqu'à l'hôpital… Hélas, j'ai eu une hésitation fatale. Je ne savais pas m'orienter dans les rues incroyablement animées de Londres, mais ce n'était pas une excuse. Je me suis débattue, mais je manquais de détermination.

Mme Beedosh m'a poussée dans la grande gare

assourdissante, en appuyant si fort sur mes reins que j'ai trébuché dans mes bottines inconfortables et failli tomber par terre. Elle m'a redressée d'un coup sec et m'a tirée sur les marches pour monter dans un wagon. Elle semblait tellement forte que j'ai eu peur qu'elle me pende au portemanteau par les pieds comme un lapin dépecé – mais elle m'a jetée sur un siège dans un coin et s'est assise si près de moi que je ne pouvais pas bouger.

– Voilà. Reste assise tranquillement et ne dis plus de bêtises, a-t-elle dit avec autorité.

J'ai fermé les yeux et j'ai repensé à la scène qui s'était déroulée devant le portail de l'hôpital. J'ai fait de gros efforts pour visualiser avec netteté le grand jeune homme vêtu de marron. Était-ce *vraiment* Jem ? Je n'en étais plus aussi sûre à présent.

J'ai repensé à ma petite enfance. J'ai revu Jem me prendre dans ses bras, me porter partout. Je me suis remémoré les moments que nous avions passés dans la cabane, quand il participait patiemment à mes jeux d'imagination puérils. Je me suis rappelé qu'il m'avait appris l'alphabet et la lecture, soir après soir. Je me suis souvenue qu'il m'avait serrée dans ses bras pendant ce long voyage en carriole, quand je quittais la maison pour toujours. J'ai gardé les yeux fermés, mais je n'ai pas pu empêcher les larmes de couler sous mes paupières et de rouler sur mes joues.

– Allons, mon enfant, a dit Mme Beedosh d'une voix étonnamment douce. Ne pleure pas. Je ne supporte pas les larmes. Je me doute que tout cela te paraît dépaysant. Tu vas regretter l'hôpital, mais c'est naturel, puisque c'est là que tu vivais.

Cela n'aurait absolument *rien* eu de naturel que je regrette cette prison, mais il m'a semblé plus simple de ne pas la détromper. J'étais stupéfaite qu'elle ait si brusquement changé de ton. Elle avait été si sèche et irritable jusque-là.

Elle m'a tapoté l'épaule pour me réconforter.

– Je me souviens de ma première place. J'étais fille de cuisine dans un immense manoir de campagne. C'était une maison somptueuse, mais elle me paraissait terriblement sombre, étrange et sinistre comparée à la petite chaumière de mes parents. Je me suis endormie en pleurant, le soir, pendant des semaines – et je pleurais le jour aussi, parce que la cuisinière de la maison était quelqu'un de franchement terrifiant. Quel caractère ! Lorsqu'on coupait des rondelles de carottes irrégulières ou qu'on ratait une crème pâtissière, mon Dieu, elle nous jetait des casseroles dessus. Des casseroles en cuivre, attention, alors si tu ne te baissais pas fissa, tu te faisais assommer.

J'ai regardé Mme Beedosh en clignant des yeux, affolée.

– Ne fais pas cette tête apeurée, Millie Plume ! C'était il y a bien longtemps. De nos jours, on ménage les petites servantes. Je ne te jetterai pas de casseroles, du moment que tu travailles dur, que tu ne fais pas de vagues et que tu te tiens à carreau.

J'ai hoché la tête, même si je n'étais pas sûre de comprendre le sens de l'expression « se tenir à carreau ». Une question de plus dans ma tête pleine de questions.

J'ai regardé par la fenêtre tachée de suie pendant que le train quittait Londres en chuintant. Au début, j'ai vu d'immenses usines hideuses qui crachaient de la fumée épaisse, puis des kilomètres de petites habitations noirâtres construites les unes contre les autres ; mais bientôt, elles ont commencé à s'espacer. À présent, je voyais de la verdure partout autour de nous : des champs et des arbres.

– Ça y est, on est à la campagne ?

J'ai songé que nous étions peut-être près de la maison de ma chère famille adoptive.

– Non, non, nous ne sommes qu'à Wimbledon... Nous en avons encore pour un moment. Il nous reste plusieurs arrêts avant d'arriver à Kingstown. C'est la ville où M. Buchanan est établi. Il a une grande et belle maison, même si elle n'est pas tout à fait aussi spacieuse que la gare de Waterloo.

Mme Beedosh a ri de ma sottise.

– M. Buchanan est-il un homme bon ? l'ai-je questionnée timidement, en me demandant si je risquais encore de la scandaliser par cette question hardie.

Mais Mme Beedosh est restée calme. Elle a défait les cordons de sa coiffe pour gratter énergiquement ses cheveux gris.

– Excuse-moi, ma petite. Ma coiffe du dimanche est bien jolie, mais elle me démange. M. Buchanan ?

Oh, il est plutôt aimable, mais il a ses manies, bien sûr. C'est un écrivain très important, tu sais. On voit souvent ses articles sur l'éducation dans les journaux, et ses livres remplissent un rayonnage entier de sa plus belle bibliothèque.

– Est-ce que je pourrai en lire un ?

Mme Beedosh m'a regardée en penchant la tête.

– Tu sais lire, ma petite ? Vraiment lire, même les longues phrases ? J'ai travaillé avec plusieurs petites filles de l'hospice et elles n'étaient pas capables de lire une seule ligne.

– Je lis couramment depuis que j'ai quatre ans, ai-je précisé fièrement. C'est mon frère Jem qui m'a appris.

Je n'aurais pas dû mentionner son nom. J'ai senti que ma lèvre inférieure s'était mise à trembloter.

– Euh… ce ne serait pas forcément très convenable que tu lises les livres de M. Buchanan, même s'il s'agit de livres pour enfants, je crois. Cela lui fera plaisir de savoir que tu as posé cette question, mais je ne pense pas que tu aies le temps de lire, Millie Plume. Tu aideras Sarah et moi de six heures du matin à dix heures du soir.

Ces horaires de travail ne m'ont pas plu du tout !

– J'aimerais tellement lire ! Ne pourrai-je pas le faire quand j'irai me coucher ? ai-je insisté.

– Je ne veux pas que tu t'abîmes les yeux et que tu gaspilles des bougies, a répliqué Mme Beedosh. Et si tu fais bien ton travail, tu t'endormiras profondément dès la seconde où tu te seras mise au lit.

– Je pourrais peut-être lire pendant ma pause ?

– Ta *pause* ? a répété Mme Beedosh comme si elle ne comprenait pas ce mot.

– Ma récréation, ai-je repris.

À l'hôpital des Enfants-Trouvés, nos journées étaient organisées de façon très stricte ; elles étaient essentiellement consacrées au travail et il restait très peu de temps pour jouer, alors les récréations étaient particulièrement importantes.

– Ta récréation !

Mme Beedosh a ricané.

– Oh, Millie Plume, tu me surprends ! Tu n'es plus une écolière, maintenant. Tu n'auras pas de récréations, mon petit. Ce sera travail, travail, travail, sept jours par semaine, avec le dimanche après-midi libre *si* tu as été sage.

Je l'ai écoutée, désabusée. C'était troublant de m'apercevoir à quel point j'en savais peu sur la vie de tous les jours. Les surveillantes avaient prétendu me former, mais elles ne m'avaient appris qu'à raccommoder et à laver le plancher. Ces aptitudes ne me paraissaient pas d'une grande utilité. Une heure de reprisage ou de ménage me semblait interminable. Comment allais-je faire pour tenir des journées entières ? Si seulement je pouvais demander conseil à maman ! Elle avait essayé de me préparer. Elle avait même pris l'habitude de m'envoyer ses meilleures recettes dans ses lettres hebdomadaires, au cas où elles pourraient me servir.

– Savez-vous par hasard si M. Buchanan aime le pâté de gibier en croûte et la tourte au bœuf ? ai-je demandé avec espoir.

– Absolument. Le maître prise toutes sortes de pâtés et de tourtes.

– Dans ce cas, je pourrais peut-être en préparer spécialement pour lui ? ai-je suggéré. J'ai de très bonnes recettes.

Mais Mme Beedosh s'est esclaffée une fois de plus.

– Toi ? Faire la cuisine ? Qu'est-ce que tu vas encore aller inventer ? C'est moi, la cuisinière, mistinguette. Toi, tu es juste la petite bonne à tout faire.

Dépitée, je me suis remise à regarder par la fenêtre du train. Je ne voulais *pas* être une bonne à tout faire. À présent, il y avait des maisons plus grandes bâties tout près de la voie de chemin de fer, alors je pouvais regarder dans leur jardin. J'ai vu une fille d'à peu près mon âge, en robe bleu vif, qui faisait de la balançoire. Pourquoi ne pouvais-je pas être cette fille-là, qui tendait les jambes sans s'inquiéter de rien ? Pourquoi étais-je obligée, moi, de faire la bonne – comme maman, d'ailleurs ? Oh, si seulement nous pouvions vivre ensemble, dans une petite maison… une petite maison rien qu'à nous !

J'ai serré les dents. À ce moment précis, je me suis juré de réaliser ce rêve un jour. Je savais que je ne pourrais jamais y arriver avec un maigre salaire de servante. Même Mme Beedosh n'avait pas les moyens de s'installer dans une maison à elle. Miss Smith avait-elle vraiment raison quand elle disait que mes Mémoires n'étaient pas publiables ?

– Ne fais pas la grimace, mon enfant, ça te rend laide, a commenté Mme Beedosh en tapotant mon front plissé. Rassemble tes affaires, maintenant. Nous descendons au prochain arrêt.

J'avais espéré que Kingstown ressemblerait un peu au village de campagne de ma petite enfance, mais quand nous sommes sorties de la gare, j'ai vu que nous étions dans une ville chic pleine de grands magasins – une ville qui ressemblait beaucoup à Londres.

J'ai regardé autour de moi avec curiosité, de nouveau ébahie par le bruit et l'agitation, le crépitement des carrioles et des fiacres, le vacarme des gens dans la rue et les couleurs éblouissantes des vêtements de tout ce monde, pour moi qui étais habituée au marron terne de notre uniforme d'enfants trouvés. Même la robe extraordinaire de Mme Beedosh paraissait discrète et banale au milieu des robes et des chapeaux violets, bleu paon et vert émeraude.

Je tourbillonnais sur moi-même pour suivre les dames des yeux l'une après l'autre, avec leurs longues robes volumineuses qui virevoltaient autour de leurs bottines et les rangées de volants qui s'étageaient sous leur derrière. J'avais trouvé ma nouvelle robe plutôt voyante, mais maintenant, elle me paraissait terriblement terne. Je me suis aperçue dans la vitrine d'une boutique et j'ai vu que j'avais une allure d'épouvantail, avec mes manches si longues qu'elles cachaient mes mains, mon jupon cousu à la va-vite, sans décorations, et ma coiffe bizarre.

– Je ne suis pas du tout à la mode, n'est-ce pas, madame Beedosh ? ai-je demandé tristement.

– Bien sûr que non, Millie Plume. Les domestiques ne suivent pas la mode ! Tu dois juste paraître soignée et serviable, a répliqué Mme Beedosh – mais elle n'a pas pu s'empêcher d'admirer son reflet.

Un bus tiré par des chevaux est passé en trombe. Les roues ont projeté en l'air des paquets de crottin qui sont retombés dangereusement près de nous, sur le trottoir. Mme Beedosh, veillant sur sa robe rouge, a fait un bond de côté.

– C'est un *bus*, ça, Millie Plume, m'a-t-elle signalé comme si j'étais un enfant en bas âge.

– Je sais, madame Beedosh. J'en ai déjà pris un une fois. Est-ce que nous allons prendre un bus, maintenant ?

– Non, la maison du maître n'est pas loin à pied. Par ici !

J'ai trottiné à côté d'elle en regardant autour de moi. Je suis passée devant plusieurs établissements aux noms comiques : *Le Chien et le Renard*, *Les Bras du charron*, *Les Trois Poissons*. Ils dégageaient tous la même odeur étrange et forte. Intriguée, je me suis attardée pour jeter un coup d'œil à travers le verre coloré des fenêtres.

– Viens, mon enfant. Tu n'as pas intérêt à regarder dans ces lieux de perdition, a dit Mme Beedosh en me tirant fermement par le bras.

– Des lieux de perdition ? ai-je répété.

– Ce sont des pubs. Des débits de boisson. Des endroits néfastes où les hommes sots gaspillent leur argent en boissons fortes et où les femmes faibles perdent leur honneur, m'a-t-elle expliqué en soulevant sa longue robe rouge comme si elle ne supportait pas de marcher sur le même trottoir que des gens pareils.

Ces repaires démoniaques me paraissaient plutôt attrayants, mais je savais qu'il valait mieux ne pas discuter. J'ai remarqué une autre odeur, bien plus forte, émanant d'un immense bâtiment en brique. J'ai plissé le nez. Cela sentait encore plus mauvais que les toilettes de l'hôpital. Pouvait-il s'agir de gigantesques toilettes publiques ? J'ai enfoui le nez dans ma manche.

– C'est juste la tannerie, Millie. Marche vite et nous l'aurons bientôt dépassée, a dit Mme Beedosh.

Une tannerie ? Quand Mme Peters-Cochonne était très en colère, elle disait : « Je vais te tanner le derrière, vaurienne insolente ! » La tannerie était-elle une sinistre maison de correction ? J'ai frissonné.

– Tu ne sais pas ce qu'est une tannerie, pas vrai, Millie Plume ?

– Je sais que c'est un endroit horrible.

– Quoi ? C'est l'endroit où on tanne les peaux de vache pour fabriquer le cuir de tes bottines, petite sotte.

J'ai regardé mes grosses bottines. Je n'avais pas soupçonné qu'elles étaient fabriquées avec des animaux morts. J'ai senti mes orteils se tordre de dégoût. Il y avait tant de choses que j'ignorais au sujet du monde extérieur ! L'hôpital des Enfants-Trouvés s'était toujours vanté de nous fournir une excellente éducation, mais à présent, je voyais que j'étais ignorante comme une carpe.

J'ai continué à marcher d'un pas lourd dans mes morceaux de vache séchée, respirant plus librement une fois que nous avons quitté la tannerie et traversé un grand pré vert. L'herbe était moelleuse et souple, si différente du trottoir tout dur. Je me suis souvenue des champs dans lesquels je gambadais pieds nus quand je vivais à la campagne. J'ai encore eu le cœur serré en pensant à Jem.

Un magnifique bâtiment gris, surmonté d'une haute flèche, garni d'une foule de petites arches et d'une majestueuse porte gothique a attiré mon attention. Il ressemblait beaucoup à un palais que j'avais vu dans une des illustrations du précieux recueil de contes de fées dont maman m'avait fait cadeau. Un curieux jardin le jouxtait, hérissé de plaques de pierre grise au lieu de fleurs, de fruits et de légumes.

Mme Beedosh a vu que je regardais cela avec des yeux ronds et, cette fois, mon intérêt a paru lui faire plaisir.

– Oui, Millie, tu iras à Saint-John le dimanche après-midi. Le pasteur est merveilleux, ici. Sarah et moi, nous trouvons que ses sermons font chaud au cœur.

Ce n'était pas du tout un palais. C'était une *église*. Aux Enfants-Trouvés, j'allais à la chapelle chaque dimanche, mais c'était un endroit très différent de celui-ci.

– Pourquoi le pasteur a-t-il ce jardin étrange avec des pierres dedans ? ai-je demandé.

– Quoi ?

Mme Beedosh s'est arrêtée net.

– Tu fais l'insolente, mon enfant ?

– Non, madame.

– Oh, Seigneur, tu n'as jamais entendu parler des cimetières ? Ces pierres marquent les tombes de tous les morts de la paroisse.

– Les *morts* ? ai-je répété, sous le choc.

– Ne sais-tu donc *rien du tout*, Millie Plume ? Quand tu meurs, on te met dans un cercueil et on t'enterre dans un cimetière.

J'avais enfin la réponse à une question qui me turlupinait depuis longtemps. De temps en temps, des enfants étaient morts, à l'hôpital. Mon propre frère adoptif, Saul, était mort de la grippe. Il avait tout simplement disparu du jour au lendemain. La nurse Winnie m'avait dit qu'il était monté au ciel, mais je n'étais pas sûre de la croire. À cause de son infirmité, Saul ne pouvait pas marcher correctement. Comment aurait-il pu faire pour grimper tout là-haut ? J'avais vu son petit dos osseux bien souvent, enfant, à l'époque où on nous donnait encore le bain ensemble. Je savais qu'il ne recélait pas d'ailes repliées pour plus tard.

D'autre part, je n'étais pas convaincue qu'on aurait laissé Saul entrer au ciel. Il n'avait jamais eu un comportement angélique, loin de là.

C'était donc *ça* qui arrivait aux morts ! On les plantait dans le jardin comme des pommes de terre ! J'ai observé le cimetière avec crainte. Ce monde nouveau ne me plaisait pas du tout, avec ces dépouilles d'animaux sur mes pieds et ces morts qui gisaient partout autour de moi. J'espérais qu'ils allaient rester bien sagement sous la terre. Aux Enfants-Trouvés, on se faisait peur en se racontant des histoires de fantômes quand on allait se coucher, le soir. En fait, c'était surtout moi qui avais effrayé les autres – en recyclant des récits de meurtre et de destruction tirés de *Police Gazette*. Je m'étais follement amusée à chuchoter à propos de la pauvre Minnie qui errait dans les couloirs, un couteau planté dans le cœur, en laissant des traces de pas sanglantes sur le lino. Et si les morts ne restaient pas morts ? Peut-être qu'ils allaient se mettre à pousser dans la nuit, que leur tête allait jaillir du sol, suivie de leurs épaules et de leurs bras, jusqu'à ce qu'ils soient libérés de leur gangue d'argile et puissent revenir rôder sur la Terre.

– La maison de M. Buchanan est près du cimetière ? ai-je demandé avec appréhension.

– Nous avons encore plusieurs rues à passer. Alors viens, mon enfant, marche vite.

J'ai obtempéré avec joie, bien que j'aie mal aux bras à force de porter ma malle et que je brûle de la poser.

Un garçon a sifflé bruyamment et nous a rejointes au pas de course, en portant un énorme panier plein avec une apparente facilité. Il était très petit, il faisait à peine ma taille, ses yeux marron pétillaient d'intelligence et j'ai deviné qu'il avait à peu près mon âge.

– 'Tention, m'dame B. ! a-t-il crié en arrivant à côté de nous.

– Je te prierais de m'appeler madame Beedosh, mon garçon, a jeté Mme Beedosh.

– Et ça, c'est qui ? a-t-il demandé en m'observant.

– Ne sois pas indiscret, a répliqué Mme Beedosh.

– C'est votre fille perdue depuis longtemps ? a imaginé le garçon en gloussant.

– Assez avec ces sornettes ! C'est Millie Plume, notre nouvelle servante. Le maître a jugé qu'il était temps que Sarah et moi ayons un peu d'aide, vu que nous ne sommes plus toutes jeunes. Nous espérions une grande gaillarde solide, mais regarde-moi le gabarit de celle-ci !

– Elle est petite, c'est sûr, a commenté le garçon. J'espère que vous l'avez eue à moitié prix, vu que c'est une demi-portion !

– Tu peux parler, l'avorton ! ai-je rétorqué en levant le menton.

– Ooouh, mais elle parle ! Et elle a un caractère de feu comme ses cheveux ! m'a-t-il lancé avec un sourire.

Je lui ai fait une horrible grimace. Il a tiré la langue et l'a remuée avec vigueur.

– Je parlerai de ton impertinence à Jarvis ! l'a menacé Mme Beedosh – mais il s'est contenté de rigoler et de partir en courant avec son énorme panier.

Les muscles de ses bras chétifs semblaient prêts à éclater.

– Qui était-ce, madame Beedosh ?

– Oh, ne fais pas attention, c'est juste Bertie, le garçon boucher. Il livre toute la viande dans notre quartier. Ce n'est pas un mauvais bougre, mais il faut être ferme avec lui.

J'ai décidé d'être *très* ferme. Je ne tenais pas à ce qu'un idiot me taquine. Malgré tout, je ne pouvais pas m'empêcher d'être éblouie par sa force. Je me suis demandé si mes muscles allaient se renforcer, maintenant que j'allais travailler. J'avais mal partout et mes bottines me donnaient des ampoules. Je n'avais pas l'habitude de marcher autant.

Nous nous sommes engagées dans une montée, ce qui a encore aggravé les choses. J'ai dû m'appuyer contre un réverbère pour remettre ma malle d'aplomb et reprendre mon souffle. Mais enfin, au sommet de la colline, Mme Beedosh a pointé le doigt.

– Tu vois la grande maison blanche avec des vitraux incrustés dans la porte ? Voilà ta nouvelle demeure, Millie Plume.

5

C'était une grande maison neuve de trois étages, très majestueuse et imposante.

– Elle est magnifique, ai-je commenté.

– En effet, a approuvé fièrement Mme Beedosh.

Elle a ouvert le portail en fer forgé peint et nous nous sommes avancées sur les dalles rouges de l'allée. J'ai posé un pied sur les marches d'un blanc de neige, mais Mme Beedosh m'a tirée en arrière par le bas de ma jupe.

– Pas l'escalier de devant, mon petit ! Nous n'entrons jamais, *jamais* par la porte principale !

Je l'ai regardée avec des yeux ronds. Comment étions-nous censées entrer dans la maison, alors ? Par la fenêtre ?

– Nous empruntons l'escalier de service, sur le côté !

Elle m'a empoignée et m'a entraînée dans cette direction. J'ai aperçu un jardin, à l'arrière, avec une immense pelouse bien verte et un banc en fer forgé

POSTAGE AND INLAND REVENUE
ONE PENNY

décoré, peint en blanc et tapissé de coussins – mais je savais bien que je ne pourrais jamais m'affaler dessus.

Mme Beedosh m'a poussée de l'autre côté de la porte du sous-sol. Soudain, je me suis presque sentie chez moi. Le couloir était sombre, peint en crème et en marron. J'ai reconnu des odeurs familières : levure et graphite. Je suis entrée dans une grande cuisine très semblable à l'ancien royaume de maman à l'hôpital des Enfants-Trouvés. Je me suis figée, toute frissonnante, parce que cet endroit lui ressemblait tellement, avec sa table en bois et ses casseroles brillantes, et en même temps si peu, puisque maman ne s'y trouvait pas. Il n'y avait là que Mme Beedosh et une femme que je ne connaissais pas ; une femme pâle, vêtue d'une blouse imprimée, qui était assise à la table et mangeait un énorme morceau de pain avec du fromage.

– Ah, vous voilà enfin ! a-t-elle dit en sautant sur ses pieds. Voyons voir cette fille !

Elle m'a attrapée et m'a traînée vers la fenêtre pour pouvoir m'examiner. Elle a fait une grimace comique, comme si ce qu'elle voyait ne lui plaisait pas. J'ai été tentée de lui faire la grimace à mon tour, mais j'ai estimé qu'il valait mieux être prudente. Elle n'avait pas l'air aussi joyeuse que le garçon boucher. Si Mme Beedosh me faisait penser à un bifteck, cette femme-là évoquait clairement une pomme de terre. Elle avait un visage blafard et boursouflé avec de petites verrues çà et là, comme les yeux d'une pomme de terre. Sa silhouette évoquait un sac de patates. Mme Beedosh était comprimée par un corset, mais si cette autre dame en portait un, son corset avait renoncé depuis longtemps à essayer de la contenir.

– Cela ne peut pas être la nouvelle servante ! a-t-elle dit en me tapotant le visage avec un doigt pour me faire tourner à droite et à gauche. C'est juste une enfant. Impossible qu'elle ait l'âge, madame B.

– Elle a quatorze ans, aussi étonnant que cela puisse paraître. Je sais que c'est une petite chose chétive, mais nous allons juste devoir l'engraisser un peu. Elle s'appelle Millie Plume, même si elle essaie de se faire appeler… d'un nom scandaleux. C'est quoi déjà, mon enfant ?

– Je m'appelle Saphir Battersea, ai-je annoncé d'un ton ferme.

Les deux femmes se sont esclaffées comme si je venais de raconter une plaisanterie.

– Oh oui, et moi, je suis la reine de Saba, a répliqué Mme Patate en faisant une révérence moqueuse. « Saphir Battersea », vous m'en direz tant !

– Ce nom n'a rien de comique du tout. Je ne vois pas pourquoi vous riez, ai-je protesté, indignée.

Ce qui les a fait rire davantage encore.

– Quelle bêcheuse ! Mais bon, à quoi pouvait-on s'attendre avec des cheveux pareils ? Enfin, on nous a refilé de la camelote, mais je suppose qu'on va devoir se débrouiller avec. Maintenant, écoute-moi bien, mistinguette. Je suis Sarah, la bonne. Mme Beedosh règne sur la cuisine, et moi, sur le reste de la maison. Tu devras faire ce qu'on te dira… compris ? Maintenant, viens manger un morceau, et ensuite je t'emmènerai rencontrer le maître.

Je me suis assise à la table, entre ces deux maîtresses femmes. J'ai regardé la nourriture avec stupeur. C'était assez simple – de la viande froide, du fromage et du pain –, mais les portions étaient énormes. Mme Beedosh m'a coupé une monstrueuse tranche de viande qui aurait nourri cinq pensionnaires de l'hôpital pendant une semaine et m'a tartiné une tranche de pain d'une couche de beurre si épaisse que mes dents ont laissé des traces dans la pâte jaune quand j'ai croqué une bouchée. Il y avait aussi une étrange confiture marron avec des morceaux. J'en ai goûté une cuillerée et j'ai tout recraché, les larmes aux yeux.

– Qu'y a-t-il, mon petit ?

– Cette confiture est drôlement piquante, m'dame, ai-je dit.

– Cette confiture ? C'est un condiment au vinaigre, petite gourde !

– Elle ne connaît pas les *condiments* ? s'est étonnée Sarah.

– Elle ne connaît *rien*, celle-ci. Elle se comporte d'une manière tellement originale que je commence à me demander si elle ne serait pas simplette.

J'étais trop démoralisée pour protester. J'avais toujours été la première de ma classe – enfin, la première *ex æquo* quand Polly était encore à l'hôpital. J'avais l'habitude de me considérer comme intelligente et dégourdie. Même Mme Peters-Cochonne et Mme Grodcrrière-qui-pue, les surveillantes, avaient fait des remarques sur ma vivacité d'esprit, disant que j'étais sournoise et maligne comme un singe. Mais maintenant que je me retrouvais dehors, dans ce monde insensé, je me rendais compte que j'allais devoir tout réapprendre. Je ne connaissais rien aux choses les plus simples. Petite, j'avais rêvé de visiter les pays étrangers colorés en rose, en jaune et en vert sur la carte de géographie accrochée au mur de la classe, mais maintenant, je m'apercevais que mon propre pays m'était totalement étranger. Je n'en connaissais ni la langue, ni le terrain, ni la moindre coutume.

– Qu'est-ce que tu as, mon enfant ? a demandé Mme Beedosh. Tu ne vas pas te remettre à pleurer, tout de même ? Je te l'ai dit, je ne supporte pas les larmes.

– Elle cherche juste à faire son intéressante, ne faites pas attention, a marmonné Sarah.

Leur façon de parler de moi comme si je n'étais pas là m'a tiré des larmes. Je ne pourrais pas être Saphir Battersea ici. Je n'étais même pas Millie Plume. J'étais simplement « mon enfant », « mon petit » ou « mistinguette ». Je me sentais minuscule.

– Allons, ne pleure pas, a dit Mme Beedosh. Prends une cuillerée de sirop, ça va te requinquer.

Je n'avais toujours pas mangé plus d'une bouchée de ma viande ni de cet étrange condiment, mais j'ai accepté la cuillère gluante qu'on me tendait et je l'ai sucée avec énergie. Le goût douceâtre m'a réconfortée. Je me suis léché les lèvres en me rappelant les cuillerées de sucre que maman m'avait données autrefois en cachette.

– Ah ah, ça, elle aime ! a commenté Mme Beedosh. C'est bien, mon petit. Arrête de pleurer bêtement, maintenant. Tu n'as pas intérêt à aller voir le maître avec des traces de larmes partout sur la figure, ça ne ferait pas bonne impression du tout.

Elles se sont affairées autour de moi avec frénésie afin de me préparer à cette rencontre avec le maître. Sarah m'a fait sortir par la porte de service pour m'emmener aux toilettes et a attendu que je me soulage. Les cabinets étaient très sombres et, quand je m'y suis accroupie, quelque chose de terrifiant est passé sur mon pied en trottinant.

– Seigneur, arrête de brailler comme ça ! Qu'est-ce qu'il y a, Millie Plume ?

– Je ne sais pas ! Quelque chose m'a touchée !

– Ne sois pas bête, mon enfant. Ça devait juste être une araignée… ou peut-être une souris.

– Oh ! Au secours ! ai-je hurlé plus fort – et je suis sortie en trombe des toilettes.

Les sanitaires de l'hôpital étaient sombres et déprimants, mais ils se trouvaient dans un bâtiment spécial et n'étaient pas habités par une faune quelconque. J'ai décidé de limiter de façon draconienne mes visites aux toilettes. Je pourrais peut-être réquisitionner un pot de chambre et m'en servir en privé ?

Sarah m'a attrapée, m'a traînée dans l'arrière-cuisine et a tenu un torchon sous le robinet. Puis elle m'a frotté vigoureusement la figure, pendant que je me tortillais pour essayer de m'échapper.

– Ne bouge pas, mon enfant… tu es couverte de suie et de saletés à cause du train !

– Je ne suis pas un bébé. Je peux me laver la figure toute seule ! ai-je protesté, indignée.

– En tout cas, tu as un *comportement* de bébé, a riposté Sarah. Et qu'est-il arrivé à tes cheveux ? Quelle impossible tignasse ! Viens ici !

Elle m'a arraché ma coiffe, m'a peignée durement avec les doigts et m'a entortillé les cheveux pour me faire un chignon qu'elle a attaché avec deux épingles tirées de sa coiffure à elle. Puis elle m'a remis ma coiffe et me l'a descendue jusqu'aux sourcils, et elle a tiré sur mon tablier pour le redresser.

– Là ! Tu as toujours une drôle d'allure, mais au moins, tu es propre et nette.

Elle m'a fait pivoter en me tenant par les épaules pour me montrer à Mme Beedosh.

– Elle conviendra, madame B. ?

– Il faudra bien. Mais je pense quand même qu'elle va étonner le maître.

Sarah m'a entraînée dans l'escalier, à l'extérieur de la cuisine. J'étais très nerveuse, maintenant, mais je me suis rassurée en songeant que j'avais un point commun avec ce maître mystérieux. Nous étions tous les deux écrivains. Miss Smith lui avait tout raconté à mon sujet. Peut-être ne me traiterait-il pas du tout comme une domestique. Je ne serais pas une bonne à tout faire – tout et n'importe quoi. Peut-être me laisserait-il m'asseoir près de lui, dans son bureau, pour écrire. Nous aurions des conversations intéressantes sur les joies de la rédaction. Puis, à la fin de la journée, il lirait mes histoires et me prodiguerait gentiment conseils et encouragements.

L'idée était si séduisante que j'y croyais presque. J'ai monté les marches en sautillant gaiement, remarquant à peine le papier peint vert gaufré et les nombreux portraits à la peinture qui me regardaient en haussant les sourcils.

– C'est bien, prends un air enjoué, a dit Sarah.

Elle m'a entraînée sur un palier tapissé d'une moquette carmin et m'a encore frotté la figure avec le bas de son tablier. Puis elle a frappé à une porte. Nous avons attendu sans bouger.

– Oui, oui, oui ? a marmonné une voix masculine.

Sarah a ouvert la porte et m'a poussée dans la pièce. Je pensais qu'elle viendrait avec moi, mais je me suis retrouvée toute seule devant ce nouveau maître inconnu. Pendant quelques secondes, son bureau m'a tellement éblouie que j'ai eu du mal à voir son occupant. J'avais l'impression d'avoir débarqué au pays des fées. Il y avait des livres partout : debout sur les étagères ; couchés par terre, en pile ; en équilibre sur des tables, des guéridons et même des chaises ; étalés sur le parquet comme un tapis de cuir. J'ai regardé autour de moi, émerveillée par ces grands volumes bruns magnifiques, ces petits ouvrages vermillon, ces beaux albums en vélin blanc rehaussé d'or.

Le maître était assis à la plus grande table, derrière deux énormes piles de livres. C'était un homme étonnamment petit et menu ; Mme Beedosh et Sarah étaient deux fois plus corpulentes. Il portait un curieux fez orange avec un pompon sur la tête et une veste rouge matelassée avec des attaches en fil doré. Je l'ai regardé en clignant des yeux, ahurie. Il n'avait pas du tout *l'allure* d'un homme du monde. Il était habillé comme le singe d'un joueur d'orgue de barbarie. Les traits cernés et ridés de son visage étaient eux aussi tellement simiesques que c'en était dérangeant. J'ai dû réprimer le désir de regarder derrière son bureau pour voir s'il avait une longue queue.

Au lieu de quoi je lui ai fait la révérence et je me suis efforcée d'afficher un sourire soumis. Il m'avait sauvée de l'hôpital, après tout. Je devais lui montrer ma sincère gratitude.

Il ne m'a pas rendu mon sourire. Il m'a observée en fronçant les sourcils, ce qui a accentué ses rides d'une façon inquiétante.

– Ah ! Tu dois être la nouvelle servante venue de l'hôpital des Enfants-Trouvés. Mais oh ! là, là, oh ! là, là, tu n'es pas assez grande pour travailler, mon enfant ! a-t-il déclaré d'une voix aiguë.

J'ai laissé échapper un petit soupir.

– J'ai quatorze ans, monsieur.

– Bonté divine ! Mais tu as l'air tellement faible et malingre !

Je le trouvais assez impoli, mais j'avais conscience que ce serait déplacé de m'en offusquer.

– C'est vrai que je suis petite, monsieur, mais je suis sûre que je vais grandir un peu, ai-je dit.

– Je voulais une gentille fille bien robuste pour assister mes deux servantes. Elles prennent de l'âge et elles commencent à avoir besoin d'aide.

– Je suis très gentille et très robuste, ai-je affirmé, proférant ainsi un double mensonge.

– En plus, tu es rousse ! Pas étonnant que Miss Smith ait tellement tenu à ce que je te prenne sous mon toit. Maintenant, je vois pourquoi elle a insisté. Personne d'autre ne prendrait une rousse comme toi : ce serait chercher les ennuis. Je ne tolérerai pas les colères, tu m'entends ?

– Certainement, monsieur. Je ne me laisse jamais aller à piquer des colères, ai-je déclaré.

Cela faisait trois mensonges en moins d'une minute.

– J'aurais dû exiger de te voir avant d'accéder à la demande de Miss Smith. Je n'ai accepté que parce que je me suis senti obligé de soutenir une collègue.

– Si vous permettez, monsieur, je suis une collègue aussi, en quelque sorte. Peut-être que Miss Smith vous en a parlé. Je lui montre mon travail depuis des années.

– Silence ! a fait M. Buchanan, un doigt sur ses lèvres

minces. Je suis surpris. Je pensais qu'on t'aurait appris à ne parler que lorsqu'on t'y invite, aux Enfants-trouvés ! Oui, en effet, Miss Smith a fait allusion à ton goût pour les élucubrations. Si tu t'appliques bien dans ton travail, je consentirai peut-être à te donner quelques conseils, à l'avenir. Mais nous devrons d'abord nous assurer que tu es dure à la tâche, mistinguette, et que tu apprends assez vite comment nous fonctionnons ici. Je prends un grand risque en t'employant, mais je suis un homme charitable et je tiens à faire mon devoir de chrétien.

Il a incliné sa tête de singe et je lui ai fait un signe de tête à mon tour, même si je sentais que mon visage en feu avait pris la couleur de mes maudits cheveux. Je n'avais pas imaginé que Miss Smith avait dû se démener autant pour le convaincre de m'embaucher. Je n'avais pas été choisie spécialement parce que j'étais une candidate prometteuse pour cette maison. Apparemment, j'étais presque impossible à caser, si j'en croyais les commentaires brutaux de M. Buchanan. À n'en pas douter, il aurait préféré n'importe quelle autre fille de l'hôpital – Marie la bègue, Freda la lente, ou même cette pauvre Jenny la folle.

Je n'avais plus le sentiment d'être Saphir Battersea. J'étais Millie Plume, méprisée de tous – sauf de ma chère maman. J'ai pensé à elle ; j'étais pressée de lui ouvrir mon cœur dans une lettre. Mais comment la lui envoyer, à présent ? J'avais toujours donné mes lettres à Miss Smith. Viendrait-elle me rendre visite ici, dans mon nouveau foyer étrange ? Peut-être pas aussi régulièrement, voire pas du tout.

J'ai pensé aux timbres de un penny dont j'avais un besoin vital. M. Buchanan semblait avoir épuisé tout ce qu'il avait à dire et, avec ses pattes de singe, il me faisait signe de me retirer.

– File, maintenant, mon enfant. Sois sage et veille bien sur Mme Beedosh et sur Sarah. Je suis sûr qu'elles te formeront admirablement bien.

– S'il vous plaît, monsieur… ai-je risqué. Je… Je vais toucher des gages, non ?

Il m'a regardée comme si j'avais dit quelque chose d'impertinent.

– Oui, quatorze livres par an. J'ai négocié avec le conseil d'administration de l'hôpital des Enfants-Trouvés. C'est une somme très généreuse pour une enfant sans formation.

– Oui, monsieur, tout à fait, monsieur… mais est-ce que je recevrai cette somme généreuse à la fin de la semaine, ou du mois, ou du trimestre ? ai-je demandé avec inquiétude.

– Je ne vois pas en quoi cela pourrait te préoccuper, Millie Plume. Tu n'auras aucun besoin d'argent tant que tu seras sous mon toit. Tu recevras tous tes repas gratuitement, et je pense que Sarah te donnera une longueur de tissu pour que tu puisses te coudre d'autres vêtements au gré de tes besoins.

– Oui, monsieur, mais j'ai également besoin de plusieurs timbres-poste.

Le désespoir me donnait de l'audace.

– Pourquoi aurais-tu besoin de correspondre avec quelqu'un ? a-t-il demandé.

– Je dois écrire à ma mère, monsieur.

J'ai réfléchi avant d'ajouter par ruse :

– Je souhaite lui dire que j'ai beaucoup de chance d'avoir été admise dans votre maison. Et que vous avez été bien bon.

Il a eu l'air surpris.

– Je ne savais pas qu'il y avait des contacts entre les enfants trouvés et leur mère biologique.

– En général, il n'y en a pas, monsieur… mais ma maman s'inquiète beaucoup pour moi, ai-je expliqué en faisant la révérence pour paraître pleine de déférence. J'aimerais beaucoup la rassurer en lui disant que j'ai obtenu une place exceptionnelle dans une maison merveilleuse.

– Je peux comprendre ton souhait, mon enfant. Tu seras payée tous les trimestres, comme Mme Beedosh et Sarah, mais je m'engage à te fournir des timbres-poste. Voilà, mon enfant…

Il a ouvert le tiroir de son bureau et m'en a donné un.

J'ai encore avalé ma salive.

– S'il vous plaît, monsieur… est-ce que je peux en avoir plus ?

J'ai pensé que je prenais un risque. Je ne voulais pas le fâcher contre moi.

À mon grand soulagement, il a ri.

– Tu es un véritable Oliver Twist, Millie Plume !

Je ne savais pas bien qui était Oliver Twist, mais s'il encourageait M. Buchanan à être généreux, j'approuvais sa fréquentation. M. Buchanan a compté six timbres qu'il m'a tendus et que j'ai glissé avidement dans la poche de mon tablier.

– Maintenant, sauve-toi et tâche de ne plus prendre d'autres libertés, mon enfant, a-t-il dit – même s'il ne paraissait pas agacé.

Alors je me suis sauvée, en effet. Sarah m'attendait de l'autre côté de la porte.

– J'espère que tu n'as pas été insolente avec le maître, ma grande, a-t-elle dit.

– Certainement pas. Nous nous sommes entendus comme des larrons en foire, ai-je répliqué.

Sarah m'a jeté un regard oblique.

– Ne prends pas de grands airs, mistinguette. Viens. Je vais te faire visiter toute la maison et te donner un aperçu de ce que tu auras à faire.

Elle m'a emmenée dans le salon et la salle à manger, en m'expliquant avec un luxe de détails comment dépoussiérer, astiquer et balayer. J'ai essayé d'écouter, mais mon attention était constamment détournée par la splendeur de la maison. Chaque pièce était pleine de meubles, de bibelots et de babioles diverses. Rien que dans le salon, il y avait deux canapés, quatre fauteuils et six chauffeuses. M. Buchanan n'avait qu'un seul derrière, et c'était un derrière plutôt maigrichon. Pourquoi avait-il besoin d'une telle variété de sièges ?

Il aurait sans doute fallu tout un régiment de bonnes pour dépoussiérer chaque objet correctement. J'ignorais que les gens comme il faut vivaient ainsi. J'ai imaginé que je m'affalais sur la méridienne en velours violet, que je dînais à cette table vernie, que je posais les pieds sur ce pouf aux broderies raffinées.

L'étage s'est révélé encore plus fascinant. Quand j'ai jeté un coup d'œil dans la plus belle chambre de la maison, je me suis figuré M. Buchanan en chemise et bonnet de nuit, blotti sous ces couvertures. Et je n'ai pas pu m'empêcher de le visualiser alors qu'il se levait la nuit et se servait du pot de chambre glissé sous le lit, même si j'ai été troublée d'apprendre que ce serait à moi de le vider.

Le fonctionnement de M. Buchanan en ce qui concernait les toilettes m'a franchement stupéfiée, parce qu'il avait sa propre salle de bains avec des cabinets. Sarah m'a montré comment tirer la chaîne pour que tout soit emporté proprement par la chasse d'eau.

– C'est fabuleux ! Pourquoi on se sert de ces horribles cabinets terrifiants et pleins d'araignées, dans le jardin, alors qu'on pourrait se servir de ceux-ci ? ai-je demandé.

Sarah a eu l'air horrifiée.

– Ce sont les appartements privés du maître ! Il n'est pas question qu'on utilise le même cabinet de toilette !

À cet instant, j'ai décidé d'utiliser ces cabinets

quand je viendrais nettoyer la salle de bains. J'ai encore tiré sur la chaîne pour m'exercer.

– Arrête tes bêtises, Millie. Ce n'est pas un jeu. Viens, maintenant.

Elle m'a montré la plus belle chambre d'amis, puis la deuxième plus belle chambre d'amis – les deux m'ont paru incroyablement grandioses, surtout les lits proprement dits. J'étais habituée aux lits étroits de l'hôpital. Ceux-ci étaient immenses. J'ai passé la main sur les édredons. Ils étaient incroyablement doux et soyeux. Peut-être pourrais-je venir en cachette dans une de ces chambres, de temps en temps, pour me reposer un petit moment ?

– M. Buchanan a souvent des invités qui dorment dans ces chambres ? ai-je demandé.

– Rarement. Le maître reçoit peu. Il est trop absorbé par son travail, a répondu Sarah en m'entraînant vers un autre escalier.

Celui-ci était recouvert de lino marron et non d'un tapis, et sur les murs, aucun tableau ne me regardait.

– Là-haut, il y a les mansardes. Tu y passeras aussi le plumeau, le balai et la cire, mais tu n'auras pas besoin d'y apporter autant de soin, parce que ce sont seulement nos chambres à nous.

La chambre de Sarah était drôlement petite, comparée à celle de M. Buchanan, et le plafond s'inclinait brusquement au-dessus de nos têtes. Son lit était étroit, sa table de toilette élémentaire, sa commode petite – elle ne comptait que trois tiroirs. Il n'y avait pas de cheminée, alors il devait y faire un froid glacial en hiver. Sarah n'avait pas le moindre objet de décoration – juste une brosse et un peigne sur sa table de toilette, une Bible près de son lit et un petit tableau accroché au mur : le portrait d'une dame ronde, exécuté sans talent. Le modèle ressemblait à une marionnette raide et pas du tout à une vraie femme. Mais Sarah l'a regardée et lui a touché la joue avec douceur comme s'il s'agissait d'une dame bien réelle et adorable. J'ai identifié aussitôt ce geste, cette émotion.

– C'est votre mère ! me suis-je exclamée.

– Oui, ma chère maman. Mon cousin Luke a peint son portrait. Il est drôlement réussi, hein ?

Je le trouvais drôlement *mauvais*, mais pour une fois, j'ai su me ressaisir à temps.

– Oui. Votre mère a l'air d'être une dame très bien, ai-je répondu. Elle habite loin ? Vous la voyez souvent ?

Le visage en patate de Sarah s'est empourpré. Elle a secoué tristement la tête.

– Ma chère maman est décédée il y a de nombreuses années. Elle me manque encore terriblement.

– Oh, Sarah, je suis vraiment désolée, ai-je chuchoté.

Une crainte nouvelle m'a soudain comprimé la poitrine. Comment pourrais-je tenir le coup si ma mère à moi mourait, elle aussi ? Cela faisait si peu de temps que je l'avais retrouvée. Je ne supporterais pas de la perdre.

C'est l'inconvénient quand on aime quelqu'un. On ne supporte pas l'idée d'être loin de lui – ou d'elle. J'ai repensé à toutes les personnes que j'avais aimées durant mes quatorze années d'existence. Il y avait maman, que j'aimais plus que tout au monde, bien sûr – elle était le soleil de ma vie – mais il y avait aussi des étoiles. J'avais bien aimé la nurse Winnie, et beaucoup aimé ma chère amie Polly. J'étais attachée à la jeune Eliza et je pensais encore avec nostalgie à toute ma famille adoptive. Je les aimais tous – même si c'était Jem que j'avais vraiment adoré et vénéré.

J'ai repensé à l'homme qui m'avait attendue à la sortie de l'hôpital. J'avais lu des choses sur cette technique magique qu'était la photographie. J'aurais tant aimé avoir une photographie de ce jeune homme pour pouvoir examiner son portrait et voir si cela pouvait bel et bien être mon cher Jem ! J'ai senti les timbres dans la poche de mon tablier…

– Millie Plume ! Ne rêvasse pas, ma grande. Viens, je vais te montrer la chambre de Mme B.

La chambre de Mme Beedosh était deux fois plus grande, et garnie d'un lit double. Une immense culotte bouffante traînait sur les couvertures. J'ai senti ma bouche tressauter et même Sarah a ricané, mais rapidement, elle s'est redressée, la mine coupable. Mme Beedosh n'avait pas affiché de portrait de sa mère. Elle s'était entourée de lithographies en couleurs représentant de grands cochons roses, des vaches noir et blanc, de gros moutons laineux et une flopée de poules et de canards. À croire qu'elle avait fait exprès de s'entourer de toute la matière première dont avait besoin une cuisinière. Je me suis demandé si elle regardait ces animaux à la lumière d'une bougie, couchée dans son grand lit, en imaginant d'énormes rôtis et ragoûts.

Le grenier ne comptait qu'une seule autre pièce : une minuscule mansarde au plafond sévèrement incliné. Je pensais que ce serait ma chambre, mais elle était déjà occupée : bourrée de malles, de vieilles chaises, de toiles encadrées et de tonnes de cartons de vieux bibelots, de rideaux, de coussins et de bidules divers.

– C'est le cagibi, la seule pièce de la maison dont tu n'aies pas à te soucier, m'a annoncé Sarah.

– Je vais dormir là ? ai-je demandé d'une petite voix.

– Bien sûr que non, bécasse. Je sais que tu es toute petite, mais je pense qu'il nous serait difficile d'installer ne serait-ce qu'une petite souris ici, a dit Sarah.

– Alors je vais dormir où ?

J'étais perplexe, parce que nous avions inspecté chaque pièce de la maison.

Sarah a penché la tête en me regardant.

– Eh bien… peut-être que si tu te roules en boule bien serrée, tu pourrais dormir par terre dans les cabinets ?

– QUOI ?

Elle avait les yeux brillants et, quand j'ai poussé ce cri horrifié, elle s'est esclaffée.

– Oh, Millie, la tête que tu as faite ! Seigneur, tu as cru que j'étais sérieuse !

Elle gloussait en se tenant les côtes, secouée de rire.

Je n'ai pas eu envie de l'imiter. Et quand elle m'a dit où je dormirais, en réalité, cela ne m'a pas paru beaucoup mieux. Je devais dormir dans l'arrière-cuisine ! C'était une petite pièce sombre donnant sur la cuisine. Elle renfermait un grand évier en plomb, un égouttoir en bois, une essoreuse à rouleaux, des crochets pour les plumeaux, serpillières, balais et brosses en tous genres, ainsi que plusieurs placards obscurs et déprimants, remplis d'allumettes, de bougies et de pains de savon au goudron, de savon noir et de graisse à noircir les chaussures. Malheureusement, on n'y rangeait pas de nourriture. Mme Beedosh gardait toutes ses réserves comestibles dans le cellier, qu'elle fermait à clé tous les soirs, gardant la clé autour du cou.

Le dernier placard contenait un petit lit pliant. Sarah l'a sorti d'un grand geste théâtral.

– Et voilà, Millie. Ne fais pas cette tête ! Tu vois, tu as un vrai lit, et tu peux utiliser l'évier pour te laver.

J'ai espéré qu'elle plaisantait de nouveau, mais cette fois, elle était sérieuse. J'ai senti des larmes me monter aux yeux.

– Seigneur, aidez-nous ! Qu'est-ce qu'il y a encore ? a demandé Mme Beedosh en arrivant pour inspecter ma « chambre ».

– Je ne veux pas dormir dans l'arrière-cuisine ! On

dirait le cabinet noir qu'on utilise pour les punitions ! ai-je sangloté. Je n'ai encore rien fait de mal !

– Hé là, n'exagère pas ! J'espère bien que tu ne vas rien faire de mal. Les petites servantes doivent être sages comme des images, sinon elles sont renvoyées ! Dormir dans l'arrière-cuisine, ce n'est pas une punition, bécasse. Je dormais dans l'arrière-cuisine quand j'étais fille de cuisine, à mes débuts, a-t-elle dit. J'avais presque le même lit que toi.

Je l'ai regardée.

– Mais… Mais vous ne tiendriez pas dedans, ai-je objecté entre deux sanglots.

Une fois de plus, Sarah a éclaté de rire. Je me suis rendu compte que j'avais manqué de tact.

– J'étais une gamine menue à l'époque, a rétorqué Mme Beedosh, vexée. Je n'étais guère plus grosse que toi.

– Je suis désolée… Je ne voulais pas dire… ai-je bredouillé.

Il me semblait impossible que Mme Beedosh ait pu être une gamine menue. J'aurais juré qu'elle avait toujours été monumentale, même bébé, dans les bras de sa mère. Je me la suis représentée emmaillotée dans des langes rouge sang, pesant déjà la moitié du poids de sa pauvre maman… Je me suis surprise à rire, moi aussi, mais j'ai fait passer mes ricanements pour des sanglots.

– Allons, allons, calme-toi, mon enfant, calme-toi. Je vais attaquer ma pâtisserie, sinon nous n'aurons rien pour le thé… et M. Buchanan se plaindrait amèrement s'il devait se passer de son gâteau. Viens tamiser la farine pour moi, Millie, pendant que j'enlève mes habits du dimanche, a dit Mme Beedosh. Courage, mon petit. Tu sais que je ne supporte pas les larmes.

J'ai bel et bien repris courage cet après-midi-là. J'avais travaillé dans la cuisine de l'hôpital avec ma chère maman ; j'étais rapide et compétente. J'ai tamisé la farine, coupé du beurre, cassé des œufs avant de les battre en neige. J'ai mesuré des quantités précises de raisins secs, de cerises et de noix, en en grignotant une à la dérobée de temps en temps, tandis que Mme Beedosh surveillait le poêle et que Sarah reprisait, la tête penchée sur son ouvrage.

Elle m'a chargée de raccommoder une vieille chemise de nuit déchirée une fois que j'ai fini d'aider avec les pâtisseries. Ça m'a fait drôle de tenir cette chemise de nuit sur mes genoux en sachant qu'elle avait couvert le corps osseux de M. Buchanan, mais j'ai sagement raccommodé la partie usée. J'avais fait du reprisage pendant neuf ans aux Enfants-Trouvés, alors j'aurais pu le faire les yeux fermés.

– Ben dis donc, Millie Plume, tu y arrives encore mieux que moi ! a commenté Sarah en jetant un coup d'œil à la partie reprisée. Regardez, madame B., on ne voit presque pas les points.

– Bravo, mon petit, a dit Mme Beedosh en me tapotant le dos d'une main pleine de farine.

J'ai failli fondre en larmes une fois de plus. Personne ne m'avait jamais fait de compliment à l'hôpital.

Quand Mme Beedosh a terminé la cuisson de son gâteau aux raisins secs et de son gâteau aux noix, elle a disposé des tranches bien nettes sur une belle assiette et préparé un plateau chargé d'une théière, d'un petit pot à lait, d'un sucrier délicat et d'une jolie tasse sur sa soucoupe. Sarah a pris le plateau... puis me l'a tendu.

– Et si tu épargnais un peu mes jambes ? Va donc servir le maître toi-même, Millie, a-t-elle dit.

Elle m'a prêté sa plus belle coiffe et son joli tablier blanc à froufrous, seulement la coiffe me tombait sur les sourcils et le bas du tablier touchait le sol. Sarah et Mme Beedosh ont ri de ce spectacle, mais gentiment.

Je ne savais pas trop *comment* servir le thé et le gâteau, alors Mme Beedosh s'est assise à la table de la cuisine et s'est mise à griffonner d'une main, en fronçant les sourcils, pour jouer le rôle du maître, et Sarah a mimé la façon de servir son thé et son gâteau pendant que je l'observais attentivement.

Puis Sarah m'a donné le vrai plateau et m'a envoyée à l'étage. En bois, ce plateau recouvert d'un torchon en dentelle pesait lourd. J'avais du mal à le tenir d'aplomb, et quand je me suis engagée dans l'escalier, la tasse a tremblé sur sa soucoupe et le lait a débordé du pot, mais j'ai réussi à monter jusqu'au bureau de M. Buchanan sans incident grave.

Je savais que je devais frapper à la porte avant d'entrer, mais je ne voyais pas comment faire sans qu'une troisième main salvatrice me sorte de la poitrine. J'ai essayé de lever une jambe et de la caler sous le plateau pour le tenir en équilibre une seconde, mais il a penché dangereusement. J'étais décidée à faire les choses correctement. J'ai posé le plateau par terre et frappé deux coups à la porte ; quand le maître a enfin murmuré quelque chose, j'ai entrouvert la porte, plié les genoux pour prendre le plateau, glissé mes hanches dans l'embrasure et réussi à entrer dans le bureau.

– Je vous apporte votre thé et votre gâteau, maître, ai-je dit.

– Mmh, a-t-il répondu distraitement, sans cesser d'écrire.

Il a fait un geste vague avec l'autre main pour m'indiquer de poser le plateau et de le servir. J'ai parcouru la pièce du regard, mais je n'ai pas vu la moindre surface libre pour mon plateau. Au bout du compte, j'ai dû le placer en équilibre sur deux piles de livres. Cela me semblait suffisamment stable.

J'ai mis la tasse de M. Buchanan sur un minuscule coin de son bureau et je lui ai tendu l'assiette de tranches de gâteau. Sa main est restée en suspens, d'abord au-dessus du gâteau aux noix, puis au-dessus du gâteau aux raisins secs.

– Lequel est le meilleur, Millie Plume ? a-t-il demandé.

– Ils sont délicieux tous les deux, monsieur – je le sais parce que j'ai aidé à les préparer, ai-je déclaré fièrement. Et si vous preniez une part de chaque ?

Il a pris deux tranches – les plus grosses – et a commencé à les manger, en croquant dans l'une puis dans l'autre en alternance. Il a refait un geste – pour me congédier, cette fois.

– Ce sera tout, monsieur ? ai-je demandé.

Il a hoché la tête, la bouche pleine de gâteau.

J'étais un peu déçue. J'aurais voulu qu'il dise : « Bravo, Millie. Voici deux timbres-poste de plus pour te récompenser… et prends donc ce recueil de contes de fées pour le lire ce soir… et voici un livre blanc et une plume neuve pour tes Mémoires. » Mais peut-être était-ce exagérément optimiste. Je me suis contentée de son grognement et je me suis éclipsée avec une petite révérence.

Quand je suis retournée en bas, dans la cuisine, Sarah m'a tapoté le dos et Mme Beedosh m'a coupé une part de gâteau. Elles commençaient à se comporter comme des mères plutôt que comme des surveillantes.

Ce soir-là, j'ai sorti mon piètre lit de son placard, je me suis assise dessus et j'ai écrit à maman à la lumière de ma bougie. J'avais pris de bonnes réserves de papier et d'enveloppes à l'hôpital.

Ne t'inquiète pas pour moi, ma très chère maman. Je serai une bonne petite servante obéissante pendant un temps. Mon nouveau maître, M. Buchanan, est un homme étrange qui ressemble un peu à un singe, mais il a été très gentil avec moi, je dois dire. Mme Beedosh et Sarah sont assez bourrues et se moquent parfois de moi, mais elles ne pensent pas à mal, en général. Je suis aussi heureuse que je peux l'être sans toi.

J'ai ajouté que je lui envoyais plein de baisers avant de signer, puis j'ai glissé ma lettre dans une enveloppe et j'ai collé un timbre. Ensuite, j'ai commencé une autre lettre.

Cher Gédéon,

Je ne peux pas dire que j'aime être servante, mais je dois admettre que ce n'est pas aussi terrible que je le craignais. J'espère que toi aussi, tu trouveras que ce n'est pas si mal d'être un soldat. Au moins, tu auras un uniforme magnifique. La tenue que je dois porter n'est pas spécialement jolie… mais bon, moi non plus.

Prends soin de toi, mon très cher frère. Souviens-toi que je suis toujours

Ta sœur qui t'aime,

Millie

Mme Beedosh ne m'avait donné qu'un petit morceau de bougie, et sa lumière commençait déjà à faiblir – mais j'ai sorti une nouvelle feuille de mon précieux stock de papier. Comme je savais que je n'avais que quelques minutes avant de me retrouver dans l'obscurité totale, j'ai écrit en hâte, sans prendre le temps de composer le texte avec soin.

Cher Jem,
Est-ce que c'était toi, à la sortie de l'hôpital ? ? ?
Je suis vraiment désolée que nous n'ayons pas eu le temps de parler.
Mais tu peux m'écrire à cette adresse. Je suis servante ici. C'est une assez bonne maison et les gens sont plutôt gentils, mais je ne pense pas avoir de dispositions pour le métier de domestique.
Affectueusement,
Ta sœur d'autrefois,
Millie Plume

P.S. Eliza tient bien le coup, aux Enfants-Trouvés. C'est une enfant gentille et sage, et elle a rarement des ennuis – contrairement à moi. Elle dit que tu vas l'épouser, un jour. Je vous souhaite beaucoup de bonheur.

Je me souvenais parfaitement de l'adresse. J'ai collé un autre timbre-poste sur l'enveloppe. Ma bougie a grésillé, puis s'est éteinte. Je me suis allongée sur mon petit lit dur. Il régnait une odeur d'humidité, d'eau savonneuse et de nourriture rance, alors j'ai dû me couvrir le nez avec mes draps. Il faisait si sombre que je ne voyais pas ma main devant mon visage, et le silence était angoissant. J'avais l'habitude de dormir dans un grand dortoir avec des tas d'autres filles. On entendait des ronflements et des soupirs toute la nuit. Dans mon nouveau lit, j'étais crispée et je me sentais terriblement seule. J'ai essayé de me représenter Mme Beedosh et Sarah tout en haut de la maison, et M. Buchanan quelque part au milieu, mais ils me semblaient drôlement loin.

J'ai repensé au jeune homme en marron et je me suis encore demandé si c'était vraiment Jem. Si oui, était-il rentré à la maison, maintenant ? J'ai songé avec envie à ma famille adoptive. Ils étaient tous serrés les uns contre les autres, là-bas, sous le toit de chaume.

Puis, comme toujours, j'ai pensé à ma chère maman, couchée dans sa lointaine maison au bord de la mer. Je lui ai chuchoté quelque chose dans la nuit… et au bout d'un moment, j'ai eu l'impression qu'elle me répondait tout bas :

Bonne nuit, Millie, mon amour. Tu as été sage et tu as fait de gros efforts, je suis fière de toi. Tu me manques tellement, ma chérie, mais ne t'en fais pas. Nous nous retrouverons un jour.

– Nous nous retrouverons *bientôt*, ai-je murmuré – et je me suis enfin endormie.

6

– Debout, debout, petite paresseuse !

C'était Mme Beedosh, qui me secouait si fort que j'ai dû m'agripper aux bords du lit pour ne pas tomber par terre.

– Je t'avais dit d'être debout à six heures pour allumer le feu dans la cuisine. Il est presque six heures et demie, maintenant, et je ne peux pas commencer à cuisiner avant que le poêle soit chaud. Nous allons toutes être en retard, et je ne le supporte pas. Debout, Millie Plume !

Je me suis levée et je ne me suis pratiquement pas assise un seul instant de toute la journée. Je n'ai pas eu le temps de me laver correctement – je me suis juste tamponné rapidement la figure. Je n'ai même pas pu me brosser les cheveux, j'ai juste enfoncé ma coiffe dessus. J'ai à peine eu le temps de faire un saut dans les horribles toilettes du jardin.

On m'a mise dans un coin pour nettoyer les chaussures de M. Buchanan pendant que Mme Beedosh

NUBIAN
WATERPROOF
BLACKING
RISING SUN
STOVE POLISH
BROOKES
MONKEY BRAND

faisait des génuflexions devant la cuisinière. Elle a essayé de me montrer ce qu'il fallait faire, mais cet appareil était si compliqué et si caractériel que je n'y ai rien compris du tout. En désespoir de cause, on m'a envoyée balayer et nettoyer les cheminées du rez-de-chaussée. Ensuite, on m'a donné une brosse, un chiffon et de la cire pour astiquer le pas de la porte et les cuivres. J'ai frotté jusqu'à en avoir les doigts tout rouges, histoire de faire bonne impression, mais Sarah était de mauvaise humeur aussi et a regardé mon travail avec dédain. Ensuite, j'ai dû porter un énorme pichet d'eau chaude à l'étage et le poser sur la table de toilette de M. Buchanan. Le maître était assis dans son lit, coiffé d'un bonnet de nuit au lieu de son fez ; il ressemblait encore plus à un singe que d'habitude. Les manches de sa chemise de nuit étaient remontées, dévoilant de petits bras excessivement poilus. Peut-être y avait-il bel et bien une longue queue cachée sous les draps, en fin de compte.

J'ai dû lui servir une tasse de thé, puis redescendre en vitesse pour pouvoir avaler une tasse à mon tour. Il faisait bon dans la cuisine, à présent, et quelque chose grésillait dans la poêle, en dégageant une odeur délicieuse. J'ai reniflé avec espoir, en repensant soudain aux cochons qu'on élevait autrefois chez mes parents adoptifs, à la campagne.

– Inutile de saliver, Millie Plume, a jeté Mme Beedosh. Pas de petit déjeuner pour les paresseuses !

Mais elle m'a quand même donné une tranche de

bacon succulent, ainsi qu'une saucisse. J'aurais aimé avoir le temps de les savourer vraiment, mais j'ai dû filer dans la salle à manger pour servir le petit déjeuner à M. Buchanan.

J'aurais cru qu'un plateau suffirait pour un monsieur seul, mais non, oh ! là, là ! Nous avons dû mettre une nappe blanche en soie damassée sur la table, avec le pli pile au milieu. Sarah s'est affairée autour d'un bouquet de fleurs et de fougères à placer au centre, puis m'a dit de poser deux petits couteaux, deux petites fourchettes, une cuillère à dessert, un plat, une assiette et une serviette de table pliée d'une façon sophistiquée devant la chaise de M. Buchanan. J'ai dû replier cette maudite serviette trois fois, et même replacer les couverts, parce que je n'avais pas mis la partie arrondie de la cuillère sur la table et les piquants de la fourchette vers le haut. Comme si cela avait la moindre importance !

Ensuite, ç'a été toute une histoire pour la salière, le poivrier et le pot de moutarde, et la miche de pain devait être disposée d'une manière bien précise sur son plat, et le beurre… oh ! là, là, le beurre devait être sculpté en forme de petite rose.

Nous avons tout mis en place avec, sur des assiettes chauffantes fermées par une cloche, assez de bacon, de saucisses, de tomates et de champignons pour nourrir une armée, plus deux œufs durs enveloppés dans une serviette et un porte-toast rempli de pain grillé. Quand je suis allée débarrasser la table, j'ai vu que

M. Buchanan avait laissé du pain, deux tranches de bacon, une saucisse et plusieurs champignons, alors j'ai tout englouti pour me donner des forces.

On m'a envoyée nettoyer les chambres de Mme Beedosh et de Sarah, en haut, puis j'ai fait celle du maître. Il s'était servi de son pot de chambre, bien qu'il ait ce magnifique cabinet de toilette à deux pas, de l'autre côté du palier. Pendant que j'y étais pour faire le ménage, j'ai essayé les cabinets. Je me suis cramponnée de toutes mes forces au bord de la cuvette au cas où je serais aspirée dans le trou par une soudaine giclée d'eau : ce système me semblait toujours mystérieux et inquiétant.

Il avait laissé son lit en désordre pour que je le refasse. Dans les chambres d'amis, Dieu merci, les lits étaient toujours impeccables, mais j'ai quand même dû faire la poussière et passer le balai, là aussi. J'étais prête à me mettre au lit, justement, quand Mme Beedosh m'a appelée. Elle avait besoin de moi en bas, dans la cuisine, pour éplucher les pommes de terre et les carottes, et pour couper le chou. Je me suis entaillé le doigt, et j'ai dû le sucer fortement pour arrêter de saigner.

Ensuite, j'ai dû m'occuper des feux de la salle à manger et du salon pendant que Sarah s'agitait avec un plumeau. Tandis que M. Buchanan déjeunait, Sarah m'a fait entrer dans son bureau pour attiser son feu, mais je n'ai pas eu le droit de toucher à quoi que ce soit d'autre. Sarah a fait la poussière de cette pièce avec beaucoup de soin, soulevant livres et papiers avec révérence et les reposant pile au même endroit.

J'ai espéré que j'aurais le temps de souffler, après mon déjeuner à moi, et peut-être de refaire quelques beaux points de reprisage pour que Sarah et Mme Beedosh admirent encore mon travail, mais j'ai perdu tout espoir d'y parvenir quand j'ai renversé un pot de lait en essayant de le rapporter du cellier avec des mains grasses. Mme Beedosh m'a donné une grosse claque sur la tête et m'a ordonné de laver tout le plancher.

– Mais j'ai déjà très mal aux mains, madame B., et j'ai carrément le doigt en sang, regardez ! ai-je gémi en brandissant mon doigt blessé sous son nez.

– Et moi, j'ai le cœur en sang à force d'entendre des excuses sans arrêt. Et ne m'appelle pas « madame B. » : c'est madame *Beedosh*. Faisons preuve d'un peu de respect ici. Allez, mets vite un coup avec cette brosse à récurer. Le lait renversé, c'est diabolique. Il n'est pas question que ma cuisine empeste comme une laiterie. Au travail !

Accroupie, je me suis mise à frotter et à essuyer le sol avec précaution, parce que mes mains me lançaient vraiment.

– Pas comme ça ! Mets-toi à genoux et mets-y de la graisse de coude, ou tu seras privée de souper ! a ordonné Mme Beedosh.

Comment avais-je pu penser qu'elle était comme maman ? Elle était encore pire que Mme Peters-

Cochonne et Mme Groderrière-qui-pue, les surveillantes. J'ai frotté avec rage, en maudissant Mme Beedosh entre mes dents à chaque coup de brosse et en imaginant que les dalles étaient son gros visage charnu. J'y ai mis tant d'énergie que mes fesses frétillaient en l'air.

– Oh mais dis donc, c'est un spectacle drôlement tentant ! a lancé bruyamment une voix à l'accent cockney[1].

C'était Bertie, le garçon boucher, qui nous apportait un panier de viande.

– Pas d'insolence, toi, a grondé Mme Beedosh. Bien, voyons ce bœuf haché. J'espère qu'il n'est pas plein d'os et de tendon : j'ai demandé du hachis de première qualité.

– C'est le meilleur aloyau de bovin haché, madame B. Tenez, reniflez-moi ça, il est délicieusement frais.

Bertie lui a tendu la viande emballée dans du papier comme si c'était un bouquet de roses. Mme Beedosh a repoussé sa main en riant, sans paraître s'offusquer le moins du monde de ce qu'il l'ait appelée madame B., lui.

J'ai marmonné tristement entre mes dents que ce n'était pas juste.

– Qu'est-ce que tu dis, ma belle ? a demandé le garçon.

Il s'est accroupi à côté de moi.

1. Accent du Londres populaire.

– Oh ! là, là, quelle tête tu fais ! Tu as dû faire une sacrée bêtise pour qu'on t'oblige à laver par terre à cette heure-ci ! Souviens-toi, la propreté du corps est parente de la propreté de l'âme… alors le sol de la cuisine et toi, vous flotterez parmi les nuages célestes, un jour !

– Un jour *prochain*, je pense, ai-je grommelé. Parce que je ne vais pas tarder à m'évanouir à force de perdre du sang, vu que j'ai une blessure ouverte.

J'ai sucé mon pauvre doigt entaillé.

– Fais-moi voir.

Bertie a tenu ma main crasseuse avec une douceur inattendue et a examiné mon doigt en plissant les yeux.

– Tu appelles ça une coupure ? Regarde les miennes !

Il a écarté les doigts de la main gauche en éventail devant mes yeux, et j'ai vu qu'il lui manquait tout le haut de trois d'entre eux ; il ne lui restait même pas un soupçon d'ongle. Quand j'ai hoqueté de stupeur, il a ri.

– Je peux te dire que ça, ça a *vraiment* saigné quand je me suis coupé le bout des doigts. Le vieux Jarvis les a hachés menu, et tout le monde a eu un hachis parmentier *délicieux*, ce jour-là, grâce à ma contribution. C'est de la qualité, ma viande !

Il s'est tordu de rire en voyant ma tête. Mais les trois doigts manquants n'étaient pas une blague.

– Tu les as carrément *coupés* ?

– J'apprends le métier, tu comprends. J'ai pris un

énorme quartier de bœuf, je l'ai tenu solidement pour qu'il arrête de ballotter, j'ai levé mon hachoir… et il est retombé avec un énorme « tchac ! »… mais j'avais pas très bien visé.

– Quelle horreur !

– Mais non, pas quand on travaille dans la boucherie. Mon maître, le vieux Jarvis, il lui manque trois doigts entiers. Et Samuel et Sidney, ses autres gars, ils en ont perdu un chacun. Il faut s'y attendre. Mais quand on a fait ça une fois, on vise mieux, après, je peux te l'assurer !

– Je pense que je n'aimerais pas être garçon boucher.

– Ouais, bah, quand j'ai quitté l'hospice, on m'a dit : « Bertie, mon garçon, tu veux entrer au Parlement, ou est-ce que tu aimerais poursuivre ta carrière en ville, ou peut-être que tu aimerais t'acheter une ferme… » mais tu sais quoi, ma belle, ces métiers-là ne me faisaient pas envie. « La boucherie », voilà ce que je me suis dit.

Je me suis sentie rougir.

– Tu étais à l'hospice ? me suis-je exclamée.

– Ouais, et j'en ai pas honte. C'est pas ma faute si ma mère s'est retrouvée là-bas, et je tiens à te dire que c'est pas sa faute non plus, alors pas la peine de me regarder de haut.

– Oh, je ne suis pas comme ça !

J'ai jeté un coup d'œil à Mme Beedosh et Sarah pour voir si elles écoutaient, mais elles papotaient ensemble. Mme Beedosh était occupée à disposer les morceaux de viande sur des assiettes et à les couvrir avec des cloches propres, et Sarah s'était mise à coudre l'ourlet d'une nappe.

– Ma mère aussi a été à l'hospice, ai-je confié.

– Alors tu sais ce que c'est, a dit Bertie.

– Eh bien, j'ai grandi à l'hôpital des Enfants-Trouvés.

Il a secoué la tête.

– Un enfant trouvé et un orphelin. Ben dis donc, on fait la paire, pas vrai ?

– Un orphelin ? Alors ta mère est morte ?

– Ouaip, quand j'avais dix ans.

– Mon pauvre.

– Bah, je l'ai pas vraiment connue, tu vois. On nous avait séparés, tu comprends. On se retrouvait le jour de Noël, et c'était un moment épatant, ça comptait drôlement pour nous tous… mais on devait quand même se coltiner les trois cent soixante-quatre autres jours.

– Alors tu habites où, maintenant, Bertie ?

– À la boucherie, où tu veux que j'habite ? J'ai mon chouette petit lit sous le comptoir.

Il l'a dit plutôt gaiement, mais j'ai imaginé ce que ce serait de devoir passer la nuit dans le noir, avec de la viande sanguinolente qui goutte partout autour de moi… J'avais peut-être plus de chance que je ne le pensais d'être logée dans l'arrière-cuisine.

– C'est quand ton après-midi de libre, alors, ma belle ? a demandé Bertie.

– Je ne pense pas que j'en aurai un.

– Oh, je vais y veiller. Tu vas voir.

Il s'est approché subrepticement de Mme Beedosh. Il paraissait plus petit que jamais à côté de cette dame imposante.

– Ils vous plaisent, mes beaux steaks, madame B. ? Ils étaient censés aller au manoir de Letchworth, mais je les ai échangés parce que vous êtes ma cliente préférée, et qu'une dame comme vous apprécie la qualité.

– Non mais écoutez-le-moi, celui-là ! Pour sûr, il s'y connaît en boniment, même si c'est un petit freluquet de rien du tout, a dit Mme Beedosh en gloussant.

– Je vous ai mis un rognon en plus, aussi, vous aviez vu ?

– Qu'est-ce que tu veux, mon garçon ? Une part de ma tourte au bœuf et aux rognons ?

– Ouh, mais c'est que vous me tentez, là ! Non, je me demandais juste si je pourrais vous débarrasser de votre petite servante pendant un moment, dimanche, vu qu'elle a un peu le cafard.

– Pas étonnant, c'est une fille négligente et elle a besoin d'une leçon. Et dimanche, elle vient à l'église avec nous.

– Bien sûr, mais après l'église ? Vous pouvez vous passer d'elle une heure ou deux ? Je vous la ramènerai toute fraîche et à temps pour le souper. Qu'est-ce que vous en dites ?

– Qu'est-ce que tu dirais de décamper de ma cuisine

et d'arrêter de distraire ma petite servante ? a répliqué Mme Beedosh – mais elle n'a pas dit non.

Bertie m'a fait un clin d'œil.

– À dimanche, alors, ma belle. Je passerai te prendre, a-t-il articulé en silence.

J'ai haussé les épaules. Je n'étais pas sûre de vouloir aller me balader avec ce petit effronté des mauvais quartiers, ce Bertie. De toute évidence, il se moquait de moi quand il m'appelait « ma belle ». Il avait clairement oublié mon prénom.

Mais quand il est passé devant moi en balançant son panier, il a lancé :

– Au revoir, alors, madame B. Au revoir, Sarah les doigts de fée. Et au revoir, Miss Millie Plume.

Mme Beedosh et Sarah ont gloussé bêtement.

– Oh, tu es une vraie femme fatale, Millie... Tu as déjà des vues sur le petit apprenti de Jarvis ! a commenté Mme Beedosh. Je t'ai prévenue, je ne veux pas que tu aies d'admirateurs. Ça ne cause que des problèmes... et tu n'as pas l'âge, de toute façon.

– Je ne veux *pas* d'admirateurs ! ai-je protesté – mais je me suis aperçue que j'avais un peu retrouvé le moral malgré tout.

Il me restait encore des kilomètres de dalles en pierre à frotter et mon doigt entaillé me lançait plus douloureusement que jamais, mais cette corvée ne me semblait plus aussi terrible. Quand j'ai enfin terminé, Mme Beedosh m'a fait frire dans du beurre une tranche du gâteau aux raisins secs de la veille, l'a saupoudrée de sucre et me l'a servie sur une assiette. C'était vraiment délicieux.

On m'a redonné du travail aussitôt après. J'ai dû courir dans l'escalier pour m'occuper des feux et aller chercher de l'eau chaude. Ensuite, Mme Beedosh s'est mis en tête que ses casseroles n'étaient pas tout à fait propres et j'ai dû toutes les faire bouillir pendant une demi-heure sur la cuisinière, puis attaquer les casseroles en émail avec un chiffon et du Monkey Brand. Ça a failli me briser le cœur quand elle les a resalies en préparant le souper de M. Buchanan.

J'étais si fatiguée et ma main me faisait si mal que j'étais à peine en état d'écrire ce soir-là, bien que Mme Beedosh m'ait donné un autre bout de chandelle. Malgré tout, j'avais envie de commencer une histoire inventée, puisque Miss Smith jugeait mes Mémoires impubliables. J'ai pris mon carnet et j'ai écrit :

Lady Saphir était une maîtresse au grand cœur et aux idées larges. Si la cuisinière renversait du lait dans la cuisine, Lady Saphir ordonnait aussitôt à ses chats apprivoisés de venir le lécher, tâche qu'ils accomplissaient avec grand plaisir. Quand les casseroles devinrent un tout petit peu sales, Lady Saphir les offrit à des pauvres gens reconnaissants et fit l'achat d'une batterie neuve, ne voulant pas épuiser inutilement ses servantes, car elles préparaient un grand dîner pour ce soir-là. M. Jarvis, le maître boucher, était invité avec son épouse et, par faveur spéciale, son apprenti, le jeune Bertie, un garçon loyal quoique parfois effronté. Excessivement honoré, il fit mille courbettes à Lady Saphir...

Je me suis endormie en réfléchissant au nombre de C et de S qu'il y a dans « excessivement ». Je me suis réveillée avec un torticolis pour découvrir que ma bougie s'était entièrement consumée, et ensuite, j'ai à peine fermé l'œil de la nuit parce que j'avais trop peur de ne pas me réveiller à six heures pour allumer cette maudite cuisinière.

Le lendemain, j'étais si fatiguée que je n'arrêtais pas de bâiller à me décrocher la mâchoire, et dès que je me suis assise pour manger mon bacon du petit déjeuner, je me suis carrément endormie à table. Mais quand Sarah est allée trier le courrier, je me suis réveillée en sursaut, parce qu'il y avait non pas une, mais *deux* lettres pour moi !

Je savais qu'il n'y aurait pas de réponse de Gédéon. On ne lui avait sans doute pas donné ma lettre, et de toute façon, à l'hôpital des Enfants-Trouvés, nous n'avions le droit d'écrire que le dimanche après-midi. Mais j'avais reçu une réponse de ma chère maman !

Ma Millie chérie,

Je suis si contante et soulajé que tu ai une bone plasse, ma petite fille, et qu'ils soit assez genti et dou avec toi. J'imagine que tu trouve le travail bien dur, mais tu es intelijante et tu apprens vite et mon ceur se gonfle de fierreté quand je pense à ma fille qui a un métié et qui gagne sa vie. Come j'aimerais te voir et te serer fort contre moi!

Ta mère qui t'aime fort et qui t'anbrace.

P.S. Escuse l'ortografe, c'est pa mon for.

Oubliant complètement Mme Beedosh et Sarah, j'ai tenu la lettre de maman contre mon cœur, je l'ai frottée contre ma joue, j'ai passé un doigt sur chaque ligne.

– Ah, brave petite, a commenté Sarah en reniflant. Ce que j'aimerais que ma chère maman soit encore là pour m'écrire, à moi aussi.

Elle s'est essuyé les yeux avec le coin de son tablier.

– Ne commence pas, Sarah, sinon je vais m'y mettre aussi. Tu sais que je ne supporte pas de voir pleurer, a grondé Mme Beedosh. De qui vient ton autre lettre, Millie ?

– Je ne sais pas, madame Beedosh, ai-je dit – même si cette écriture épaisse et affirmée avait quelque chose de familier.

En voyant le timbre-poste, j'ai sursauté. J'ai ouvert l'enveloppe et parcouru la page des yeux jusqu'à la signature, en bas : *Ton Jem qui t'aime pour toujours*.

– Oh mon Dieu !

– Alors ? a fait Mme Beedosh.

– Ça vient de… de mon frère adoptif ! me suis-je écriée. Vous ne vous souvenez pas du jeune homme qui attendait devant l'hôpital, madame Beedosh ? Je ne l'ai pas reconnu au début, mais c'était vraiment lui ! Oh, si seulement je m'étais arrêtée, le temps d'échanger quelques mots ! Je vous ai pourtant suppliée, vous vous rappelez ?

– On ne traîne pas avec sa famille ou ses amis quand on part prendre sa première place, Millie Plume, a rétorqué Mme Beedosh. Bien. Range tes lettres, pour le moment, et va aider Sarah à nettoyer les chambres à fond. Et ne lambine pas, parce qu'il y a les pommes de terre et les carottes à éplucher, et deux livres de petits pois à écosser, sans parler de toutes les reinettes pour ma tarte aux pommes. Il adore ma tarte aux pommes, le maître.

Il a fallu que je glisse sans la lire la lettre de Jem sous mon tablier, où elle a crissé pendant toute la longue matinée. J'ai dû attendre l'après-midi. Mme Beedosh s'est aperçue qu'elle manquait de sucre et qu'elle avait besoin de clous de girofle pour sa tarte aux pommes, alors elle m'a envoyée à l'épicerie More.

– Il suffit que tu retrouves ton chemin jusqu'au centre-ville et c'est la grande boutique du coin. Tu ne peux pas la rater, a-t-elle dit. Mais attention, dépêche-toi de revenir, mistinguette. On ne rêvasse pas !

Elle m'a enveloppée dans un châle et m'a suivie des yeux depuis la porte de service. J'ai monté l'escalier au pas de course et je suis partie à vive allure dans la rue, en balançant les bras d'un air décidé.

– Tu pars dans le mauvais sens, Millie Plume ! Tu es bien nommée, pour une cervelle d'oiseau ! Il faut tourner à *gauche* pour le centre-ville. Seigneur, qu'est-ce que nous allons faire de toi ?

J'ai fait volte-face et je suis repartie dans l'autre sens. Je me sentais bête. Mme Beedosh m'observait en secouant la tête. Je me suis hâtée de disparaître de sa vue. Ça me faisait drôlement bizarre de me retrouver seule dehors après toutes ces années passées cloîtrée aux Enfants-Trouvés. Ça m'a rappelé la fois où je m'étais sauvée, quand la reine Victoria fêtait son jubilé d'or. J'avais sans doute une occasion de m'échapper, maintenant. Mais pour aller où ? Pour aller… chez moi ?

J'ai récupéré sous mon tablier la lettre que je n'avais pas eu le temps de lire, je me suis appuyée contre la grille du parc et je l'ai lue entièrement.

Chère Millie,

Oui, c'est bien moi qui étais devant l'hôpital. Je n'en ai pas cru mes yeux quand tu es passée devant moi sans t'arrêter. J'imaginais nos retrouvailles depuis si longtemps ! Je nous avais toujours vus courir l'un vers l'autre et se tomber dans les bras. J'étais tellement abasourdi que je ne pouvais plus bouger. Je suis resté planté là à gamberger jusqu'à ce qu'il soit trop tard. Je me suis demandé si tu te trouvais trop distinguée pour me parler, maintenant que tu étais avec cette dame bien habillée, dans cette robe rouge. J'ai eu peur que tu ne te souviennes plus du tout de moi, bien que tu m'aies juré de ne jamais m'oublier !

Quand Mère a reçu un avis de l'hôpital disant que tu

partais le 14 mai pour devenir servante, j'ai décidé de faire le voyage jusqu'à Londres pour te souhaiter bonne chance. J'espérais de tout mon cœur que nous pourrions passer un peu de temps ensemble. J'avais tellement désiré savoir comment tu allais. Je t'ai trouvée drôlement grandie, mais j'ai quand même reconnu ma petite Millie.

Tu ne te souviens pas de ces moments précieux que nous avons passés ensemble quand tu étais petite ? Tu te souviens de notre cabane secrète, notre arbre aux écureuils ? Nous avions tant de délicieux petits jeux. C'était une période si heureuse.

S'il te plaît, écris-moi et dis-moi comment tu vas, et rassure-moi : est-ce que tu gardes toujours une place dans ton cœur pour ton frère adoptif ?

Avec toute mon affection,

Jem

Je crois que j'avais retenu ma respiration tout du long pendant que je lisais sa lettre. J'ai expiré, le cœur battant. Je devais me cramponner à la grille pour rester debout.

« Avec toute mon *affection*, Jem. » Mon cher Jem, l'adorable garçon qui avait compté plus que tout au monde pour moi. Mais il n'avait pas mentionné Eliza, bien que je l'aie interrogé sur ce point précis dans ma lettre. N'avait-il pas jeté son dévolu sur elle quand j'avais quitté la maison ? Il lui avait raconté des balivernes, à elle aussi. *Nos* balivernes – tous mes jeux d'imagination à moi.

J'avais vécu cela comme une telle trahison que j'avais décidé de ne plus jamais penser à Jem. Je croyais qu'il m'avait oubliée depuis longtemps – et pourtant, il avait fait ce grand voyage depuis sa campagne pour venir me voir. Il avait dû se lever avant l'aube, prendre le tout premier train du matin, puis se débrouiller pour trouver le chemin jusqu'à l'hôpital à travers les rues bondées de Londres. Il avait attendu devant. J'étais passée sans m'arrêter.

Oh, Seigneur, comment avais-je pu être aussi bête ? C'était moi qui étais plantée là, maintenant, à gamberger et à me demander quoi faire. Je pouvais mendier dans la rue jusqu'à ce que j'aie de quoi me payer un billet de train, puis foncer à la maison pour retrouver mon cher Jem… Mais que faire ensuite ? Je devais toujours gagner ma vie. Mes sœurs adoptives Rosie et la grande Elisa avaient dû devenir servantes, elles aussi. Si j'abandonnais ma place chez M. Buchanan, je n'obtiendrais jamais de lettre de recommandation. Et que dirait Mère, alors ?

Avec un soupir, je me suis appuyée contre la grille du parc… et j'ai poussé un cri strident quand une langue baveuse m'a léché le dos de la main à travers les barreaux. Je me suis retournée d'un bond en hurlant et j'ai agité les bras, terrorisée et horrifiée par l'énorme bête écumante qui essayait d'engloutir ma main pour son petit déjeuner. Était-ce un jeune ours ? Une panthère noire ? Un loup ?

– Au secours ! Au secours !

– Hé, hé, n'ayez pas peur ! Tommy ne ferait pas de mal à une mouche, petite demoiselle, s'est exclamé un vieux monsieur.

– Vous êtes sûr ? ai-je fait en reculant quand même rapidement et en essuyant ma main. Quelle sorte d'animal est-ce donc ?

Le vieux monsieur m'a regardée comme si j'étais complètement folle.

– C'est juste un labrador, mademoiselle.

Voyant que je n'avais pas l'air rassurée, il a secoué la tête tristement.

– Un *chien*, mademoiselle, a-t-il repris d'une voix forte, en articulant bien, comme s'il parlait à une aliénée.

Oh ! là, là, un chien ! Je n'arrivais pas à croire que j'aie pu avoir une réaction aussi ridicule. J'avais vu des croquis de chiens dans des livres. Je me souvenais de Rover, ce personnage de l'un des manuels pour apprendre à lire que nous utilisions dans la classe des petits, à l'hôpital, mais Rover était une petite bête ébouriffée, pas un gros monstre doté de mâchoires énormes. N'y avait-il donc pas eu de chiens à la ferme ? Je me suis creusé la tête et je me suis souvenu d'une créature qui courait après les moutons en aboyant. Je courais et je me roulais dans l'herbe avec elle sans craindre un coup de dents. Qu'avais-je donc ? Comment avais-je pu être aussi intrépide à quatre ans, alors qu'à présent je m'effrayais d'un rien ?

J'ai tendu le bras à travers les barreaux de la grille et

tapoté avec prudence la grosse tête noire de Tommy. Il haletait gaiement, en bavant de bonheur.

– Bon garçon, ai-je murmuré sans conviction.

Ensuite, j'ai rangé la lettre de Jem à côté de celle de maman, salué le vieux monsieur et repris ma route vers le centre-ville. En marchant dans ces rues de banlieue tranquilles, j'ai tout de même eu l'impression de me frayer un chemin dans des jungles suffocantes, de traverser des déserts arides et de franchir à pied des rivières infestées de crocodiles. Je me suis demandé si je m'habituerais un jour à la vie en dehors de l'hôpital. Manifestement, je n'avais absolument aucun sens de l'orientation. J'ai dû demander mon chemin deux fois avant de trouver la principale rue commerçante – et ensuite, il m'a fallu interroger une troisième personne avant d'arriver chez More, l'épicerie de luxe.

L'endroit m'a paru si merveilleux que j'ai totalement oublié ma frayeur et mes appréhensions en me promenant sur la pointe des pieds dans cette boutique obscure, admirant avec émerveillement les étincelants bocaux de confiture, de fruits et de légumes confits, les pains de sucre, les grands fromages entiers, les tranches de bacon au miel, les énormes sacs de riz, de raisins secs et de pruneaux. Un petit garçon avait échappé à la surveillance de sa nourrice et s'était agenouillé devant ces sacs, dans lesquels il prenait avec délice de franches poignées de fruits secs. J'ai dû serrer les poings pour m'empêcher de l'imiter. Je me suis souvenue d'avoir volé seulement deux ou trois raisins secs quand j'aidais à la cuisine de l'hôpital, et de la punition cuisante que Mme Groderrière-qui-pue m'avait infligée quand elle m'avait prise la main dans le sac et les doigts collants.

– Comment puis-je vous aider, jeune demoiselle ? m'a lancé un homme de haute taille à la moustache tombante et dont le tablier blanc descendait jusqu'aux chaussures.

À voix basse, j'ai passé ma commande de clous de girofle et de sucre. Il les a pesés et me les a tendus dans un paquet en papier marron.

– Ce sera six pence et un demi-penny, s'il vous plaît.

Je l'ai regardé avec des yeux ronds. Bien sûr qu'il fallait que je les paie… mais je n'avais pas d'argent ! J'ai senti que je devenais cramoisie. L'homme a caressé sa moustache en attendant, pendant que je dansais d'un pied sur l'autre. Allais-je devoir retourner à la maison et demander l'argent à Mme Beedosh, puis refaire tout le trajet jusqu'ici ?

– Je mets ça sur quel compte, ma petite demoiselle ? a demandé l'homme.

– Ah ! Eh bien, je travaille pour un certain M. Buchanan…

– Alors ça doit être le compte de Mme Beedosh, a-t-il dit en hochant la tête comme si j'avais beaucoup de chance. Mme Beedosh vous formera très bien. C'est une femme admirable. De même que Miss Sarah : une excellente servante. Dites-lui que je suis impatient de la retrouver à notre soirée de dimanche.

– Oui, monsieur, ai-je répondu – et, après un dernier coup d'œil gourmand aux sacs de fruits secs, je suis sortie de la boutique.

Seigneur, est-ce que Sarah *fréquentait* un monsieur ? Si oui, pourquoi avait-elle le droit de rencontrer ce moustachu le dimanche, alors que c'était mal que je voie Bertie, le garçon boucher ? Non pas que j'aie *envie* d'aller me promener avec Bertie. Je ne m'intéressais pas aux garçons.

J'ai tâté le haut de mon tablier, si bien que mes lettres ont crissé, en dessous. Et Jem ? Est-ce que je m'y *intéressais* ? J'ai repensé pour la énième fois à ce qui s'était passé devant le portail des Enfants-Trouvés. J'aurais tant voulu pouvoir remonter le temps et revivre ma sortie de l'hôpital…

Oui, je franchis le portail avec Mme Beedosh dans son ensemble couleur viande saignante, et là, il y a ce grand jeune homme séduisant dans son pantalon de campagnard en velours côtelé. Nos regards se croisent.

– Oh mon Dieu, c'est Jem ! Mon cher frère Jem que je n'ai pas vu depuis si longtemps ! m'écrié-je, de sorte que Mme Beedosh ne peut absolument pas émettre d'objection.

– Ma chère petite Millie, je savais que tu ne m'oublierais pas, souffle Jem.

– Soyez bénis, mes chéris, dit Mme Beedosh. Tenez, allons donc dans un salon de thé. Nous y mangerons un morceau, et vous pourrez échanger les dernières nouvelles, tous les deux. Et ensuite… ensuite…

Tu parles ! Et ensuite quoi ? Comme si Mme Beedosh allait autoriser ce genre de retrouvailles ! J'ai décidé d'écrire une lettre plus longue et plus désolée à Jem ce soir-là – ainsi qu'une lettre à maman, bien sûr.

Par miracle, j'ai réussi à retrouver la maison sans devoir demander mon chemin une seule fois. Tommy était toujours en train de gambader dans le parc ; le vieux monsieur lui lançait des bâtons. Le chien est venu vers moi en bondissant, et je n'ai pas pu m'empêcher de paniquer une fois de plus, mais j'ai réussi à lui faire un petit signe de la main d'un air à peu près calme.

Je suis arrivée à la maison de M. Buchanan plutôt fière de moi, mais Mme Beedosh avait la mine sombre.

– Bon sang, mon petit, tu es allée jusqu'à Tombouctou pour m'acheter des clous de girofle et du sucre ? Ma pâte est prête depuis des heures !

– Ne vous fâchez pas, madame Beedosh. Oh, More est une boutique extraordinaire, n'est-ce pas ?

– Qu'est-ce que tu as partout sur ta robe, jeune fille ? a demandé Sarah en m'époussetant.

J'étais couverte de rouille après m'être appuyée contre la grille du parc.

– Seigneur, mais tu n'es donc pas capable de rester propre plus de deux minutes ? Tu vas devoir porter cette robe jusqu'à ce que tu t'en sois fabriqué une autre, alors fais un effort et arrange-toi pour qu'elle reste impeccable.

– M. More avait un message spécial pour vous, Sarah, ai-je glissé tout bas.

Je me disais qu'elle ne serait peut-être pas très contente que Mme Beedosh l'entende.

Mme Beedosh a quand même ricané.

– M. *More* avait un message pour elle ? a-t-elle relevé. Ça m'étonnerait beaucoup, vu que M. More est mort depuis plus de dix ans… sans vouloir faire de mauvais jeu de mots.

– Eh bien, *quelqu'un* avait un message pour vous. Un monsieur de grande taille avec une drôle de moustache. Il a dit que vous êtes une femme admirable et qu'il est impatient de vous voir à votre soirée de dimanche.

Mme Beedosh a ricané si fort, cette fois, que des choses ont jailli de son nez ; elle a dû sortir son mouchoir de poche et s'essuyer en hâte.

– Vraiment, madame B., s'est indignée Sarah, vexée. J'espère que vous n'êtes pas en train de vous moquer de moi.

– Peut-être que tu vas vraiment avoir un message d'un mort ! lui a dit Mme Beedosh en lui donnant une petite tape sur les doigts avec sa cuillère en bois.

– Ne raillez pas ce que vous ne comprenez pas, a grommelé Sarah avec humeur en quittant la pièce.

– Ouh, ce qu'elle est susceptible ! a lancé Mme Beedosh dans son dos – mais elle semblait un peu inquiète. Doux Jésus, cette fille devrait se faire examiner la tête. Je désapprouve ce genre d'extravagances. Ce n'est pas bien, et personne ne pourra me convaincre du contraire.

– Quel genre d'extravagances ? Que signifiait ce message ? Que se passe-t-il ? ai-je demandé, agitée.

– Ne me pose pas de questions et tu n'entendras pas de mensonges, a répondu Mme Beedosh – et elle a refusé d'ajouter un seul mot.

Quand j'ai essayé de questionner Sarah, plus tard, elle a secoué la tête aussi.

– C'est personnel, Millie. Tu ne comprendrais pas. Maintenant, ferme ton clapet et remets-toi au travail.

Certes, je ne comprenais pas. Il y avait tant de choses que je ne comprenais pas dans ce monde étrange qui était à l'extérieur de l'hôpital. J'avais l'impression qu'en sortant, j'avais débarqué sur une autre planète.

7

Je voyais très peu M. Buchanan, jour après jour, même si je me suis familiarisée un peu trop intimement à mon goût avec son linge personnel et son pot de chambre. C'était toujours moi que Mme Beedosh et Sarah envoyaient dans son bureau encombré pour lui servir le thé, l'après-midi, mais après notre premier échange où j'avais eu la hardiesse de lui demander des timbres, nous ne nous étions pas reparlé. Je frappais à sa porte à quatre heures, puis je me glissais dans la pièce avec mon plateau de thé bien chaud et de gâteaux *merveilleux* : tarte à l'orange et au citron, fondant au chocolat, gâteau de Savoie, cake aux cerises et aux raisins secs, tartelettes aux fruits, gâteaux glacés en forme de papillon… Quel bonheur, les pâtisseries de Mme Beedosh !

M. Buchanan levait rarement le nez de son manuscrit plein de bavures à mon entrée dans son bureau. Quand j'y retournais une demi-heure plus tard pour reprendre son plateau, la majeure partie des gâteaux

avaient été mangés, mais il laissait souvent une tranche par-ci par-là.

– Voulez-vous finir votre gâteau, monsieur ? ai-je demandé un jour.

– Mmh ?

M. Buchanan m'a regardée en plissant les yeux à travers ses lunettes comme s'il ne savait plus bien qui j'étais. Il a claqué ses lèvres minces d'un air pensif en réfléchissant.

– Non, pas pour le moment. Je suis bien trop occupé à écrire.

Moi aussi, j'écrivais avec ferveur, mais cela n'avait jamais entravé mon appétit. Comment ce maudit homme pouvait-il laisser une grosse part de gâteau parfaitement intacte ? C'était un gâteau particulièrement appétissant, en plus, qui débordait littéralement de confiture de framboise et d'épaisse crème pâtissière ! Toutefois, Mme Beedosh a observé à voix haute qu'il avait plus d'appétit qu'avant, parce que les gâteaux restant sur son assiette, *curieusement*, se réduisaient de façon drastique pendant que je rapportais le plateau à la cuisine. J'ai acquiescé gaiement en léchant les miettes de ma bouche.

J'aurais aimé pouvoir arracher M. Buchanan à son bureau. Il y entrait de son pas traînant avant même le petit déjeuner et souvent, il s'y trouvait encore tard le soir, à marmonner. Sarah soupirait et secouait la tête, parce qu'elle pouvait rarement y passer un petit coup de plumeau, sans parler d'y faire un grand ménage hebdomadaire digne de ce nom. Je soupirais aussi, parce que je ne savais quc trop bien qu'il avait des timbres dans le tiroir de son bureau.

J'écrivais toutes les semaines à ma très chère maman, et je semblais également m'être embarquée dans une correspondance régulière avec Jem. (J'en reparlerai plus tard !) J'avais terriblement besoin de timbres, et M. Buchanan en avait beaucoup. Je ne pouvais pas m'empêcher de penser que deux ou trois timbres ne lui manqueraient peut-être pas.

Je savais que c'était mal de voler – c'était très, très mal –, mais je ne voyais pas d'autre solution. Voilà du moins ce que je pensais pendant la journée, et j'avais organisé le larcin de A à Z dans ma tête : j'attendrais que M. Buchanan quitte enfin son bureau – pour rendre visite à ses éditeurs ? Manger dans une gargote avec un vieil ami ? Sortir un moment dans le jardin pour s'éclaircir les idées ? Ou même faire un petit saut dans son magnifique cabinet de toilette ? Il y aurait *forcément* une occasion où je pourrais m'introduire en coup de vent dans son bureau, un plumeau à la main. Même si Sarah m'accompagnait, je ne devrais pas avoir trop de difficultés pour ouvrir ce petit tiroir du bureau sous mon plumeau et attraper une poignée des précieux timbres. J'ai même répété le geste, tendant deux doigts sous un plumeau imaginaire, deux doigts prêts à tirer sur la petite poignée du tiroir et à saisir les timbres.

Le jour, je m'entraînais avec enthousiasme ; mais

chaque nuit, je rêvais que j'avais vraiment accompli mon forfait. Je ne me faisais pas prendre par Sarah ou par M. Buchanan en personne, mais je me sentais tout de même *observée*. Pendant mes neuf années aux Enfants-Trouvés, j'étais allée chaque semaine à la chapelle, où l'on m'avait seriné que Dieu était omniprésent. J'imaginais donc un Être suprême traversant la ville sur ses jambes colossales et se baissant pour coller son immense œil divin à la fenêtre du bureau de M. Buchanan. Horrifié, il secouait sa grande tête sacrée. Il ne me menaçait pas de me jeter en enfer. Non, bien pire : il lui poussait de gigantesques ailes d'ange, et il s'envolait pour aller dire à maman que sa fille unique était une vulgaire voleuse. Maman tremblait et pleurait de honte – et je me réveillais, les joues mouillées de larmes.

Je ne pouvais pas faire ça. Mais j'avais *tellement* besoin de ces timbres ! Dès que j'aurais touché mes premiers gages trimestriels, je serais en mesure de m'en acheter moi-même et de reconstituer le stock, ai-je raisonné à part moi. Mais ça, ce serait dans plusieurs mois. Pourquoi ne pas *demander* d'autres timbres à M. Buchanan, tout simplement ? Mais il avait rechigné à m'en donner plusieurs ; de toute évidence, il s'était déjà estimé d'une générosité excessive en m'en cédant une poignée. Ne me trouverait-il pas trop gourmande et ingrate si je le priais de m'en donner d'autres ?

Je pouvais lui expliquer en toute sincérité que j'étais

dévouée à ma mère. Je pouvais même ajouter qu'elle était malade. Dans une de ses lettres, elle avait glissé qu'elle souffrait d'une légère toux et m'avait suppliée de me couvrir le plus possible et de me frictionner la poitrine avec de la graisse d'oie pour m'éviter de prendre froid comme elle. Pourquoi ne pas exagérer ses problèmes de santé et dire que je m'inquiétais beaucoup pour elle ? Mais alors, l'Être suprême ne serait-il pas tenté de la frapper pour me punir ? Et puis maintenant, j'avais *deux* correspondants. Même si M. Buchanan comprenait mon besoin d'écrire régulièrement à ma plus proche parente (maman), jamais il ne rangerait Jem dans la même catégorie, bien qu'il s'agisse de mon frère adoptif.

J'ai quand même décidé d'*essayer* de lui demander d'autres timbres. Il pourrait toujours dire non. Ce n'était pas un crime de demander, alors que les voler, si.

Mes mains tremblaient, le lendemain, quand j'ai porté à l'étage le plateau de thé chargé d'une théière d'Earl Grey avec des rondelles de citron, de plusieurs tranches de pain au malt beurré et d'un scone tout juste sorti du four, avec un petit pot de confiture de fraise et un autre de crème fouettée – j'espérais que M. Buchanan aurait encore un appétit d'oiseau aujourd'hui.

J'ai posé le plateau, inspiré à fond et frappé à la porte. J'ai tapé un peu trop fort : de toute évidence, j'ai fait sursauter M. Buchanan, parce qu'il a laissé échapper un cri. Quand je suis entrée dans son bureau, j'ai découvert qu'il avait renversé de l'encre sur sa feuille.

– Qu'est-ce qui te prend, Millie ? Tu as tambouriné à la porte comme une furie. Regarde cette page, maintenant ! Je vais devoir tout recopier.

Il a mis un coup de buvard en soupirant, pendant que je m'efforçais de trouver un endroit où poser son thé et ses pâtisseries.

J'avais vu par-dessus son épaule qu'il avait l'habitude de faire des pâtés même quand personne ne frappait trop fort à sa porte. Bien qu'il ait tout un bloc de papier buvard, il ne s'en servait pas correctement, car plusieurs pages comportaient de vilaines bavures. Et, même là où il n'y avait pas de taches, ce devait être ardu de déchiffrer plus de quelques mots, parce que son écriture en pattes de mouche était illisible.

– Bonté divine, monsieur, comment font vos éditeurs pour lire vos histoires ? ai-je demandé.

– Ils ont beaucoup de mal ! Ils se plaignent amèrement et me suggèrent de me trouver une secrétaire pour recopier mes manuscrits d'une belle écriture. Mais je suis sûr que cela représenterait une dépense trop importante, et que cela me déconcentrerait de travailler avec une jeune femme, a dit M. Buchanan en essuyant ses lunettes, qu'il n'a fait que salir davantage.

Mon cœur s'est mis à battre la chamade.

– Et moi, je vous déconcentrerais, monsieur ? ai-je

demandé en baissant la tête et en courbant les épaules pour tâcher de paraître encore plus petite, afin qu'il puisse s'imaginer que je faisais partie des meubles et me voie comme un encrier, disons, ou comme un volume de poésie.

M. Buchanan m'a regardée en clignant des yeux.

– Je pourrais transcrire votre travail, monsieur, par petits bouts. J'ai une écriture très lisible et je ne fais absolument jamais de bavures. On nous tapait sur les doigts, à l'hôpital, quand nous faisions des bavures, alors cela nous a rendus extrêmement soigneux.

– Mais… et ton travail à faire dans la maison ?

– Oh, je suis sûre que je pourrais caser une heure ou deux l'après-midi, au moment où je suis censée repriser. Je pourrais me lever plus tôt et me coucher plus tard pour faire ma couture. Sarah dit que je suis très habile pour le reprisage, ai-je ajouté pour me faire voir sous le meilleur jour possible.

M. Buchanan a bu de petites gorgées de thé et grignoté un coin de son pain au malt en réfléchissant.

– Donne-moi un exemple de cette belle écriture, Millie Plume, a-t-il dit en me tendant sa plume et une feuille blanche.

– Certainement, monsieur.

Je n'avais nulle part où m'asseoir et pratiquement pas de place pour poser la feuille, mais j'ai trempé la plume dans l'encre avec assurance. Je l'ai tapotée sur le bord de l'encrier, veillant à ce qu'elle ne soit pas trop pleine, de peur qu'elle goutte, ni trop vide, de peur qu'elle accroche. J'ai commencé à écrire avec soin, d'une belle écriture ronde et bien lisible :

Cher M. Buchanan,

Je vous prie de laisser Millie Plume recopier vos manuscrits pour vous. Elle a une superbe écriture, comme vous pouvez le voir de vos propres yeux. Vous ne le regretterez pas, je vous le promets.

Avec mes salutations respectueuses,

Millie Plume, bonne à tout faire et excellente secrétaire potentielle

M. Buchanan a lu à haute voix, en grattant ses rares cheveux sous son fez, ce qui l'a fait paraître encore plus simiesque que d'habitude – surtout quand il a poussé un petit cri strident et montré les dents : c'était un rire !

– Très bien, me voilà convaincu. Si Mme Beedosh et Sarah peuvent se passer de toi une heure tous les après-midi, tu viendras recopier mon travail. Cela t'aidera peut-être pour tes propres écrits, mon enfant. Ce sera l'occasion d'étudier ma grammaire et d'apprendre du vocabulaire complexe.

– Oui, monsieur… et ce serait *presque* une récompense suffisante.

– *Presque* ?

Il m'a examinée, le menton sur ses mains entrelacées.

– Eh bien, monsieur, vous avez dit vous-même

qu'engager une secrétaire entraînerait des dépenses supplémentaires…

Il a froncé les sourcils.

– Tu ne suggères tout de même pas que j'augmente tes gages, Millie Plume ?

– Oh non, monsieur, ce serait d'une impertinence ridicule. Mais peut-être jugerez-vous opportun de me donner une minuscule récompense de temps en temps ?

– Une *récompense* ?

– Un timbre, peut-être ?

– Un timbre ?

(Et dire qu'il s'était vanté de son vocabulaire et de sa grammaire ! Tout ce qu'il savait faire, manifestement, c'était répéter les mots que moi, j'employais !)

– Ou deux ? Ou trois ou quatre ou cinq ? ai-je dit, risquant le tout pour le tout. J'écris beaucoup à ma mère, monsieur, et j'ai déjà utilisé tous les timbres que vous m'aviez si généreusement donnés.

Il a croqué un autre bout de pain au malt.

– Mmh. Eh bien je te donnerai un timbre par semaine en échange, Millie Plume, du moment que tu travailles tranquillement et proprement et que tu ne négliges pas tes tâches domestiques. Maintenant, file. Emporte le plateau avec toi.

– Mais vous avez à peine touché votre thé, monsieur.

– J'en ai eu assez, merci.

Alors j'ai repris son plateau et je suis retournée à la cuisine sans me presser, en mangeant son scone tartiné d'une tonne de confiture et de crème pour célébrer ma victoire dans ma chasse aux timbres.

Mme Beedosh et Sarah en sont restées stupéfaites quand je leur ai parlé de ma nouvelle fonction.

– Comment une petite orpheline comme toi pourrait-elle avoir une écriture assez élégante pour convenir au maître ? s'est indignée Mme Beedosh.

– Je ne suis *pas* une orpheline. J'ai une adorable maman, ai-je rétorqué.

– Montre-nous ton écriture alors, Millie, a dit Sarah en allant chercher le crayon de la cuisine et du papier d'emballage marron.

– Oh, il me faudrait de l'encre et du vrai papier… ai-je signalé.

– Ah ! a fait Sarah, convaincue que je n'irais pas jusqu'au bout.

– … Mais je vais faire de mon mieux avec ça, ai-je terminé.

J'ai écrit, avec moult fioritures et volutes compliquées :

Je m'appelle Millie Plume et je suis une bonne à tout faire. Mme Beedosh et Sarah sont très aimables avec moi et m'apprennent mon travail.

Mme Beedosh et Sarah ont lu mon message à voix haute, lentement, comme si elles avaient du mal. Sarah prononçait chaque mot une seconde après Mme Beedosh.

– Tu ne sais pas lire mieux que ça, Sarah ? ai-je demandé, surprise.

– Bien sûr que je sais lire, a-t-elle répliqué en faisant la moue. C'est juste que ton écriture est si alambiquée ! Les lettres sont difficiles à déchiffrer.

– Mais c'est vrai qu'elle écrit joliment, a commenté Mme Beedosh. Tu es une drôle de petite maligne, Millie Plume ! Tu es là depuis cinq minutes et tu passes ton temps à te faire bien voir du maître.

– Oui, à quoi tu joues, Millie ? Pourquoi tu te chargerais de tout ce travail de copie en plus ? C'est juste pour nous en mettre plein la vue ? a demandé Sarah.

– Non, bien sûr que non, ai-je protesté farouchement, même si cela expliquait peut-être dix pour cent de ma motivation. J'ai sauté sur l'occasion pour pouvoir demander une faveur à M. Buchanan.

– Ah ah ! Nous avions donc raison, madame B. ! a fait Sarah. Quel genre de faveur, hein ?

– Des timbres.

Elles m'ont regardée avec des yeux ronds.

– ... Pour pouvoir écrire régulièrement à maman.

– Oh, ma chérie... maintenant je comprends ! s'est écriée Sarah. Si seulement je pouvais écrire à ma mère, moi aussi ! N'est-ce pas touchant, madame B. ?

– Oui, sans doute, a admis Mme Beedosh en me faisant un grand sourire. Quelle brave fille tu es, Millie Plume. Tiens, assieds-toi et goûte donc un de mes scones. Ils viennent de sortir du four et ils sont particulièrement légers, aujourd'hui. Tu as vu, même

M. Buchanan a mangé le sien jusqu'à la dernière miette.

Je me suis donc assise, ravie, pour manger mon deuxième scone. Je n'avais pas menti. J'avais juste omis de leur dire que j'écrivais aussi à Jem.

Ma première réponse avait été brève :

Cher Jem,

Bien sûr que je me souviens de tout ce que nous faisions quand j'étais petite. Je me souviens de notre cabane aux écureuils. Je me souviens de chacun de nos jeux secrets. Ils comptaient énormément pour moi. Chaque soir, aux Enfants-Trouvés, je repensais aux moments heureux que nous avons passés ensemble.

Je sais que la petite Eliza pense à des moments heureux presque identiques. Elle est persuadée que tu seras là pour elle quand elle aura quatorze ans.

Bien à toi,
Ta sœur Millie

Na ! Je pensais que ça lui servirait de leçon. Je n'espérais pas vraiment avoir d'autres nouvelles de lui. Mais au bout d'une journée, j'ai encore reçu une réponse. Heureusement, cela faisait partie de mes fonctions de ramasser les lettres quand elles glissaient à travers la fente et tombaient en voletant sur le tapis de l'entrée. J'ai vu plusieurs enveloppes barbantes, des factures et des prospectus à porter à M. Buchanan sur un plateau d'argent, comme des confiseries – mais aussi une lettre qui m'était adressée de la main bien reconnaissable de Jem.

Chère Millie,

D'après le ton de ta lettre, je pense que tu es en colère contre moi. Ça ne peut pas être parce que je me suis efforcé d'être un bon frère pour la petite Eliza, si ? Je me sentais si atrocement seul quand tu es partie aux Enfants-Trouvés. Tu ne peux pas imaginer à quel point tu m'as manqué. Eliza était un bébé agité qui pleurait beaucoup. J'avais toujours eu un don pour t'apaiser, toi, alors j'ai fait de mon mieux pour la calmer aussi – et quand elle a grandi, parfois, je jouais à « nos » jeux avec elle, pour l'amuser et me consoler. C'est une enfant adorable et je l'aimais tendrement – mais elle a toujours été loin de compter autant que toi pour moi. Tu dois bien le savoir.

S'il te plaît, parle-moi encore de ta nouvelle place et dis-moi si elle te convient vraiment.

Avec ma plus profonde affection, je suis toujours
Ton Jem

J'ai relu cette lettre de nombreuses fois. Elle me mettait du baume au cœur. Ainsi, Jem me préférait vraiment à Eliza ! J'ai éprouvé des pétillements de bonheur… puis un pincement de culpabilité. Pauvre petite Eliza, qui s'imaginait toujours que Jem l'épouserait un jour. Jem n'aurait jamais dû la laisser croire ça. Il n'avait pas été très correct… mais il disait qu'il s'était senti très seul. *Atrocement* seul. Parce que je lui manquais. Moi !

Je me suis mise à virevolter dans les pièces que j'époussetais, à monter les marches quatre à quatre, à chanter gaiement tout en frottant, en épluchant et en astiquant.

Jem tenait toujours à moi. Il était toujours mon amoureux secret. Et peut-être qu'un jour…

8

Le dimanche, en début d'après-midi, je suis allée à la messe des domestiques avec Mme Beedosh et Sarah. Ç'a été pour moi l'occasion d'observer les gens des alentours et de voir beaucoup de nouvelles têtes. J'ai regardé toutes les autres filles avec effarement. Je me trouvais d'une allure si ordinaire et si miteuse avec ma robe grise et le châle que j'avais emprunté ! Mme Beedosh portait son ensemble rouge sang et Sarah arborait une robe et une cape en velours d'un violet inquiétant, ornées de franges et de pompons.

Leurs toilettes ne m'impressionnaient pas tant que ça, mais j'ai gardé la tête basse. Je n'avais même pas de coiffe, alors je devais me couvrir la tête avec ce châle qui n'était pas à moi.

– Oh ! là, là, nous allons devoir te bricoler une tenue correcte pour le dimanche, Millie, a dit Mme Beedosh en tripotant ma robe. Si je te donnais mon ancienne robe du dimanche, Sarah, tu penses que tu pourrais la retailler pour qu'elle aille à la jeune Millie ?

– Je verrai ce que je peux faire, a répondu Sarah. Là, Millie ! Dis merci à madame B. Quelle aimable proposition !

– Je vous remercie beaucoup toutes les deux, ai-je dit.

J'espérais de tout mon cœur que l'ancienne robe du dimanche de Mme Beedosh n'était pas rouge.

Elles m'ont installée entre elles, en déployant leurs jupes comme si elles voulaient me cacher. J'avais l'impression d'être une petite pousse moche entre deux grandes roses trop ouvertes. Quand la messe a commencé, elles m'ont fait lever pour les hymnes et m'ont fait rasseoir pour la lecture de la leçon, bien que j'aie assisté à la messe toutes les semaines pendant neuf ans et que je sache parfaitement quoi faire. Mme Beedosh et Sarah ont échangé un hochement de tête approbateur en voyant que je chantais tous les hymnes sans regarder les paroles et que je marmonnais les bonnes réponses pendant les prières.

– Bon, tu as peut-être une allure fadasse avec ta robe de travail, mais tu as le *comportement* d'une bonne petite chrétienne, a chuchoté Mme Beedosh.

Dans son esprit, c'était un compliment, mais il m'a mise encore plus mal à l'aise. Sur le banc devant nous, deux filles n'arrêtaient pas de se retourner et de se donner des coups de coude en gloussant. De toute évidence, je les amusais beaucoup. Quand Mme Beedosh et Sarah ont fermé les yeux, au début d'une prière, j'ai fait une immonde grimace aux deux filles. Elles ont hurlé de rire en chœur, alors une dame plus âgée s'est penchée vers elles et a mis une grosse tape sur leur coiffe sophistiquée, pour ma plus grande satisfaction.

Au moment du sermon, le pasteur de l'église Saint-John a marmonné d'une voix monotone pendant un temps interminable. Je me suis mise à bâiller, à m'agiter et à tripoter les petites peaux de mes doigts endoloris. Il nous a dit que nous avions bien de la chance de servir nos maîtres et nos maîtresses, car de cette manière, nous servions Dieu. Nous étions peut-être de simples serviteurs ici, sur Terre, mais si nous étions humbles et durs à la tâche, nous allions franchir les portes du paradis, devenir des anges et mener une vie formidable, libérés de nos peines. Je n'ai pas trouvé l'argument convaincant. Pourquoi était-ce à *nous* de servir les autres, sur Terre ? Pourquoi ne pouvions-nous pas tous le faire à tour de rôle ?

Je me suis imaginée installée dans la bergère rembourrée de M. Buchanan, devant son bureau, pour lire et écrire à ma guise, pendant que lui époussetait et frottait. Cette idée réjouissante m'a fait sourire.

– Regarde la petite Millie, elle boit ses paroles, la brave gamine ! a glissé Mme Beedosh à Sarah.

Elle m'a donné un penny qu'elle a tiré de son sac pour que je le mette dans l'écuelle lors de la collecte. J'avais bien envie de garder ce penny pour moi – je me suis demandé si je pouvais le coincer dans ma paume. Je me suis rappelé la pièce de six pence que Jem m'avait donnée en guise de porte-bonheur le jour où je suis partie pour les Enfants-Trouvés. Je l'avais gardée dans ma bouche, tellement j'étais décidée à ne pas la lâcher. J'avais fini par la cacher dans le pommeau de ma tête de lit, mais quelqu'un l'avait volée avant longtemps. Jem avait-il donné six pence à Eliza aussi ?

J'ai tenu la main au-dessus de l'écuelle, en contractant les muscles de ma paume pour retenir le penny, mais Mme Beedosh m'a donné un petit coup de coude : elle attendait d'entendre le cliquetis. J'ai lâché la pièce avec un soupir.

Nous sommes rentrées de l'église à pied – et là, assis sur les marches de l'escalier de service, j'ai trouvé Bertie, le garçon boucher.

J'ai senti que mon visage prenait la couleur de la tenue de Mme Beedosh. Je ne pensais pas qu'il passerait vraiment me chercher. J'aurais préféré qu'il s'abstienne. J'avais Jem, maintenant, alors je ne voulais pas d'autre garçon dans ma vie, merci beaucoup.

– Qu'est-ce que tu fabriques ici, à faire désordre sur mon escalier, mon garçon ? a lancé Mme Beedosh.

– Ce n'est pas évident, madame B. ? J'attendais de vous voir rentrer de l'église, mesdames, a dit Bertie.

Il a fait un clin d'œil caricatural.

– Oh ! là, là, vous êtes éblouissantes, toutes les trois… Ce spectacle a de quoi chambouler un gars ordinaire comme moi.

– Tu es ordinaire, c'est sûr, a grommelé Sarah en lui donnant une tape avec son missel.

– Pourquoi n'étais-tu pas à l'église aussi, mauvais garçon ? a demandé Mme Beedosh.

– Est-ce que l'église accueille les malheureux pécheurs, madame B. ?

– Bien sûr !

– Ah, mais vous comprenez, je ne suis *pas* un malheureux pécheur. Je suis un petit ange très gai, alors je n'ai pas besoin d'aller à l'église !

– Tu aurais besoin d'une bonne correction, a sifflé Sarah en dénouant le cordon de sa coiffe. Ne laissez pas notre Millie partir se promener avec ce garçon, madame B., sinon il va la faire sortir du droit chemin.

– Je n'ai aucune mauvaise intention ! a protesté Bertie, indigné. Je veux juste lui faire visiter un peu le coin, vu qu'elle a été élevée dans cet étrange hôpital. Elle a besoin de voir autre chose que votre cuisine et votre cellier, madame B., aussi propres et admirables soient-ils.

– Non mais écoutez-le ! s'est écriée Mme Beedosh. Il est si beau parleur qu'il vous donne le tournis. Bon, emmène la jeune Millie faire un petit tour, alors. Mais attention, pas plus d'une heure ou deux. Nous dînons tôt, maintenant, vu que l'une d'entre nous tient à sortir folâtrer le dimanche soir et à fricoter avec de drôles de gens !

– Je vous serais reconnaissante de tenir votre langue et de vous occuper de vos affaires, madame B., a rétorqué Sarah avec hauteur avant de rentrer en trombe dans la maison.

– Elle est si crédule, cette fille ! a soupiré Mme Beedosh en claquant la langue. Bien, sois sage, jeune Millie, et sois de retour ici à cinq heures et demie… enfin, à six heures au plus tard. Et toi aussi, sois sage, mon garçon, sinon je t'attrape et je te tire les oreilles.

Elle a franchi la porte de service en continuant à débiter de sombres avertissements.

Bertie m'a regardée en levant les yeux au ciel.

– Ces deux vieilles biques, qu'est-ce qu'elles font comme histoires ! Comment tu fais pour le supporter, Millie ?

– Elles sont gentilles. Ça part d'une bonne intention, ai-je rétorqué, gênée.

Moi aussi, ça m'embêtait qu'elles fassent tant d'histoires, mais je n'ai pas aimé que Bertie les critique. En peu de temps, elles étaient devenues presque une famille pour moi.

– Bon, viens, a-t-il dit en sortant d'un pas sautillant.

Il portait ses habits du dimanche : un costume marron, un peu serré et brillant au niveau des fesses, avec un col amidonné tellement raide qu'il devait garder la tête bien droite en permanence. Il avait plaqué en arrière ses cheveux indisciplinés, peut-être avec du parfum, car il avait une forte odeur sucrée.

Les deux jeunes filles goguenardes que j'avais remarquées à l'église sont passées devant nous bras dessus bras dessous, en rejetant en arrière leur tête ornée d'une coiffe délicate et en faisant voleter leur robe en velours fin. De toute évidence, elles connaissaient Bertie, car elles ont échangé des coups de coude, souri et gloussé avant de me regarder d'un air méprisant. Je leur ai encore fait une grimace féroce, mais je n'ai pas arrêté assez vite. Bertie m'a vue et a ouvert des yeux ronds.

– Eh bien, tu as l'air heureuse ! Pourquoi tu fais cette tête ?

– Ce n'est pas à toi que je fais la grimace. C'est à elles, ai-je expliqué en désignant les filles, dans mon dos, d'un geste du menton.

– Et pourquoi ? Tu les as vues me faire les yeux doux, c'est ça ? a fanfaronné Bertie. Ne le prends pas tant à cœur, Millie. Je n'y peux rien si elles ont un faible pour moi. Elles travaillent chez le marchand de tissu du bout de la rue, alors on se connaît de vue, mais il n'y a rien de sérieux entre nous, je te le jure.

– Ne sois pas si arrogant, c'est très agaçant. Je me fiche complètement de la manière dont elles t'ont regardé. Ce qui m'a gênée, c'est le regard qu'elles ont eu sur *moi*.

– Et elles t'ont regardée comment, Millie ?

Il avait l'air perplexe, comme s'il n'en avait sincèrement aucune idée.

– Elles m'ont regardée de haut, en levant leur joli nez en l'air, parce que je suis petite et ordinaire et que je n'ai pas de beaux habits du dimanche aux couleurs vives. Je suis obligée de sortir avec la robe que je mets tous les jours pour le travail, et qui est bien terne.

– Quoi ? a fait Bertie. Écoute, ça me *plaît* que tu sois petite. Je me sens presque grand, du coup, tu comprends. Et tu as un petit visage adorable avec d'immenses yeux bleus.

– Oui, mes yeux, c'est ce que j'ai de mieux. Ils sont d'un bleu saphir.

– Tu vois ! Et tu n'as pas besoin de beaux habits de couleurs vives, avec tes cheveux de feu. Tu as toute la couleur dont tu as besoin.

– Tu le penses vraiment ?

– Bien sûr. Maintenant, viens, accélère un peu, on a beaucoup de chemin à faire, et si je ne te ramène pas pour six heures, la mère Beedosh va me couper les doigts qui me restent et les servir en fricassée sur des tartines !

Il marchait vite, à côté de moi. Je devais presque courir pour rester à sa hauteur.

– Alors tu trouves que mes yeux bleus compensent le fait que je sois moche ? ai-je demandé au bout d'une minute.

Bertie a éclaté de rire.

– Ben dis donc, pour une petite orpheline, tu te comportes plus comme une princesse, parfois, à réclamer tant de compliments, a-t-il commenté.

– Je ne suis *pas* une orpheline.

– D'accord, d'accord. Tu n'es pas une orpheline. Et tu n'es pas moche non plus. Tu es jolie comme un cœur. Ça y est, tu es contente ?

En marchant à côté de lui, je me suis aperçue que

oui, j'étais contente. J'ai regardé tous les gens qui passaient sur le trottoir, autour de moi : les filles qui se baladaient bras dessus bras dessous, les garçons en petits groupes, les couples qui flânaient sans se presser, avec de petits enfants qui couraient devant en faisant tourner des cerceaux. Cela me paraissait toujours extraordinaire que les gens soient libres de se promener partout où ils voulaient, alors que les pensionnaires des Enfants-Trouvés restaient enfermés mois après mois, année après année.

– Qu'est-ce qu'il y a encore ? a demandé Bertie en voyant mon expression changer.

– Rien. Je repensais juste à…

– Non, c'est pas une bonne idée. Il vaut mieux penser à *l'avenir*, tu vois. Allez, Millie, avance.

– Où allons-nous ?

– Tu verras quand on arrivera… mais ça va te plaire, je te le promets.

– Est-ce qu'on va… à la campagne ?

– Hein ? Non, ne sois pas bête, je suis un gars de la ville. Je ne veux pas t'emmener à la campagne : c'est sale et boueux, les gens sont un peu arriérés et mâchonnent des brins de paille, et les hommes se baladent tous en robe.

– En *sarrau*.

– Quel que soit le nom de ce machin, c'est ridicule sur les hommes. Ça leur donne un air idiot.

– Non, pas du tout ! ai-je répliqué d'un ton farouche.

Je me suis rappelé le sarrau de mon père adoptif

– son odeur de terre tiède et les coutures qui me chatouillaient quand je me blottissais contre lui. Cela me semblait le plus masculin des vêtements, à l'époque. Je me suis demandé si Jem portait un sarrau désormais.

– Tu ne connais rien à la campagne ni à la vie qu'on y mène ! ai-je lancé à Bertie. C'est magnifique, là-bas.

J'ai repensé à la chaumière où j'avais passé cinq années heureuses. Elle s'est matérialisée dans ma tête, comme illuminée avec son toit de chaume douillet, ses rosiers et ses églantiers, sa cheminée et son feu de bois, ses petites chambres sous les combles. J'ai dû renifler pour m'empêcher de fondre en larmes.

– Hé, ne te mets pas dans cet état ! Je ne voulais pas te blesser. Que le Ciel nous vienne en aide si on se dispute déjà !

– J'ai vécu à la campagne quand j'étais toute petite, ai-je précisé.

– Eh bien c'est excellent. Tu seras ma petite paysanne préférée, Millie Cambrousse. Du moment que tu me fais un clin d'œil avec tes prunelles saphir et que tu retrouves le sourire, d'accord ?

– Ma mère voulait m'appeler Saphir, l'ai-je informé avec orgueil. C'était le nom qu'elle me donnait en secret.

– Vraiment ? Dieu sait comment ma mère voulait m'appeler, moi. L'Indésirable, sans doute. Ou Monsieur Braillard, a dit Bertie.

Nous sommes passés devant le parc où j'avais rencontré Tommy, le gros chien. Je l'ai cherché avec espoir – j'aurais été fière de montrer que je connaissais cet animal effrayant –, mais il n'était pas là en train de bondir, aujourd'hui. Un match de cricket était en cours, alors nous avons regardé ça une minute ou deux entre les barreaux.

– On dirait que c'est le jeu le plus lent du monde, a commenté Bertie. Malgré tout, ces types sont chics dans leur tenue blanche. Tu es sportive, Millie ? Tu as l'air souple. Tu es une bonne coureuse ?

– Je ne sais pas. Les filles ne faisaient pas de sport, aux Enfants-Trouvés, c'était juste les garçons. Je pense que ça pourrait me plaire, de courir.

– Eh bien, quand on sera sortis du centre-ville, tu vas pouvoir courir, je te le promets.

Nous avons suivi la principale rue commerçante.

– Voilà l'épicerie More. J'ai fait des courses chez eux, me suis-je vantée.

– Je vais te montrer ma boucherie, tu veux ? Mais elle fait moins d'effet le dimanche, quand on est fermés, sans toute la viande qu'on accroche dehors.

Bertie a pointé le doigt vers la boucherie Jarvis et m'a également montré toutes les autres boutiques, en me racontant des anecdotes sur les gens qui y travaillaient. J'ai bâillé avec ostentation quand il a parlé du magasin de tissu et de ces stupides pimbêches, Kitty et Ivy, qui travaillaient là-bas.

– Tu as l'air de connaître tout le monde, Bertie, ai-je remarqué.

– C'est vrai. Je connais tout le monde. Mais eux,

ils ne me connaissent pas. Ils me voient juste comme l'apprenti de Jarvis, le petit effronté qui se moque d'eux. Ils ne connaissent même pas mon nom, pour la plupart.

– Ton nom, c'est la première chose que tu m'as dite.

– Oui, parce que je savais que tu n'étais pas comme les autres. Je l'ai senti dès que je t'ai vue. On est des enfants malheureux, toi et moi, Millie. On va devoir se battre pour se faire une place dans le monde.

– C'est vrai, ai-je admis en souriant.

– Bon, viens. On n'est plus très loin.

Les boutiques sont devenues plus éparses. En longeant des ruelles miteuses, nous sommes passés devant des entrepôts et des poissonneries nauséabondes.

– C'est *ça*, ton endroit préféré ? ai-je demandé en plissant le nez.

– Patience, Miss Gouaille. Ça va te plaire, je t'assure, a répliqué Bertie.

Il m'a entraînée plus loin, à travers d'autres ruelles puis sous le pont de la voie de chemin de fer. Il y faisait très sombre.

– Bertie ? ai-je appelé, nerveuse.

– Tout va bien, a-t-il dit en me prenant la main. Ça fait de l'écho, écoute : *Bonjour, Millie Plume !*

Dix Bertie ont crié « Bonjour » de tous les côtés. J'ai ri, et dix Millie ont ri aussi.

– Je ne m'appelle pas Millie, je m'appelle Saphir Battersea ! ai-je crié à pleins poumons – et un chœur magnifique a répété mon nom secret dans l'obscurité.

Puis nous sommes ressortis de l'autre côté du pont, et on aurait dit que nous avions débarqué dans un autre monde. Nous étions au bord de la rivière. J'avais déjà vu la Tamise, mais seulement en plein Londres, où elle était luisante de saleté et puait affreusement. Ici, l'eau était pure et scintillante. De petites barques et des canoës sautillaient dans les vaguelettes.

Nous nous trouvions dans un grand parc vert qui s'étirait en longueur sur la berge, où la foule joyeuse du dimanche après-midi profitait du soleil.

– Cours un petit coup, Millie ! a suggéré Bertie.

J'ai remonté ma jupe et j'ai foncé. Je croyais courir vite, mais Bertie m'a dépassée sans difficulté. On s'est arrêtés pour reprendre notre souffle, hilares. Au milieu de la pelouse, il y avait un petit kiosque où jouait une fanfare. Les hommes portaient des blazers rayés et des canotiers. Des couples étaient assis sur de petites chaises blanches, et des enfants couraient autour d'eux, virevoltant au son de la musique.

Bertie et moi nous sommes assis à notre tour pour écouter. Il a chanté pour accompagner les musiciens, ajoutant des paroles grivoises aux mélodies enjouées.

– Tu ne la connais pas, celle-là, Millie ?

– Je n'ai jamais rien entendu d'autre que des hymnes et des chansons de récolte.

– Je t'emmènerai au music-hall un jour, m'a promis Bertie. Pour le moment, est-ce qu'un tour de bateau pourrait te tenter ?

– On peut vraiment ?
– Tu penses !
Il a payé la location d'une barque pour une demi-heure. Nous nous sommes bien amusés en montant dans le bateau, parce qu'il penchait follement et que nous avons tangué dans tous les sens. Bertie a failli tomber à l'eau la tête la première. De toute évidence, il n'était pas aussi habitué aux bateaux qu'il l'avait laissé entendre.
Tout excitée, je me suis emparée des rames.
– C'est mon boulot, ça ! a protesté Bertie.
– Oh, laisse-moi essayer, s'il te plaît ! l'ai-je supplié.
Ce n'était pas aussi simple que je l'avais pensé. Le seul fait de ramener les rames vers moi en les poussant dans l'eau s'est révélé drôlement difficile. Mes bras n'arrivaient pas à tirer avec une force égale, alors le bateau s'est mis à tourner en rond.
– Tu me donnes le tournis, a rigolé Bertie. Allez, laisse-moi te montrer.
Il a pris les rames et nous a fait avancer rapidement le long de la berge.
– Installe-toi bien et profites-en, toi, a-t-il dit.
J'étais un peu agacée, mais je me suis installée sagement et j'ai laissé traîner ma main dans l'eau. Il y avait tant de bateaux autour de nous que je n'arrêtais pas de crier, craignant une collision, mais Bertie nous dirigeait vers un côté ou l'autre pour les contourner, et bientôt, nous nous sommes retrouvés dans des eaux plus profondes.

– Je peux réessayer, maintenant, s'il te plaît ? lui ai-je demandé.

Il m'a laissé réessayer, et j'ai enfin commencé à prendre le coup, même si, de temps en temps, ma rame ratait complètement l'eau, ou alors je l'enfonçais trop et « je pêchais un crabe ».

– Tu te débrouilles très bien, Millie, mais c'est choquant, une petite fille maigre qui promène un gars costaud comme moi. Laisse-moi reprendre les choses en main, sinon j'aurai trop honte, a dit Bertie en retirant sa veste et en retroussant ses manches.

– Tu veux juste frimer en montrant tes muscles, ai-je répliqué – mais j'ai cédé.

Il nous a emmenés rapidement vers une petite île au milieu de la rivière, où il a amarré le bateau.

– Là, reposons-nous un peu ici. Tu peux te tremper un petit coup si tu veux, Millie.

– Je crois que je vais faire ça, oui ! Retourne-toi pendant que je retire mes bas.

J'ai ôté mes horribles bottillons, descendu mes bas de laine rugueux et mis les pieds dans l'eau. Elle m'arrivait aux genoux, alors j'ai dû remonter ma robe pour éviter que le bas ne soit trempé.

– Tu ferais mieux de garder le dos tourné, Bertie, ai-je dit en batifolant dans l'eau.

Il m'a jeté un coup d'œil, bien sûr, mais je ne me suis pas fâchée. Je m'en fichais un peu. C'était si bon de mettre mes pieds échauffés et douloureux dans l'eau froide ! Je me suis rappelé ma baignade dans le ruisseau avec Jem, des années plus tôt, et mon cœur s'est serré. J'aurais tant voulu être avec *lui* ! Pourtant, je m'amusais bien avec Bertie aussi ; il était d'une compagnie bien plus agréable que je ne l'avais imaginé.

Il m'a souri depuis la berge herbeuse, en remuant les bras pour les décontracter. Il mesurait à peine deux centimètres de plus que moi, mais il avait de gros muscles robustes – qu'il a gonflés avec ostentation quand il a vu que je le regardais, naturellement.

– Tu es comme un bébé dans l'eau, a-t-il commenté pendant que je barbotais. Pourquoi tu ne vas pas carrément nager ?

– Je suis à deux doigts de le faire ! ai-je répondu, en regrettant de ne plus être assez jeune pour sauter à l'eau presque nue, comme les petits enfants que je voyais un peu plus loin sur la berge.

– Tu es une sacrée donzelle, Millie. Alors ? Tu aimes mon endroit secret ?

– Oui, beaucoup.

Je suis allée m'asseoir à côté de lui.

– Et moi, tu m'aimes bien ? a-t-il demandé en me regardant droit dans les yeux.

– Je pense que oui, Bertie, ai-je dit – mais quand il a essayé de me prendre la main, je l'ai repoussé d'une tape. Pas de ça ! Ne me fais pas la cour !

– Allez, Millie, laisse-moi juste passer un bras autour de tes épaules… pour t'empêcher de tomber à l'eau.

– C'est toi qui risques de tomber à l'eau si tu ne prends pas garde, ai-je répliqué en le piquant avec un doigt.

L'odeur sucrée de son parfum devenait envahissante dans la chaleur.

– Qu'est-ce qu'il y a ? Pourquoi tu plisses ton petit nez ?

– Je croyais que c'étaient les dames qui étaient censées mettre du parfum !

Il s'est agité, l'air gêné.

– Désolé. C'est vrai que j'empeste un peu, je le sais. Je me suis aspergé avec l'huile pour cheveux de Jarvis parce que je ne voulais pas sentir la viande, tu comprends.

– Oh, Bertie.

Je lui ai volontairement pris la main, cette fois.

– Tu sens tout à fait bon. Merci de m'avoir amenée ici. C'est vraiment merveilleux !

– J'aimerais bien avoir une petite maison ici, sur l'île. Ce serait formidable de se réveiller au milieu des clapotis de l'eau, non ? J'ai souvent été tenté de plaquer mon boulot avec le vieux Jarvis et de filer au bord de la mer… a ajouté Bertie d'un ton rêveur.

– Mon père était marin, lui ai-je confié. Enfin, c'est ce qu'on m'a dit. Je ne l'ai jamais rencontré. Il est parti avant ma naissance.

– Mon père a fait pareil. Je ne sais même pas qui c'était. C'était peut-être le diable, pour autant que je sache. Enfin, merveilleux ou pas, je ferais mieux de te ramener. On va devoir se dépêcher pour que tu sois de retour à temps, sinon madame B. va mettre mes tripes en porte-jarretelles.

– Tu te soucies de ce qu'elle dit ?

– Bien sûr que non, mais je veux qu'elle te laisse sortir dimanche *prochain*... et aussi le dimanche d'après, et tous les dimanches qui suivront. Tu me plais, Millie Plume. Tu es ma petite amie, maintenant.

Je n'étais pas sûre de devoir accepter. N'étais-je pas la petite amie de *Jem* ?

– Je n'ai que quatorze ans, tu le sais bien, ai-je objecté.

– Et moi, j'en ai quinze, alors on a pile le bon âge l'un pour l'autre, a répondu Bertie. Ne t'inquiète pas, Millie, je te promets de ne pas t'entraîner hors du droit chemin.

– Tu peux toujours essayer ! ai-je grogné en remontant d'un bond dans le bateau.

Il a tangué violemment, alors j'ai dû m'asseoir brusquement et me cramponner aux bords.

– Ouh là ! Tu as failli piquer une tête pour de bon ! a commenté Bertie.

Il nous a ramenés au ponton, puis nous a rapporté une crème glacée à manger sur le chemin du retour. J'ai croqué dans ma glace et j'ai frissonné quand le froid a envahi mes dents et mes gencives.

– Faut pas la croquer, ma grande, faut la lécher ! m'a conseillé Bertie en me montrant l'exemple.

J'ai léché, léché, léché.

– Qu'est-ce que tu en penses ? a-t-il demandé.

– C'est divin ! ai-je déclaré en souriant jusqu'aux oreilles.

Un vieux couple qui passait devant nous a rigolé en me voyant.

– À croire qu'elle n'avait encore jamais goûté de crème glacée ! s'est exclamée la vieille dame en gloussant.

– Eh bien c'est le cas, figurez-vous. C'est une pauvre petite orpheline qui vient de sortir de l'hôpital des Enfants-Trouvés, a expliqué Bertie.

– Oh, la pauvre petite, a fait le vieux monsieur en fouillant dans la poche de son gilet. Voici une pièce de trois pence, ma chérie. Tu peux t'en acheter une autre.

Abasourdie, je suis restée interdite. J'ai fixé la pièce en argent dans ma paume sans rien dire.

– Eh bien quelle surprise ! a commenté Bertie.

– Je ne suis *pas* orpheline ! Combien de fois vais-je devoir te le dire ?

– Va lui rendre sa pièce, alors, m'a taquinée Bertie.

– Sûrement pas ! Elle est à moi, ai-je répliqué en la fourrant dans ma poche.

– Tu pourras payer les sucettes la semaine prochaine, a dit Bertie.

Quand nous sommes arrivés près de chez M. Buchanan, il m'a pressé la main.

– On va se revoir la semaine prochaine, hein, Millie ?

– Oui… s'il te plaît !

– Bon, je te raccompagne.

Sarah portait sa coiffe violette. Elle était fin prête pour sa mystérieuse soirée.

– Tu peux retirer ta coiffe et manger un petit morceau en guise de souper avant de partir, sinon tu vas te sentir mal, a dit Mme Beedosh en consultant sa montre de poche. Et quelle heure vous avez, vous ? a-t-elle grogné à notre intention en fronçant les sourcils.

– Pour moi, il est six heures moins une, madame B., a répondu Bertie.

– Je croyais vous avoir dit cinq heures et demie !

– Ou six heures au plus tard. Alors nous voilà, et six heures n'ont pas encore sonné. Nous sommes d'une ponctualité extraordinaire !

– Humf ! a fait Mme Beedosh – mais elle a invité Bertie à rester partager notre souper de friands aux huîtres.

Sarah n'a fait que grignoter le bord du sien, puis s'est levée d'un air décidé.

– Je suis désolée, madame B., mais je suis tellement nerveuse que je ne peux rien avaler.

Mme Beedosh a claqué la langue mais l'a laissée partir.

– Prends garde, hein ! Ne t'exalte pas trop, tu sais que ce n'est pas bon pour toi.

Bertie et moi avons échangé un regard, et Sarah a rougi.

– Où est-ce que tu vas, Sarah ? a demandé Bertie. Tu as rendez-vous avec ce beau gars de la police que j'ai vu te reluquer d'un air approbateur ?

Sarah a ricané avec dédain.

– Quelle idée ! a-t-elle rétorqué – mais elle semblait trop soucieuse pour s'indigner vraiment.

Elle nous a salués d'un geste en nouant les cordons de son sac.

– Ne dépense pas n'importe comment tout l'argent que tu as si chèrement gagné, l'a avertie Mme Beedosh.

– Je suppose que le monsieur paie pour toi, Sarah, sinon c'est que ce n'est pas un gentleman, a commenté Bertie.

– Occupe-toi de tes affaires, petit polisson effronté ! a rétorqué Sarah. Je file.

Elle s'est tournée vers Mme Beedosh.

– Souhaitez-moi bonne chance, madame B. !

– Sûrement pas. Tu es une sotte, et je n'approuve pas cette activité, a répondu Mme Beedosh – mais quand Sarah est sortie par la porte de service, elle a lancé : Bonne chance quand même !

– Allons, madame B., lâchez-nous le morceau ! Quel est le secret de Sarah ? Nous en salivons tous ! a chuchoté Bertie.

– Cela ne te concerne pas, mon garçon. Je ne dirai rien. Maintenant, finis ton friand et sauve-toi.

– Vos friands sont délicieux, madame B. Millie a de la chance de vous avoir comme mentor, a dit Bertie.

– Je sais que tu essaies juste de m'amadouer, Monsieur Langue-de-Velours. Allez, ouste !

Bertie a fourré le dernier morceau de son friand dans sa bouche. Il s'est levé, a fait une petite courbette à Mme Beedosh… et m'a envoyé un baiser avant de sortir.

– Je t'ai vu ! a grommelé Mme Beedosh. Je ne suis pas sûre de pouvoir te laisser fréquenter ce garçon, Millie. Je n'arrive pas à imaginer ce qu'il va aller inventer. Ou plutôt je l'imagine très bien, et cela ne me met pas en confiance. Viens m'aider à débarrasser la table. Ensuite, tu me recopieras quelques recettes, vu que tu es célèbre pour ta superbe écriture.

Je me suis exécutée sagement. Mme Beedosh était tendue au plus haut point, elle n'arrêtait pas de s'agiter d'un bout à l'autre de la cuisine – elle a commencé à nettoyer le cellier mais y a renoncé en plein milieu. Elle soupirait sans cesse. Je me suis demandé si elle aurait aimé sortir ce soir, elle aussi.

– Est-ce que M. Beedosh est décédé il y a longtemps, madame Beedosh ? ai-je hasardé.

– Quoi ? Il n'y a jamais eu de M. Beedosh ! Je te l'ai dit, on m'appelle « madame » par courtoisie.

– Vous avez déjà eu un amoureux, madame B. ?

– Madame *Beedosh* ! Non, je n'ai jamais eu de temps pour les hommes. Et puis on ne peut pas leur faire confiance. Tu en es la meilleure illustration. Il est clair qu'un mauvais gars a détourné ta mère du droit chemin.

– Madame Beedosh, est-ce que le monsieur de l'épicerie est l'amoureux de Sarah, alors ?

Mme Beedosh a levé les yeux au ciel.

– Bien sûr que non, Millie ! Ce monsieur est marié et parfaitement respectable, figure-toi.

– Alors pourquoi a-t-elle rendez-vous avec lui ? Où vont-ils ?

Mme Beedosh m'a tapoté le nez du bout du doigt.

– Ne pose pas de questions et on ne te dira pas de mensonges.

– Les surveillantes me disaient tout le temps ça, aux Enfants-Trouvés.

– Ça ne m'étonne pas. Tu es terrible avec tes questions, Millie Plume.

– Comment pourrais-je apprendre des choses autrement ?

– Il n'y a pas beaucoup de choses qui vaillent la peine d'être apprises, a rétorqué Mme Beedosh en triant des bocaux d'oignons confits.

Elle avait la bouche pincée, comme si elle en venait d'en avaler un. Je me suis imaginée à la place de Mme Beedosh, femme sans famille cuisinant des plats alléchants et savoureux pour un vieux monsieur difficile qui terminait rarement son assiette.

– Ça vous *plaît* de travailler ici, madame Beedosh ?

– Que de questions ! On dirait que tu ne peux pas te retenir ! Oui, bien sûr que ça me plaît. On peut difficilement s'élever plus haut que ça : cuisinière et gouvernante dans une merveilleuse villa. J'ai débuté comme fille de cuisine quand j'ai démarré ma carrière de domestique, mais la cuisinière était une vraie harpie et me terrorisait. Ensuite, j'ai travaillé pour un jeune couple, mais la dame était trop frivole et ne me donnait aucune indication. Puis j'ai travaillé dans une autre maison où c'était tout le contraire, la maîtresse me disait quoi faire à longueur de journée. Sa voix me poursuivait jusque dans mes rêves. Enfin seulement, je suis venue travailler pour notre maître actuel, et quel bonheur de ne pas avoir de maîtresse !

– Mais madame Beedosh, vous n'aimeriez pas être vous-même la maîtresse un jour ?

Mme Beedosh m'a regardée avec des yeux ronds comme si je lui avais suggéré de devenir une princesse indienne ou une cantatrice d'opéra.

– Bien sûr que non, Millie. J'espère que tu ne vas pas devenir une de ces filles qui ont la folie des grandeurs, en oubliant leur condition.

Ce soir-là, quand je suis allée me coucher, j'étais bien décidée à continuer de rêver à un avenir meilleur. J'ai écrit une longue lettre à maman pour lui raconter que j'étais allée à l'église et que j'avais fait une chouette virée en bateau avec un nouveau copain. Je n'ai pas précisé de qui il s'agissait. J'ai aussi écrit à Jem, et je lui ai décrit la virée en bateau… mais j'ai jugé préférable de ne pas mentionner le copain du tout.

9

J'ai pris l'habitude de recopier le travail de M. Buchanan tous les jours. Au début, c'était dur de déchiffrer ses fioritures et ses gribouillis, mais au bout de quelques jours, je me suis habituée à son écriture et je suis devenue capable de la recopier vite et sans peine. Je n'irai pas jusqu'à dire que son texte pouvait se *lire* vite et sans peine. Il employait des phrases si alambiquées qu'elles en perdaient leur sens. Il consacrait des pages entières à décrire laborieusement le moindre petit détail. Dans les rares dialogues, ses personnages se parlaient avec l'érudition rigide d'ecclésiastiques vieillissants, bien que ce soient des enfants. D'ailleurs, c'étaient des enfants terriblement ennuyeux, qui passaient leur temps à citer la Bible et à débiter des morales.

J'avais lu les livres de Miss Smith avec beaucoup de plaisir, mais les récits de M. Buchanan étaient si indigestes que je bâillais en les recopiant.

– Tu n'as pas assez dormi, Millie ? Quel bâillement effroyable ! a observé sèchement M. Buchanan.

– Je suis désolée, monsieur. Je... Je suis juste un peu fatiguée aujourd'hui, ai-je répondu en pinçant les lèvres.

– Tu avances bien dans ta copie. Grâce à toi, le manuscrit sera prêt pour l'éditeur d'ici à la fin du mois. Maintenant, je dois me creuser la tête et trouver un sujet pour une nouvelle histoire...

Il a marqué un temps d'arrêt. Je me suis aperçue qu'il voulait que je montre de l'intérêt pour son projet.

– Vous êtes drôlement assidu, monsieur, ai-je commenté poliment.

– Je dois travailler dur, parce que mes histoires ne se vendent pas particulièrement bien, hélas, a-t-il expliqué.

– Oh ! là, là, monsieur, je me demande pourquoi ! ai-je lancé – bien que je le sache parfaitement.

– Je pense qu'elles sont rédigées dans un style littéraire trop raffiné, a dit M. Buchanan. Et mes personnages sont des jeunes filles et des jeunes messieurs bien élevés. Je devrais peut-être imiter ton amie Miss Smith et parler des pauvres gamins des rues. Ses livres à elle remportent un succès phénoménal.

– Miss Smith sort dans Londres et interroge les enfants qui vivent dans les rues, monsieur, ai-je précisé.

– Vraiment ? C'est admirable. Mais tu ne me suggères pas de faire la même chose, si ?

J'ai essayé de me représenter M. Buchanan cheminant avec difficulté sur des trottoirs boueux et interpellant les gamins des rues d'un ton impérieux. Ils ne feraient que se moquer de lui. Peut-être même lui jetteraient-ils des pierres.

– Il ne vaut peut-être mieux pas, monsieur.

– Si je ne m'abuse, Miss Smith t'a rencontrée de cette façon, Millie…

– Oui, monsieur.

– Eh bien, mon enfant, tu pourrais peut-être me raconter quelques anecdotes du passé ?

Il me regardait avec espoir, en remuant le nez.

– Comment… Tout de suite, monsieur ?

– Tes souvenirs ne sont pas assez précis ?

– Oh, je me souviens des moindres détails, monsieur ! De toute façon, j'ai tout noté dans mes Mémoires.

– Ah oui. Tes Mémoires. Tu les as toujours, Millie ?

– Oui. J'espérais que Miss Smith pourrait m'aider à les faire publier… mais quand elle les a lus, elle a dit que ce n'était pas possible parce qu'ils contiennent trop de violence et pas assez de gratitude. Ils contrarieraient le conseil d'administration.

– Je vois, je vois. Oui, tu dois montrer un respect et une gratitude immenses, mon enfant. Si l'hôpital des Enfants-Trouvés ne t'avait pas reprise, tu serais peut-être à la rue, à présent, en train de mener une vie misérable et dépravée. Au lieu de quoi, tu es en sécurité dans un bon foyer chrétien, au chaud et bien nourrie. Tu as la belle vie.

J'étais loin d'avoir la belle vie : je me levais à l'aube, j'astiquais jusqu'à en avoir les doigts à vif, je vidais son immonde pot de chambre, je travaillais comme un chien toute la journée, je recopiais ses récits compassés juste pour gagner les timbres qui me permettaient de garder le contact avec ma chère maman… Mes yeux se sont emplis de larmes rageuses.

– Ah, c'est bien ! Je vois que tu as honte de ton ingratitude, Millie. Mais ce n'est pas grave. Je pense qu'au moins, tes puériles tentatives d'écriture t'auront aidée à tirer des leçons d'application et de discipline – et après tout cet entraînement, tu écris d'une façon très lisible. Bien, continue ton beau travail.

Je me suis remise à recopier son histoire minable. Je m'ennuyais tant que mes paupières se fermaient toutes seules tandis que la petite Marie Mièvrerie et le jeune Tommy Fadaises donnaient un penny à un jeune mendiant affamé et tremblant, puis rentraient chez eux pour se réchauffer les orteils devant un bon feu et s'empiffrer de muffins beurrés d'un air fat.

Quand l'horloge de M. Buchanan a sonné cinq heures, j'ai posé ma plume et repris son plateau, prête à retourner à la cuisine.

– C'est bien, Millie. Sauve-toi, maintenant, a dit M. Buchanan – mais ensuite, au moment où j'allais passer la porte, il m'a rappelée.

– J'ai le sentiment que tu as besoin d'encouragements, mon enfant. Montre-moi tes Mémoires. Je verrai si je peux t'aider à retravailler ton style. Tu pourrais peut-être en réécrire certains passages. Ce serait une précieuse leçon pour toi, Millie.

– Alors… Alors vous pensez qu'il y aurait une chance de faire publier mes Mémoires, finalement ? ai-je demandé, le cœur battant.

– Allons, tu es ridicule, mon enfant.

Voyant que je me décomposais, il s'est radouci.

– Mais peut-être que si nous retravaillons des passages ensemble, il serait possible d'en publier un petit extrait. Je pourrais peut-être écrire pour un journal ou une revue un article sur les enfants trouvés, avec un paragraphe de toi en guise de témoignage, en quelque sorte.

J'ai réfléchi. Ce n'était pas du tout ce que je voulais. Et cela ne risquait pas de m'assurer la fortune pour que maman ne soit plus obligée de travailler comme servante et qu'on puisse s'acheter une jolie maison où on pourrait vivre heureuses pour toujours, rien que nous deux. Mais un petit extrait dans un journal, c'était mieux qu'aucune publication du tout… et peut-être qu'un éditeur progressiste, clairvoyant et radical serait si frappé par ces quelques lignes qu'il me contacterait et me proposerait un contrat d'édition pour l'œuvre intégrale.

– Alors, mon enfant, ne reste pas là comme ça à bayer aux corneilles, va me chercher ces Mémoires. Je verrai si je trouve le temps d'y jeter un coup d'œil ce soir, a repris M. Buchanan.

Je suis descendue à toute allure avec son plateau,

si excitée que je n'ai même pas terminé son cake aux cerises et son sablé entamés. J'ai posé lourdement le plateau sur la table de la cuisine et j'ai foncé dans l'arrière-cuisine.

– Qu'est-ce qui t'arrive, ma grande ? Tu ne vas pas laisser ce plateau là, hein, pile à l'endroit où je veux étaler ma pâte pour la tourte au bœuf et aux rognons de ce soir ? Et occupe-toi de la vaisselle sale ! Elle ne va pas se laver toute seule.

– Dans une minute, madame Beedosh. J'ai juste une course à faire pour le maître, ai-je expliqué en sortant mes Mémoires de ma malle miteuse.

La couverture rouge était délavée, à présent, et la reliure cassée. Au cours d'une dispute avec Sheila, dans le dortoir, cette peste s'était emparée de mon précieux carnet pour le jeter à l'autre bout de la pièce.

– Qu'est-ce que c'est que ce carnet piteux ? a demandé Sarah en me suivant.

– Mes Mémoires, ai-je dit en le serrant contre ma poitrine comme si c'était mon enfant chéri.

– Tes mé-quoi ? a fait Sarah. Tu es fatigante à dire des choses compliquées que les gens normaux ne peuvent pas comprendre.

– C'est un peu comme un journal. Ça contient le récit de ma vie, ai-je expliqué avec importance, le menton en l'air.

J'espérais impressionner Sarah, mais elle a éclaté de rire – et quand elle l'a répété à Mme Beedosh, celle-ci s'est mise à glousser aussi.

– L'histoire de ta vie, jeune Millie ! a-t-elle éclaté. Tu es un sacré phénomène ! Tu ne l'as pas encore vécue, ta vie… Tu es encore haute comme trois pommes et tu as passé tout ce temps dans cet hôpital sans jamais en sortir.

– J'ai vécu beaucoup de choses fondamentales, ai-je protesté.

Cela n'a fait que renforcer leur hilarité.

– Ah oui ? Qu'est-ce que tu as vécu au juste, hein ? a ricané Sarah. Tu as rencontré la reine, peut-être ? Fait le tour du monde en bateau ? Volé dans le ciel pour aller dire bonjour à la lune ?

– J'ai effectivement rencontré la reine, figurez-vous… enfin presque : le jour de son jubilé d'or, ai-je rétorqué avec hauteur. En tout cas, il est certain que ç'a été un jour fondamental pour moi, par bien des aspects. Alors vous pouvez arrêter de ricaner, toutes les deux. Je monte voir le maître.

J'ai quitté l'arrière-cuisine en me drapant dans ma dignité, mais j'ai trébuché sur un seau posé dans un coin, ce qui a gâché l'effet. Mme Beedosh et Sarah riaient si fort qu'elles devaient se cramponner l'une à l'autre pour rester debout.

En gravissant l'escalier avec mes Mémoires plaquées contre moi, j'ai commencé à avoir des doutes. Je tenais beaucoup à faire publier mon travail. Imaginez un peu si des centaines, voire des milliers de personnes les lisaient ! Cette idée me faisait frémir d'orgueil – mais penser qu'une personne précise allait lire attentivement chaque ligne m'intimidait tant que j'en tremblais. Tout d'un coup, je ne voulais plus que M. Buchanan lise mes Mémoires. Ce serait comme me mettre toute nue devant lui pendant qu'il m'examinait derrière ses lunettes en clignant ses petits yeux noirs.

Je me suis immobilisée au milieu de l'escalier, mon carnet serré contre ma poitrine. Je ne pouvais pas faire ça. Je dirais à M. Buchanan que je l'avais perdu. Je devais protéger ce que j'avais écrit. Mais à cet instant, M. Buchanan a brusquement passé la tête par la porte de son bureau et m'a regardée.

– Tu es là, Millie ! Je me demandais où tu étais passée. Apporte-moi ces Mémoires, mon enfant.

– Je… Je ne les ai pas trouvés, monsieur.

– Hein ? Ne dis pas de sottises… Ils sont là, tu as ton carnet dans les mains, là. Apporte-le-moi tout de suite.

– Mais… Mais c'est un texte minable, monsieur… Je l'ai écrit il y a des années, quand j'étais petite. Vous allez le trouver très ennuyeux.

– Sans doute, mais je veux t'aider, mon enfant. Passe-moi ça.

J'avais envie de jeter le carnet dans l'escalier, hors de sa portée, mais je le lui ai tendu comme un automate. M. Buchanan a disparu dans son bureau avec mes Mémoires.

Je me suis sentie drôle toute la soirée en le voyant mentalement tourner les pages et lire chaque petit détail de ma vie. J'ai demandé à Sarah de quelle humeur le maître semblait quand elle lui avait servi son souper.

– D'une humeur étrange. Il était distrait, presque absent. Il lisait en mangeant. Il a pris ses couverts sans faire attention, si bien qu'il a essayé de couper sa tourte avec sa fourchette.

– Oui, mais agréablement distrait, ou désagréablement ? Il avait les sourcils froncés ?

– Comment je pourrais le savoir ? Le maître a le front tellement ridé !

– Tu as peur qu'il n'aime pas tes précieux Mémoires, c'est ça, Millie ? a demandé Mme Beedosh. Quel genre de choses as-tu écrites dedans ?

– Toutes sortes de choses, ai-je répondu, désespérée.

– Eh bien, j'espère que tu n'as rien avoué de trop affreux, sinon le maître sera obligé de te renvoyer sur-le-champ, et je devrai tout recommencer à zéro avec une autre fille alors que tu commençais à prendre le coup de main.

Je n'ai pas pu me concentrer sur la rédaction de mes lettres quand je suis montée me coucher ce soir-là. J'ai soufflé mon morceau de bougie et je suis restée allongée dans le noir, à m'agiter en imaginant M. Buchanan deux étages au-dessus, le nez dans mon carnet, en train de lire le récit de ma vie avec ses lunettes miroitantes.

Je me suis tournée et retournée toute la nuit, et je me suis levée bien avant Mme Beedosh et Sarah.

Quand elles sont descendues, j'avais allumé le feu, préparé une théière de thé brûlant et déjà mis des œufs et du bacon à frire dans la poêle.

Elles m'ont tapoté la tête et m'ont dit que j'étais une brave fille.

Sarah n'a pas pu s'empêcher d'ajouter :

– Une brave fille qui a vécu des expériences fondamentales.

Quand elle est revenue après avoir porté son petit déjeuner à M. Buchanan, je me suis jetée sur elle.

– Que faisait le maître, Sarah ?

– Quoi ? Il mangeait son petit déjeuner, bécasse.

– Il est en train de lire ?

– Mmh ? Oui, et c'est une sacrée mauvaise habitude. Il se laisse tellement absorber qu'il est capable de faire tomber de l'œuf et du bacon partout sur ses vêtements, et c'est moi, la pauvresse qui va devoir essayer d'enlever les taches.

– Il lisait *quoi*, Sarah ?

– Je ne sais pas, moi. Je n'ai pas l'habitude de lui arracher son livre pour voir le titre.

– C'était un livre, alors ? Ce n'était pas… ?

– Tes illustres Mémoires ? Si, je crois bien… Ah mais bien sûr… ça me revient, maintenant… il les a brandis solennellement et il m'a dit : « Sarah, ceci est un véritable chef-d'œuvre. Je vais le faire relier dans le cuir le plus fin et imprimer de lettres d'or. »

J'étais sûre qu'elle me taquinait, mais je n'ai pas pu m'empêcher d'espérer qu'elle disait la vérité.

– Il avait vraiment l'air d'apprécier ? ai-je demandé, tremblante.

Ces grosses bécasses de Sarah et de Mme Beedosh ont ri à gorge déployée. Le nez en l'air, je suis partie d'un pas furieux pour faire le ménage dans les chambres. M. Buchanan était dans son bureau, porte fermée. Je brûlais de jeter un coup d'œil à l'intérieur pour voir de mes propres yeux si mes Mémoires le fascinaient ou l'agaçaient. Peut-être les avait-il déjà reposés sur une de ses tables encombrées. Ils seraient totalement oubliés et je raterais même cette infime chance d'être publiée.

J'étais dans un tel état de fébrilité que je n'arrivais à me concentrer sur rien. Je crois que Sarah regrettait un peu de s'être tant moquée de moi, parce qu'elle m'a laissé travailler sur ma robe du dimanche, après le déjeuner, au lieu de l'aider à découper par le milieu et recoudre par les bords un tas de draps usés. Le tissu était d'un vert émeraude saisissant, mais Mme Beedosh et Sarah m'avaient assuré que ça mettait merveilleusement en valeur mes cheveux roux. Le velours, rendu lisse par le formidable derrière de Mme Beedosh, était devenu tout brillant dans le dos, mais il y avait tant de tissu qu'avec l'aide de Sarah, j'ai pu découper de quoi me faire une robe dans le devant, qui était intact.

Sarah m'a aussi tracé un patron, mais elle a pris modèle sur mes robes de travail, que je trouvais très ordinaires. J'avais observé les filles avec une grande attention, dans la rue, le dimanche précédent. Je voulais que le haut soit ajusté et la taille cintrée.

– Alors il va te falloir un corset, Millie ! a dit Sarah.

Je voyais bien qu'elle avait raison, mais il n'était pas question que je récupère le vieux corset à baleines de Mme Beedosh : on aurait facilement casé une vraie baleine dedans ! Je n'aurais qu'à retenir mon souffle, rentrer mon ventre et gonfler ma modeste poitrine dans ma nouvelle robe.

J'avais remarqué des rideaux délavés dans la pile d'ouvrages à raccommoder du placard de Sarah. Ils étaient garnis de pompons et de galons dorés. J'ai décidé d'y donner secrètement quelques coups de ciseau pour donner à ma robe des finitions parfaites.

Je me suis demandé ce que Bertie penserait de moi dans ma nouvelle robe. Je souriais en cousant, parce que c'était très agréable d'être appréciée, et que ça m'aidait un peu à oublier de m'angoisser à cause de M. Buchanan… mais ensuite, Mme Beedosh a commencé à lui préparer son en-cas de l'après-midi : petits sandwichs au concombre et gâteau au miel pour aller avec son thé. Il était temps que j'aille l'affronter.

Je tremblais si fort que la tasse, la soucoupe et l'assiette jouaient de la musique sur le plateau quand je suis montée d'un pas titubant. Lorsque j'ai frappé à la porte du bureau, j'avais la main moite de sueur.

– Entre, a lancé M. Buchanan.

Je ne sais pas trop à quoi je m'attendais. Mon esprit oscillait frénétiquement entre deux possibilités : ou bien il allait m'empoigner, me frapper, me dire que j'étais une méchante ingrate de raconter des histoires pareilles sur l'hôpital et me renvoyer sur-le-champ… ou bien me serrerait-il dans ses bras en me disant que j'avais écrit un livre génial, fascinant, qu'il n'y avait pas un mot à changer, et qu'il allait s'arranger pour le faire publier de ce pas.

Il n'a réagi d'aucune de ces deux façons. C'est à peine s'il a levé la tête. Il griffonnait de son écriture en pattes de mouche sur un nouveau livre blanc. Il ne s'est pas interrompu quand j'ai posé le plateau en équilibre précaire au bord de sa table encombrée. Je lui ai servi une tasse de thé et je la lui ai tendue. Il a avancé machinalement la main, toujours absorbé par ce qu'il écrivait, et il en a renversé la moitié. Il a fait un bond quand du thé brûlant a jailli sur la manche de sa veste d'intérieur.

– Oh, attention, monsieur, vous allez vous brûler !

– Oui, oui. Ça va, ça va, a-t-il répondu en agitant sa manche trempée.

– Voulez-vous que j'aille vous chercher une veste sèche, monsieur ?

– Non, non, n'en fais pas toute une histoire.

Il a continué à écrire, tendant de nouveau la main sans regarder pour prendre un sandwich qu'il a fourré dans sa bouche. Il aurait tout aussi bien pu enfourner le plateau et croquer la porcelaine avec le même air absent.

– Vous semblez très occupé, monsieur.

– Je le suis, Millie Plume. J'ai commencé la rédaction de mon nouveau livre.

J'ai jeté un coup d'œil à la page devant lui. Elle était encore plus tachée que d'habitude, et son écriture était bizarrement penchée.

– Faites attention de ne pas trop vous emballer, monsieur. Sinon, même moi, je ne pourrai pas vous relire. Je vais attaquer ça dès que j'aurai fini de recopier votre autre ouvrage.

M. Buchanan s'est redressé subitement, soudain alerte.

– Ce ne sera pas nécessaire, Millie. Je pense qu'il vaut mieux que je le recopie au propre moi-même. De cette façon, je pourrai modifier les phrases au fur et à mesure, réorganiser les paragraphes, etc. Ça prendra plus longtemps, mais ce sera bien plus satisfaisant en fin de compte.

Je l'ai regardé avec des yeux ronds, consternée.

– Ne fais pas cette tête ! Tu peux continuer à recopier l'ancien manuscrit. Ne le prends pas pour toi. Tu as travaillé dur, je te l'accorde, et tu as une écriture très lisible, quoique un peu enfantine.

– Mais… et mes timbres ?

– Quoi ? Ah, tes timbres-poste ! Oui, tu recevras la quantité convenue jusqu'à ce que tu aies terminé le manuscrit.

Il a fouillé dans le tiroir de son bureau et en a sorti la boîte à timbres.

– En fait, je vais même continuer à te fournir des

timbres tant que tu m'en demanderas, du moment que tu ne te mets pas à correspondre avec chaque pensionnaire de l'hôpital des Enfants-Trouvés.

Il m'a tendu quatre autres timbres.

– Merci, monsieur. C'est très généreux de votre part. Et ne vous inquiétez pas, c'est juste pour pouvoir écrire à maman.

J'ai ajouté « Et à Jem » dans ma tête quand il s'est remis à écrire, histoire d'être honnête.

M. Buchanan m'a donné le vieux manuscrit et une autre plume, et je me suis mise à écrire aussi, mais je n'ai pas pu me concentrer correctement sur ma tâche. Je n'arrêtais pas de regarder autour de moi pour chercher mes Mémoires. Ce qu'ils étaient difficiles à repérer dans cette pièce insensée, bourrée jusqu'au plafond de livres, de papiers et de manuscrits ! J'ai tendu le cou pour regarder dans la corbeille à papier, en me demandant s'il avait jeté mon pitoyable travail.

– Tu as un torticolis, Millie ? m'a demandé M. Buchanan.

– Oh non, monsieur, je cherchais juste… Je ne peux pas m'empêcher de me demander…

Je n'ai pas pu me retenir plus longtemps.

– Qu'avez-vous pensé de mes Mémoires, monsieur ?

M. Buchanan a ôté son fez pour se gratter vigoureusement la tête. Puis il a remis son curieux chapeau, en l'inclinant de façon comique sur sa tête, et a plissé le nez pour remonter ses lunettes.

« ALLEZ, DITES-LE-MOI, ESPÈCE DE RIDICULE HOMME-SINGE ! » ai-je hurlé dans ma tête – mais j'ai pincé les lèvres pour me retenir de le dire tout haut.

– Ah oui, tes « Mémoires », a fait M. Buchanan.

Il a prononcé ce mot comme s'il était grotesque, et j'ai senti le sang affluer vers mon visage.

– Mmh, eh bien, j'admets qu'il y a de la matière, Millie. Je n'avais pas imaginé que ce récit serait si long, alors que ta vie a été si courte.

– Mais qu'avez-vous pensé du contenu, monsieur ?

– Je l'ai trouvé assez... étonnant. Tu me surprends, mon enfant. Tu fais preuve d'une honteuse ingratitude envers tes bienfaiteurs. Certains passages sur tes braves surveillantes étaient proprement scandaleux. Miss Smith avait tout à fait raison : bien qu'il soit rédigé de façon très vivante, ce manuscrit est impubliable.

– Mais c'est la vérité, monsieur.

– Fadaises ! C'est la vérité telle que tu la perçois – une tirade puérile écrite par une personne en colère, bien peu méritante, très égocentrique et beaucoup trop véhémente. J'ai honte de toi, Millie. Je ne comprends pas comment tu as pu écrire ça.

– Alors rendez-moi mes Mémoires, monsieur, ai-je jeté d'un ton de défi.

– Quand je serai moins absorbé par mon propre travail, j'y jetterai un nouveau coup d'œil. Peut-être y a-t-il quelques passages exploitables. Ton enfance à la campagne pourrait faire un charmant récit pastoral.

Les gens aiment bien les histoires qui parlent des paysans simples.

– Ce ne sont pas des paysans simples, ai-je rétorqué avec virulence. C'est ma famille.

– Bien sûr, bien sûr, a-t-il dit d'un ton apaisant. Et peut-être que, lorsque je serai moins occupé, je t'aiderai à construire un portrait littéraire qui leur rendra justice. Mais pour le moment, tu ferais mieux de te hâter de redescendre à la cuisine, Millie. Je ne veux pas que tu fasses plus de copie aujourd'hui. J'ai besoin d'un peu de tranquillité pour poursuivre mon nouveau récit. Tu me déconcentres.

J'ai regardé autour de nous.

– Qu'y a-t-il encore ?

– Je cherche mes Mémoires. Puis-je récupérer mon livre, s'il vous plaît ?

– Je vais le garder ici, dans mon bureau, et si j'ai un petit moment de liberté dans les semaines qui viennent, j'y jetterai un nouveau coup d'œil.

– Oh non, monsieur !

– Tu oses discuter, Millie Plume ?

– Non, monsieur. Enfin, je suppose que si, monsieur, parce que je veux récupérer mes Mémoires. Ils sont à moi et je me sens mal sans eux.

– Tu es ridicule, ma fille. Le carnet est en sécurité dans mon bureau.

– Mais *où*, monsieur ? Je ne le vois nulle part. Il n'est pas sur votre table, ni sur vos étagères, ni dans une seule des piles de livres.

– Je l'ai mis en sûreté, je t'assure.

– Alors est-ce que je peux le reprendre ? S'il vous plaît !

– Bien sûr que tu peux. Le moment venu, quand j'aurai fini de l'examiner.

– Mais ce n'est pas juste ! ai-je gémi en tapant du pied dans un accès de colère. C'est mon livre et je veux le récupérer *maintenant* !

– Millie Plume !

Sarah a déboulé dans la pièce, avec sa jupe virevoltante.

– Qu'est-ce qui te prend, de crier sur le maître ? Pardonnez-la, monsieur… C'est juste une orpheline butée et ignorante qui ne sait pas encore rester à sa place.

– Je ne suis *pas* une orpheline ! ai-je hurlé pendant que Sarah me prenait dans ses bras énormes, me hissait sur son épaule comme un sac de charbon et m'emportait dehors.

10

Sarah m'a portée jusqu'à la cuisine, deux étages plus bas, puis m'a lâchée sur le tapis élimé, devant la cuisinière. Mme Beedosh, qui avait les bras enfoncés jusqu'aux coudes dans sa pâte crue, nous a regardées avec stupeur.

– Oh mon Dieu, que se passe-t-il, Sarah ? a-t-elle hoqueté en tordant ses mains farineuses.

– Millie Plume a perdu la tête ! Je m'occupais des feux du rez-de-chaussée quand j'ai entendu un esclandre à l'étage au-dessus. Elle criait sur le maître !

– Oh, Millie, comment as-tu pu faire ça ? Elle *criait*, tu dis, Sarah ?

– Comme une furie ! Pas vrai, Millie ? Quel démon t'a possédée ?

– Il a mes Mémoires et il ne veut pas me les rendre !

– Quoi ? Tu te mets en rage pour des gribouillis dans un carnet ? Sois raisonnable, ma fille. Le maître va te congédier, maintenant !

BARRETT'S STOUT
10
20
30
50
75
100
75
50
30
20
10

– Et moi qui commençais à m'attacher à toi, mon enfant ! Comment as-tu pu te mettre en colère ainsi ?

– C'est comme ça, les rouquins… ils sont tous pareils. Arrête *tout de suite* ce vacarme, Millie Plume, sinon je te donne des gifles, a grondé Sarah en me secouant.

– Mais il me l'a volé !

– Pourquoi diable le maître ferait-il ça, idiote ? Il a des tas de carnets à lui.

– Il a dit qu'il voulait le garder un moment, pour pouvoir améliorer certains passages, ai-je sangloté.

– Eh bien, c'est ce que tu voulais, non ? a observé Mme Beedosh, perplexe.

– Oui, mais je veux que ce soit *moi* qui le garde, pas lui. C'est à *moi*.

– Je n'ai jamais entendu de telles absurdités de ma vie !

Je n'ai pas pu leur faire comprendre. Mes Mémoires comptaient tant pour moi ! Je possédais si peu de choses qui m'appartiennent en propre, à l'hôpital. J'y avais travaillé si dur. C'était comme si les pages de ce carnet renfermaient de petits morceaux de moi, comme si mon sang lui-même était mélangé à l'encre. Mais j'ai eu beau formuler cela avec autant de passion que j'ai pu, elles semblaient toujours choquées par mon attitude – et je n'ai pas pu retourner supplier le maître, parce qu'elles ont refusé de me laisser l'approcher.

Au début, elles étaient toutes les deux persuadées

qu'il allait sonner pour me faire venir et me congédier sur-le-champ, mais le lendemain, voyant qu'il n'en avait toujours rien fait, elles ont conclu qu'il m'avait *peut-être* pardonnée, à cause de mon jeune âge et de mon manque d'expérience.

– Et tu n'y peux rien si tu as ces affreux cheveux roux, hein, chérie ? a conclu Mme Beedosh.

Elle a tiré sur ma coiffe pour qu'elle descende jusqu'à mes sourcils et cache autant de cheveux que possible.

J'ai eu le droit d'exécuter toutes mes corvées habituelles, mais pas de servir son thé de l'après-midi au maître. Si Sarah croyait entendre les pas du maître à proximité alors que nous faisions son lit ou que nous frottions sa baignoire, elle me chassait précipitamment.

J'ai écrit à maman un long compte rendu de mes malheurs dans lequel je lui ai raconté tout ça. Elle a été très tendre et réconfortante dans sa réponse, mais par bien des côtés, elle semblait partager le point de vue de Mme Beedosh et de Sarah.

Essai de l'évité, Millie chérie, et kan tu le croise dans l'escalier, regarde par terre et prend l'air le plus docile possible. Par bien d'autres aspet, ça a l'air d'être une bone plasse, alors il FAUT *que tu la garde. Je t'envoie mile baisé avec cete letre.*

Ta maman qui t'aime plus que tout au monde

Mais elle a ajouté un P.S. : *Tu pourra toujour chercher tes mémoire quand tu fras la poussiaire dans son buro et les glisser en vitesse dan ton tablié.*

J'ai certes cherché, mais je n'ai trouvé mes Mémoires dans aucune des piles de livres. Immensément culottée, j'ai essayé le petit tiroir de son bureau où il rangeait les timbres… mais il était coincé. M. Buchanan l'avait fermé à clé ! Je me suis demandé s'il avait fourré le livre dedans. Il tiendrait tout juste. Mais il n'y avait pas de clé dans la serrure, et je n'en ai pas trouvé dans sa boîte à babioles.

Cela me tourmentait encore affreusement, le lendemain matin, quand Bertie est passé avec son panier de viande.

– Hé, madame Beedosh, regardez un peu le tendron de bœuf que je vous ai dégoté pour dimanche midi ! Si vous faites vos fameux petits soufflés[1] pour aller avec, ça fera un repas digne de la reine en personne. Il va vous mettre de si bonne humeur que je pense que vous laisserez Millie sortir une heure de plus… pas vrai ?

– La jeune Millie n'aura pas le droit de sortir du tout, ce dimanche, mon garçon. Et je ne parle même pas d'une heure de plus. Elle s'est couverte de honte dans les grandes largeurs, a déclaré Mme Beedosh.

Bertie a haussé les sourcils.

---

1. En Angleterre, le rôti de bœuf s'accompagne traditionnellement d'une sorte de petit soufflé préparé avec de la pâte à frire, le *Yorkshire pudding*.

– Sacré nom, Millie, qu'est-ce que tu as fait ?

– Elle a été d'une grave impertinence avec le maître, alors qu'il avait eu l'immense bonté de s'intéresser à elle, voilà ce qu'elle a fait, a répondu Sarah.

– Oooouh, qu'est-ce que tu as dit, Millie ? a demandé Bertie en souriant.

– J'ai juste demandé qu'il me rende ce qui m'appartient, ai-je dit avec hauteur.

– Non, non ! Ce n'était pas *demander*, ça, mistinguette ! Je t'ai entendue brailler de toutes tes forces et taper du pied, a rectifié Sarah.

– Sacrée donzelle ! a commenté Bertie avec admiration. Mais tu n'as pas perdu ta place, hein, Millie ?

– Elle a beaucoup de chance de ne pas l'avoir perdue, a jugé Mme Beedosh.

– C'est juste parce que le maître est absorbé par son travail. Il est toujours comme ça quand il commence un nouveau livre. Un jour, je lui ai renversé de la soupe bouillante sur les genoux quand je lui servais son souper et il a à peine frémi, tellement il était occupé à griffonner dans son carnet, a raconté Sarah.

– Il n'a pas le droit de me prendre mon carnet à moi, ai-je dit.

– Hé, peut-être qu'il te pique toutes tes idées, Millie, a suggéré Bertie.

Mme Beedosh et Sarah ont éclaté de rire, comme s'il venait de faire la plaisanterie la plus drôle du monde. Je n'ai pas trouvé ça amusant, moi, mais au moins, ça les a radoucies. Mme Beedosh a fini par donner son accord au sujet de notre sortie du dimanche, mais elle l'a soumis à tant de conditions et d'injonctions que j'en ai eu le tournis.

J'avais une motivation supplémentaire pour finir de coudre ma robe du dimanche. J'ai veillé la moitié de la nuit du samedi pour ajouter les finitions à la lumière vacillante de ma bougie et, par conséquent, j'étais si fatiguée que j'ai failli m'endormir pendant le sermon. Je dodelinais de la tête. Mme Beedosh et Sarah se sont relayées pour me donner de vigoureux coups de coude.

Toutefois, j'étais enchantée d'entrer et sortir de l'église en me pavanant dans ma nouvelle robe verte à galons dorés. J'ai vu certaines jeunes servantes la reluquer, et j'aurais juré qu'elles avaient l'air envieuses. J'aurais apprécié une paire de bas blancs à la place de mes vieux bas gris pleins de trous, et mes grosses chaussures me donnaient une allure beaucoup trop pataude. J'ai remarqué une fille qui portait des bottines en chevreau gris clair à petits talons et boutons de nacre, et j'ai rêvé d'en posséder une paire semblable. J'ai regardé les pieds de Mme Beedosh, puis ceux de Sarah, mais leurs chaussures à elles étaient presque aussi moches que les miennes, alors ce n'était pas la peine d'espérer récupérer celles dont elles ne voudraient plus ; de toute façon, elles avaient des pieds deux fois plus grands que les miens, alors j'aurais marché d'un pas traînant, comme un clown.

Cela m'a rappelé les clowns que j'avais vus au

cirque ambulant Tanglefield. Mon estomac a fait un petit bond quand j'ai pensé à Madame Adeline et à sa troupe de chevaux de voltige. J'étais une toute petite fille la première fois que j'avais vu son numéro. Je trouvais qu'elle ressemblait à une fée dans sa tenue rose à paillettes, avec ses longs cheveux bouclés qui volaient au vent. Pour moi, c'était la plus belle femme du monde. Quand je me suis enfuie de l'hôpital et que je l'ai retrouvée, je me suis aperçue que c'était une vieille dame triste sous sa perruque et son épais maquillage. À présent, je me suis demandé si elle travaillait toujours.

Bertie m'attendait dans l'escalier de service, vêtu de son beau costume marron, mais pas aussi parfumé que la dernière fois. Il a écarquillé les yeux quand il a vu ma nouvelle robe.

– Eh ben, Millie, quelle belle robe tu portes !

– Elle l'a faite elle-même, jusqu'au moindre point, l'a informé Sarah.

– C'était une de mes vieilles robes du dimanche. J'ai toujours adoré ce vert vif, mais il va encore mieux à la jeune Millie, avec ses cheveux roux, a commenté Mme Beedosh.

Elles m'ont toutes les deux souri fièrement pendant que je me trémoussais devant elles. Je n'arrivais pas à déterminer comment me comporter avec elles. J'étais habituée à ce qu'on m'aime (comme maman et mon ancienne famille adoptive) ou à ce qu'on me déteste (comme Mme Peters-Cochonne et

Mme Groderrière-qui-pue, les surveillantes). Mme Beedosh et Sarah me passaient des savons presque aussi souvent que les surveillantes, mais elles semblaient déjà sincèrement attachées à moi.

J'ai hésité à les serrer contre moi pour leur dire au revoir. Peut-être trouveraient-elles cela choquant. J'étais sûre que Bertie aurait apprécié, lui, mais je n'étais pas sûre que ce soit une bonne idée.

– Tu es adorable dans cette jolie robe verte, Millie, m'a-t-il dit en me faisant tourner sur moi-même.

Était-ce sa façon de me dire qu'il m'aimait ? Mon cœur s'est mis à faire des bonds dans mon corsage en velours serré. Je savais que Jem me considérait comme son amoureuse. Sa dernière lettre le disait clairement :

Ma chère Millie,

Comme nous sommes bêtes, tous les deux. Je croyais que tu avais totalement oublié ton cher Jem… et toi, tu croyais que je t'avais oubliée et que j'avais reporté mon affection sur la petite Eliza. Je l'aimerai toujours de tout mon cœur, mais comme une sœur – alors que toi et moi, j'espère que nous pourrons nous aimer comme de vrais amoureux, le moment venu.

Bien sûr, tu es très jeune, tu es encore une enfant, et nous sommes contraints de vivre à des kilomètres l'un de l'autre. C'est difficile, mais je suis patient, Millie. En attendant, je vais travailler dur et économiser tout ce que je pourrai. D'ici deux ou trois ans, je devrais être prêt à voler de mes propres ailes, et là… eh bien, nous verrons !

Prends soin de toi, ma chère amie,
et écris souvent à
Ton Jem qui t'aime très fort

Je n'avais pas besoin de garder la lettre sur moi. Je l'avais lue tant de fois à la lumière vacillante de ma bougie que j'en connaissais chaque mot par cœur. Malgré tout, je ne savais pas quoi en penser. J'étais ravie, bien sûr. Je me sentais toute palpitante d'émotion à l'idée que j'inspirais des sentiments aussi profonds à cet homme merveilleux. Mais c'était ça, le problème. J'avais connu Jem enfant. Quand je pensais à lui, je voyais toujours un garçon de dix ans à l'air sérieux, aux joues roses et aux cheveux en bataille, aux vêtements déchirés et aux chaussures pleines de boue.

Je n'arrivais pas à faire correspondre ce Jem-là avec le grand jeune homme habillé de velours côtelé qui attendait devant l'hôpital. Je me rappelais tant de choses adorables que le petit Jem m'avait dites… mais cette lettre d'amour passionnée me perturbait. Comme je m'étais interdit de penser à Jem à partir de mes dix ans, il était devenu indistinct, presque irréel, comme un personnage de livre pour enfant. À présent, j'avais l'impression que c'était Robin des Bois qui m'écrivait.

Que penserait-il s'il me voyait marcher main dans la main dans la rue avec Bertie ? J'ai rougi et tenté de dégager mes doigts des siens.

– Hé, ne me lâche pas, Millie ! a-t-il dit en repliant les doigts pour retenir les miens.

– Je ne suis pas sûre que ce soit bien de te tenir la main, ai-je murmuré.

– Et pourquoi ? Tu te trouves soudain trop bien pour moi dans ta belle robe ?

– Non, bien sûr que non ! C'est juste… eh bien, pour être honnête, Bertie, je crois que j'ai déjà un autre amoureux.

Bertie m'a lâché la main et m'a regardée avec des yeux ronds.

– Eh bien, tu as fait vite ! Tu es sortie de cette espèce d'hôpital depuis à peine cinq minutes !

– Non, c'est un amoureux de l'époque où je vivais à la campagne, quand j'étais petite.

– Petite comment ?

– Quand j'avais cinq ans, et Jem dix.

Bertie a éclaté de rire.

– Oh, arrête un peu, Millie !

– Je sais, ça paraît idiot, mais c'était mon frère chéri et il était si gentil avec moi…

– Tu ne peux pas être la petite amie de ton *frère* !

– Ce n'est pas mon vrai frère de sang, c'est mon frère adoptif. Il s'appelle Jem et… on disait tout le temps qu'on se marierait un jour, c'était notre grand jeu.

– Écoute, quand j'avais cinq ans, je voulais épouser les jolies petites filles avec des tresses que j'apercevais à l'église le dimanche, et la servante aux joues roses qui nous servait le porridge au petit déjeuner, et aussi la gentille vieille dame qui me prenait sur ses genoux pour m'apprendre l'alphabet.

– Oui, mais il m'aime toujours, Bertie. Il s'est mis à m'écrire.

– Mais est-ce qu'il peut venir te voir et t'emmener te promener le dimanche ?

– Non.

– Alors qu'est-ce que tu préfères : rester dans ton arrière-cuisine semaine après semaine, ou sortir t'amuser avec moi ?

– Oh, Bertie ! Je veux sortir m'amuser avec toi, bien sûr… mais je me sens mal pour Jem. Il dit qu'il m'attendra patiemment, même si ça doit durer des années.

– Arrête un peu ! Quel âge a ce Jem ? Il doit avoir… dix-neuf ans, maintenant. Tu es en train de me dire qu'un homme de dix-neuf ans se contente de rêvasser, de soupirer après une petite fille qu'il n'a pas vue depuis Dieu sait combien d'années. Il est débile, ce Jem ?

– Non !

– Il est très moche ? Très maigre ou très gros ? Il lui manque une jambe ou un bras ?

– *Non !* Il est grand et fort, et il est beau.

– Alors tu ne penses pas qu'il pourrait avoir la moitié du village à ses trousses, s'il est si bien que ça ? Je parie qu'il a une petite amie dans son village.

– Jem me sera toujours fidèle, ai-je affirmé – mais ma voix a tremblé.

Je me suis rappelé que Jem avait raconté les mêmes histoires à la petite Eliza.

– Aha ! a fait Bertie en voyant ma tête. Tu n'en es plus si sûre, maintenant, hein ? Viens, Millie, arrête ces bêtises. Ne gâche pas tout. Je t'emmène dans un endroit spécial aujourd'hui.

– À la rivière ?

– Non. Ça, c'était la semaine dernière. Cette semaine, on part pour une petite expédition. J'ai une surprise encore mieux.

Nous avons marché jusqu'au centre-ville, puis nous avons sauté dans un bus pour un voyage de dix minutes. Nous nous sommes assis à l'étage, serrés l'un contre l'autre, le vent dans les cheveux, et nous avons vu des espaces verts par-dessus un haut mur. Puis, dans le lointain, j'ai vu miroiter des taches rouges, jaunes et bleu vif. J'ai entendu de la musique. J'ai senti des odeurs appétissantes.

– Qu'est-ce que c'est ? Qu'est-ce que c'est que cet endroit ? Oh, ce n'est pas un cirque, si ? ai-je demandé, frémissante.

– Non, c'est une fête foraine. Il y a des balançoires et des manèges avec des chevaux de bois et…

– Je sais ce qu'est une fête foraine. J'y suis déjà allée une fois, ai-je dit en repensant à la foire de Hyde Park le jour du jubilé d'or.

– Ah ! Et moi qui pensais te faire une surprise, a dit Bertie, l'air déconfit.

– Oh, mais c'en est une ! Quelle *merveilleuse* surprise !

l'ai-je rassuré en me levant, tout excitée, pour mieux voir.

Le bus a fait une embardée et j'ai failli me casser la figure.

– Attention ! s'est exclamé Bertie en me rattrapant.

Il a tâté les bordures dorées de mon corsage.

– C'est très joli. Tu l'as vraiment faite toute seule ?

– Oui, jusqu'à la dernière couture, ai-je répondu avec fierté.

Je me suis rappelé ma première leçon de reprisage à l'hôpital quand j'avais cinq ans : je m'étais piquée une dizaine de fois avec l'aiguille et j'avais cousu l'orteil avec le talon. Peut-être que l'hôpital m'avait appris quelque chose d'utile, en fin de compte ?

J'ai regardé les autres filles, autour de moi, en descendant du bus. J'ai été ravie de constater que ma toilette paraissait presque aussi élégante que les leurs, même si certaines portaient une robe au tombé légèrement différent – une robe qui se gonflait à l'arrière. Au début, j'ai cru que toutes ces filles, quoique minces par ailleurs, avaient juste de gros derrières… mais ce n'était pas possible qu'elles aient toutes des fesses aussi proéminentes.

– Bertie, pourquoi la robe de ces filles se gonfle comme ça ? ai-je demandé.

Bertie était une mine d'informations, mais cette fois, il a haussé les épaules.

– Aucune idée, Millie. Demande-le à l'une d'elles. Je ne peux pas le faire moi-même, je me prendrais une gifle.

Je n'étais pas sûre d'oser, mais en faisant la queue pour monter dans l'immense toboggan en spirale jaune et rouge, nous nous sommes mis à bavarder avec le couple qui patientait devant nous. Bertie connaissait le garçon, employé chez le marchand de tissu de la ville voisine. Sa petite amie travaillait là-bas aussi, et de toute évidence, elle profitait des marchandises de la boutique, car sa robe était entièrement garnie de dentelle et de rubans, et arborait de petites perles de jais autour des poignets. Je les ai admirées, et elle m'a complimentée au sujet de ma bordure dorée. Elle a applaudi quand je lui ai dit que je l'avais piquée sur un vieux rideau.

J'ai jeté un coup d'œil à la bosse saillante dans le dos de sa robe.

– J'adore le tombé de ta robe à l'arrière, ai-je dit en mimant une courbe avec les mains.

– Quoi ? Ah, tu parles de ma tournure[1] !

Elle a gloussé.

– Ah ! Alors cette tournure… elle est cousue à la robe ?

La fille a approché sa tête de la mienne.

– C'est un coussinet spécial. On les vend pour cinq shillings dans notre boutique, a-t-elle chuchoté.

Cinq shillings ! Mais je n'avais pas besoin d'en *acheter* un. Je pouvais sûrement fabriquer un coussinet

1. Rembourrage porté sous la robe, en bas du dos, qui était en vogue à la fin du XIXe siècle. On parlait aussi de « faux cul ».

avec n'importe quoi. J'ai pensé à la foule de coussins qui encombraient chaque fauteuil et chaque divan chez M. Buchanan. Si l'un d'eux venait à disparaître, personne ne le remarquerait…

Ensuite, nous sommes entrés dans la tour au cœur du toboggan géant et nous avons gravi dans le noir un escalier interminable. Le couple de marchands de tissu, devant nous, s'arrêtait tout le temps, si bien que je me suis cognée contre la satanée tournure de la fille.

– À quoi ils jouent ? ai-je glissé à Bertie.

– Oh, je sais très bien ce qu'ils font, a dit Bertie. On pourrait jouer au même jeu, nous aussi.

– Tu n'as pas intérêt à essayer ! ai-je protesté – et quand il a effectivement tenté de m'enlacer, je lui ai donné un méchant coup de coude.

Lorsque nous sommes arrivés au sommet du toboggan géant, ça me donnait un peu le vertige d'être si haut, au-dessus des auvents aux couleurs vives de la foire, et d'embrasser cette vue panoramique sur des kilomètres d'espaces verts et de bois. Malgré moi, je me suis cramponnée à Bertie.

– Là, Millie, je te tiens, a-t-il dit.

Il s'est assis sur un tapis et m'a attirée sur ses genoux. Ensuite, quelqu'un nous a poussés dans le dos et soudain, nous nous sommes mis à tourner, tourner, tourner à une telle vitesse, en passant sur tant de bosses, que j'ai cru que nous allions décoller du toboggan – mais Bertie, fidèle à sa parole, m'a tenue solidement par la taille. Nous avons dévalé le toboggan jusqu'en bas et nous avons dégringolé dans l'herbe en criant, hilares, pour terminer empêtrés d'une façon burlesque.

– C'était bien, hein, Millie ? a dit Bertie en me redressant.

– Oui, c'était formidable ! ai-je approuvé en sautillant et en tapant dans mes mains.

– T'es une fille extra, toujours d'accord pour tenter les trucs les plus fous ! Bon, je vais te gagner une noix de coco pour te récompenser.

Nous sommes allés au stand de tir et il a lancé trois balles vers des noix de coco velues posées en équilibre sur des bâtons. Il en a touché une au dernier coup, mais il n'a pas réussi à la faire tomber, malgré ses efforts.

– Je peux essayer ? l'ai-je supplié.

– C'est une perte de temps. On ne peut pas les déloger, ces machins !

– S'il te plaît !

– Ce que tu es têtue ! a-t-il grommelé – mais il a payé un penny pour que j'essaie aussi.

J'ai fait de mon mieux. Mon premier coup est passé à côté. Avec ma deuxième balle, j'ai touché une noix de coco. Elle a un peu ballotté, mais elle est restée en équilibre sur son bâton.

– Là, qu'est-ce que je te disais ? a réagi Bertie.

J'ai visé avec ma dernière balle. J'ai imaginé la tête de Mme Peters-Cochonne, la surveillante, sur le bâton et j'ai lancé la balle de toutes mes forces. Elle a percuté l'objectif avec une telle puissance que la noix de coco a décollé avant de s'écrouler par terre.

– Là ! J'ai réussi ! On a eu une noix de coco, Bertie ! ai-je crié triomphalement.

Bertie n'avait pas l'air enchanté. Pourtant, autour de nous, tout le monde riait et m'applaudissait.

– Alors ? Qu'est-ce qu'on fait avec cette noix de coco ? Comment on la mange ? ai-je demandé.

– On la casse pour l'ouvrir, a expliqué Bertie.

– Comment ça ?

– Tu es si forte qu'à mon avis tu pourrais y arriver avec les dents, a-t-il jeté d'un ton sec.

– Hein ? Oh, Bertie, ne m'en veux pas. Je pensais que tu voulais qu'on gagne une noix de coco. Tu m'en veux d'avoir dépensé tous tes pennies ?

– Il m'en reste des tas, bécasse. Je suis juste vexé parce que je voulais que ce soit moi qui la gagne pour toi. Un peu de fierté masculine, tu vois. Viens au stand de fléchettes. Je pense que tu peux nous gagner un bibelot en porcelaine ou un poisson rouge dans un aquarium.

– Tu seras encore plus fâché, si j'y arrive ?

– Sans doute ! a admis Bertie – mais il souriait, à présent.

– Mais sans rire, je suis vraiment gênée de ne pas avoir d'argent pour les manèges. Je ne serai pas payée avant deux mois encore.

– J'en ai largement assez pour nous deux, a dit

Bertie en tapotant sa poche cliquetante. J'ai économisé tous mes pourboires de la semaine et j'ai aussi tondu la pelouse du grand jardin de M. Jarvis pour avoir un shilling en plus, alors on est riches. Donc : tu veux jouer aux fléchettes, maintenant, Millie ?

– Je crois que j'aimerais mieux aller dans ce superbe manège.

– Parfait !

Nous l'avons d'abord regardé tourner pour que je puisse choisir mon cheval préféré. Ils étaient tous peints de couleurs différentes, en noir, marron et gris, comme de vrais chevaux, avec une grande crinière en véritable crin de cheval et une queue qui volait au vent. Il y avait une splendide bête blanche avec une tache noire sur l'œil, exactement comme Pirate, le cheval que montait Madame Adeline dans ce cirque que j'avais vu quelques années plus tôt. J'ai choisi celui-là.

Je l'ai montré du doigt à Bertie et, dès que la musique a ralenti, il a sauté sur les planches, évitant d'autres garçons pressés, et pris possession du cheval blanc pour nous. Il m'a aidée à monter devant pour que je puisse me tenir à la crinière, et il s'est assis derrière, tenant le poteau en spirale doré.

Le garçon est venu réclamer ses pennies, la musique a commencé, et nous sommes partis. Nous avons tourné, tourné, c'était presque aussi bien que de galoper autour de la piste sur Pirate avec Madame Adeline. J'ai donné des coups de talon dans les flancs peints de son sosie et rejeté la tête en arrière. Mon chignon mal fait a perdu la moitié de ses épingles et mes cheveux se sont répandus en cascade dans mon dos.

Quand nous sommes descendus du manège en titubant, tout étourdis, j'ai essayé de me rattacher les cheveux.

– Laisse-les comme ça, Millie, ils sont superbes quand ils sont lâchés, a dit Bertie.

– Ça me fait paraître encore plus jeune que d'habitude, ai-je répliqué en piquant des épingles au hasard.

– Qu'est-ce que ça peut faire d'avoir l'air jeune ? Tu ne voudrais pas ressembler à une vieille dame ridée, si ? Moi, je te trouve bien. Plus que bien, même.

Il a touché une mèche folle, qu'il a caressée avec douceur. Je me suis félicitée d'avoir pris la peine de me faire un shampoing la veille au soir, même si cela m'avait obligée à me coucher avec la tête trempée.

– Tu as des cheveux magnifiques, Millie, a repris Bertie.

– Mais ils sont roux. Tout le monde déteste les cheveux roux.

– Je trouve que ça te va bien. Ils sont éblouissants !

– Ce que j'ai de mieux, ce sont mes yeux. Mes yeux saphir… Je t'ai dit que Saphir est le prénom que ma mère m'a donné avant d'être obligée de renoncer à m'élever, non ?

J'ai hésité.

– Tu peux m'appeler Saphir, si tu veux.

– Saphir. Mmh. Saphir, Saphir, Saphir. Tu sais quoi ? Je trouve que Millie te va mieux.

Bertie a fait cliqueter sa monnaie dans sa poche.

– Qu'est-ce qu'on fait maintenant, hein ? On peut s'offrir un autre tour de manège… ou essayer les balançoires en forme de bateau… ou je pourrais nous payer un cornet de pommes de terre frites.

J'ai réfléchi.

– Et si on allait voir le stand de fléchettes, maintenant ? À toi de nous gagner quelque chose, cette fois, ai-je lancé.

Nous avons donc tenté notre chance. Avec sa deuxième fléchette, Bertie a mis dans le mille et nous avons eu le droit de choisir n'importe quel prix. J'ai examiné tout le stand sans parvenir à me décider.

– Prends un poisson rouge. Il est assorti à tes cheveux, a dit l'homme qui tenait le stand.

– Ne dites pas de mal des cheveux de ma petite amie, a dit Bertie.

Cette fois, je ne l'ai pas contredit.

– Et si tu prenais un bibelot, Millie ? m'a-t-il suggéré.

– Bonne idée, l'ai-je approuvé – mais j'ai quand même hésité longtemps.

Finalement, j'ai choisi un petit chien noir et blanc aux oreilles tombantes, avec une expression enthousiaste.

– Il est adorable, Bertie. Merci beaucoup. Bon, puisque j'ai droit à un cadeau, je veux que tu prennes ma noix de coco.

– Non, emporte-la chez toi et partage-la avec Sarah et Mme B. Ça leur fera plaisir… et comme ça, Mme B. te laissera sortir sans faire d'histoires dimanche prochain, du moment que tu te tiens bien ! Qu'est-ce qui t'a pris de crier sur ton maître ? Si j'avais tenté ça avec Jarvis, il m'aurait tiré les oreilles. Au fait, Millie, ce carnet… tu écris tout dedans ?

– Tout ce qui me passe par la tête, ai-je répondu.

– Tu vas parler de moi ? a demandé Bertie, les yeux brillants.

– Peut-être.

11

Nous sommes rentrés un peu en retard, et j'ai été sévèrement réprimandée par Mme Beedosh. Sarah était déjà partie pour sa mystérieuse soirée du dimanche. Malgré ses reproches, j'avais un peu pitié de Mme Beedosh, coincée à la maison tout l'après-midi et toute la soirée, alors j'ai sorti ma noix de coco.

– Voilà un petit cadeau, madame B.

– Je te prierais de m'appeler madame Beedosh ! Tu essaies juste de m'amadouer, vilaine fille, a-t-elle dit – mais elle l'a prise quand même.

Elle a fait un trou dedans et l'a vidée de son étrange « lait » aqueux. Ça ne m'a pas tentée du tout, mais Mme B. l'a bu avidement.

– Ça fait des miracles pour le teint, le lait de coco, a-t-elle déclaré.

J'ai considéré avec des yeux ronds son gros visage rouge en me demandant si elle allait se retrouver avec des moustaches brunes et rêches comme la noix de coco, mais il ne s'est rien passé de fâcheux.

Elle a pris son rouleau à pâtisserie, posé la noix de coco par terre et tapé dessus avec énergie. La coquille s'est brisée en petits morceaux, exposant la chair blanche à l'intérieur. J'y ai goûté timidement.

– Ah ! J'aime bien cette partie-là ! ai-je déclaré en croquant gaiement dedans.

Mme Beedosh s'est mise à manger aussi.

– Nous allons en laisser à Sarah pour quand elle rentrera, hein ?

– Bien sûr, a répondu Mme Beedosh en mettant une belle part de côté sur une soucoupe. Mais je pense qu'elle va rentrer tard.

– Dites-moi, madame Beedosh… est-ce que Sarah et ce drôle de monsieur moustachu sont… des amoureux ?

Mme Beedosh a ricané.

– Oh, Millie Plume, qu'est-ce que tu vas encore inventer ? Quelle idée ! Et je ne sais pas ce que dirait Mme Arthur Brown si elle pensait que son mari fréquente notre Sarah.

– Alors pourquoi elle le voit tous les dimanches ?

– Elle ne voit pas seulement M. Brown, elle est avec un tas d'autres gens qui s'intéressent à la même chose. Mais ils n'y vont pas pour se voir. Ils sont là pour communiquer avec quelque chose de très bizarre. Oh, ça me donne des frissons rien que d'y penser.

– Qu'est-ce que c'est ? Dites-le-moi, madame Beedosh ! Avec quoi ils communiquent ?

– Je ne peux pas te le dire, a répondu Mme Beedosh. Mais je n'approuve pas. Je n'approuve pas *du tout*.

Elle a eu un frisson délicat.

J'étais plus déroutée que jamais. Laissait-elle vraiment entendre que Sarah et M. Brown, deux personnes tout à fait respectables, se comportaient d'une façon répréhensible ? J'ai repensé au sermon du pasteur, à l'église. Il s'était exprimé contre le music-hall, suggérant que ce n'était pas un endroit convenable pour les gens pieux et respectables – pas tout à fait un lieu de perdition comme les pubs, mais tout aussi dérangeant. Je ne savais pas trop ce qui se passait dans ces mystérieux music-halls. J'ai imaginé Sarah avec un maquillage criard et une tenue provocante en train de chanter une chanson grivoise en se pavanant sur la scène, poursuivie par un M. Brown qui agiterait les sourcils et se lisserait la moustache. Cette image était si comique que je n'ai pas pu m'empêcher d'éclater de rire.

– Ce n'est pas drôle, Millie. Je m'inquiète vraiment pour Sarah. Elle s'est laissé embobiner et maintenant, elle ne m'écoute plus quand j'essaie de la raisonner, a dit Mme Beedosh.

Alors peut-être que Sarah allait au pub, finalement ? Là encore, je n'avais qu'une idée très vague de ce à quoi ils ressemblaient à l'intérieur. Je me suis représenté Sarah affalée sur une banquette, en train d'avaler une chope de gin pendant que M. Brown buvait directement à la bouteille, en laissant le liquide dégouliner sur sa moustache tombante. J'ai encore ricané, puis j'ai filé dans l'arrière-cuisine pour éviter de me faire gronder une fois de plus. J'ai déplié mon petit lit et je me suis assise dessus avec une demi-bougie pour faire mon courrier.

J'ai écrit plusieurs pages à maman pour lui parler en détail de ma nouvelle robe, et de mes projets pour rembourrer l'arrière et devenir une gravure de mode. Je lui ai également raconté ma sortie à la foire avec Bertie – *mais ne t'inquiète pas, maman, c'est juste un ami. Je sais que je suis beaucoup trop jeune pour avoir un amoureux, mais je m'amuse bien avec lui et il semble m'apprécier.*

Je l'ai rassurée sur ma santé parfaite. Elle me demandait tout le temps si je mangeais correctement, si j'avais la moindre petite toux. Le médecin de l'hôpital avait déclaré un jour que j'avais des poumons fragiles, alors maman se faisait toujours beaucoup de souci.

J'ai aussi écrit à Jem, mais une lettre bien plus courte. Ma nouvelle robe ne l'intéresserait sans doute guère, pas plus que la question d'y ajouter ou non un coussinet à l'arrière. Je lui ai touché deux mots de ma sortie à la foire, ça oui, mais sans mentionner Bertie. J'ai dit que j'étais allée à la foire avec *des amis*, prenant soin de ne pas préciser que c'était *un* ami... de sexe masculin.

Cela n'a occupé qu'un paragraphe. Je ne savais pas quoi écrire d'autre. J'essayais constamment de me représenter le visage d'adulte de Jem, mais j'avais beau réussir à visualiser cette grande silhouette vêtue de velours côtelé marron, ses traits restaient flous. Il me paraissait plus sûr de penser au Jem d'autrefois, alors j'ai rempli la page en lui demandant s'il passait parfois devant l'arbre spécial dans lequel nous avions joué sans fin au papa et à la maman. Pêchait-il toujours dans le ruisseau où je m'étais baignée ? Labourait-il avec Saxon et Sam, les deux chevaux de trait auxquels j'avais pris un tel plaisir à donner des morceaux de carotte autrefois ?

J'étais bien réveillée et il me restait encore de la bougie. J'aurais voulu écrire à Gédéon, mais je ne savais pas où il était. Il avait dû quitter l'hôpital, à présent, et devait être enfermé dans une lointaine caserne, en train d'apprendre à faire le soldat. J'avais mal pour lui. Si seulement j'avais un moyen de le protéger !

Ma lettre à Jem m'avait trop rappelé le passé. J'ai repensé à cette petite chaumière de campagne où tant d'enfants s'ébattaient. Gédéon était toujours celui qui s'en sortait le moins bien dans la mêlée. Il arrivait le dernier quand nous faisions la course, malgré ses longues jambes de poulain. Notre frère Saul parvenait à le battre alors qu'il avait des béquilles. J'ai touché mes côtes par réflexe en pensant à Saul. Il avait la terrible manie de me taper avec le bout pointu de sa béquille, me couvrant de bleus. Maman insistait tout le temps pour qu'on soit gentils avec Saul, mais elle a oublié de lui dire qu'il devait être gentil avec *nous*, lui aussi.

Je savais que c'était un péché, mais j'avais *détesté*

mon frère Saul. Et pourtant, j'avais été fort triste quand il était mort de la grippe à l'hôpital.

J'ai frissonné. Je ne voulais plus penser à l'hôpital. Je n'aurais peut-être pas la vie de mes rêves, où j'allais publier mes Mémoires et entretenir ma chère maman, mais ma nouvelle vie de servante, avec Mme Beedosh et Sarah, dans la maison de M. Singe Buchanan, était considérablement plus agréable qu'être enfermée dans cet hôpital sinistre et glacial. Et mes dimanches après-midi avec Bertie étaient tout bonnement merveilleux.

J'ai envisagé de commencer un nouveau livre de Mémoires, maintenant que M. Buchanan m'avait dérobé l'ancien. Sa corbeille à papier était souvent bourrée de feuilles chiffonnées qu'il avait rejetées. Je pouvais les déplier, peut-être même les lisser avec le fer à repasser de Sarah, puis les coudre ensemble, barrer chaque phrase rédigée de son écriture en pattes de mouche et commencer mes Mémoires à moi du côté vierge, au dos.

Non, peut-être serais-je toujours trop sincère pour une autobiographie. Il valait mieux que je m'essaye à la fiction ; que je tente d'écrire un roman à propos d'une jeune fille aux yeux bleus comme des saphirs... mais qui serait grande, pulpeuse et blonde avec des cascades de boucles. Peut-être aurait-elle été élevée dans une institution stricte et sévère (que je ne nommerais pas) et traitée avec cruauté par les terribles surveillantes. Elle aurait été envoyée à l'extérieur dès l'âge de quatorze ans pour gagner sa vie comme servante, malgré son intelligence et son potentiel évident, et serait déprimée à cause de la routine ennuyeuse de la vie de bonne à tout faire. Mais ensuite, elle tomberait amoureuse d'un ancien de l'hospice, un gai luron qui gagnerait désormais sa vie comme… apprenti pâtissier ? J'ai rougi dans l'obscurité de l'arrière-cuisine, honteuse de m'être autant emballée. J'ai soufflé ma bougie grésillante et tenté de me calmer.

J'ai entendu les pas de Mme Beedosh, qui arpentait les dalles de la cuisine. De temps en temps, elle marmonnait toute seule et soupirait. De toute évidence, Sarah n'était pas encore rentrée.

Ensuite, j'ai entendu un bruit de sabots dehors, dans la rue, des voix inquiètes et brusquement, des pas. On a frappé à la porte de service et Mme Beedosh s'est exclamée :

– Oh mon Dieu, Sarah, que s'est-il passé ?

Je me suis levée d'un bond et j'ai couru dans la cuisine. Sarah était là, chancelante dans sa robe violette, les yeux vitreux, la bouche ouverte, soutenue par M. Brown et un cocher. Juste ciel, était-elle *saoule* ?

– Sarah, Sarah, Sarah, regarde dans quel état tu es ! a grogné Mme Beedosh en la faisant asseoir sur une chaise de la cuisine.

– Elle n'était certainement pas en état de rentrer par ses propres moyens, a dit M. Brown. J'ai dû prendre la liberté de lui appeler un fiacre.

– Je suis vraiment désolée, monsieur Brown. Oh, Sarah, quelle idiote tu fais ! Je savais que ça arriverait !

– Elle a payé pour une matérialisation spéciale… et ça a marché, ça a phénoménalement bien marché. Sarah était enchantée. Il n'y a pas d'autre mot pour le dire ; en-chan-tée ! Mais ça l'a trop chamboulée et elle en est tombée en pâmoison. Elle était incapable de sortir de la maison, sans parler de revenir jusqu'ici. J'ai pratiquement dû la porter pour la sortir du fiacre, et ce n'est pas une femme légère, a confié M. Brown d'un air contrit.

– Oh ! là, là, j'espère que vous ne vous êtes pas blessé, monsieur Brown. Merci beaucoup d'avoir veillé sur notre Sarah. Je vous en prie, laissez-moi payer pour le fiacre, a dit Mme Beedosh.

– Non, non, pas question. Qu'est-ce que c'est, le prix d'une course en fiacre, entre amis ? Mais je tiens juste à vous prévenir : le dimanche soir, Sarah a vraiment besoin d'être accompagnée par une amie qui puisse veiller sur elle, et peut-être desserrer ses vêtements si elle retombe en pâmoison. J'ai fait de mon mieux, mais il y a des limites à l'aide que je peux lui apporter si je veux rester décent. C'est bien clair ?

– Parfaitement clair, monsieur Brown, a dit Mme Beedosh. Merci beaucoup, messieurs. Je vais prendre le relais, maintenant.

Elle s'est affairée autour de Sarah, défaisant sa coiffe et le col de sa robe. M. Brown et le cocher ont essuyé leur front en sueur et pris congé en hâte.

Mme Beedosh m'a regardée en fronçant les sourcils.

– Ne reste pas plantée là bouche bée, Millie. Cours chercher les sels – dans le placard, là-bas.

J'ai fouillé dans le placard pendant que Mme Beedosh plongeait la main dans le corsage de Sarah. Il y a eu un claquement brusque, et Sarah a respiré et failli déborder de sa robe du dimanche.

– Là, j'ai détaché son corset, ça devrait aider, a dit Mme Beedosh. Où sont les sels, Millie ?

Je lui ai tendu un paquet de sel Saxa et elle a poussé un soupir agacé.

– *Les* sels, idiote, pas le sel ! Le flacon bleu foncé, dans le coin.

Elle m'a arraché le flacon, l'a débouché et l'a passé sous le nez de Sarah. Sarah a redressé la tête d'un coup, cligné des yeux et inspiré vivement, sous le choc.

– Là, Sarah, inspire à fond. Oh mon Dieu, tu nous as collé une de ces frousses !

– Elle est très saoule, madame Beedosh ? ai-je demandé.

Mme Beedosh m'a regardée avec des yeux ronds.

– Saoule ? Millie Plume, comment peux-tu dire une chose pareille ?

– *Saoule ?* a répété Sarah.

Cette accusation l'avait tant choquée qu'elle avait complètement repris conscience.

– Quelle idée ! Je n'ai pas bu la moindre goutte d'alcool depuis Noël, à part les quelques larmes de sherry dans votre diplomate[1], madame B., et ça, personne ne peut me le reprocher.

– Allons, allons, ne fais pas attention à cette petite sotte. Nous savons bien que tu n'es pas saoule. Ne t'énerve pas, tu as eu bien assez d'émotions comme ça. Je vais te préparer une bonne tasse de thé pour t'apaiser. Allez.

Mme Beedosh m'a fait signe de mettre la bouilloire à chauffer sur la cuisinière, pendant qu'elle s'agenouillait pour déboutonner les bottines de Sarah.

– Voilà. Maintenant, remue les orteils.

– Vous êtes si bonne avec moi, madame B.

– Eh bien, tu es une bonne fille, même si tu te laisses entraîner dans ces fantaisies étranges. Ce n'est pas bon pour toi de te mettre dans un état pareil. Regarde-toi, en pleine pâmoison sur tout le chemin du retour ! Ces séances deviennent trop difficiles pour toi. Tu vas te faire du mal. En plus, tu dépenses toutes tes économies ! Promets-moi de ne plus y retourner.

– Oh, mais je suis *obligée* d'y retourner, madame B. ! C'était tellement merveilleux ce soir, un vrai miracle ! Je l'ai vue ! J'ai senti ses mains sur moi ! Ma maman chérie !

Sarah a inspiré, puis ses yeux se sont révulsés et elle est retombée en pâmoison.

---

1. Dessert à base de biscuits, de crème pâtissière, de fruits frais et de gelée de fruits formant plusieurs couches successives, et recouvert de crème fouettée.

– Sa mère ? ai-je relevé pendant que Mme Beedosh lui repassait les sels sous le nez.

L'odeur âcre et puissante m'a donné les larmes aux yeux.

– … Mais je croyais que sa mère était morte !

– Absolument. Morte et enterrée. Et elle devrait le rester, a déclaré Mme Beedosh.

– Vous voulez dire que… c'est un fantôme ? ai-je murmuré.

– Quelque chose de ce genre. Je trouve que ce n'est pas bien et pas chrétien. On ne doit pas fricoter avec les fantômes et les spectres. Si on les force à apparaître devant nous, comment être sûrs qu'on pourra s'en débarrasser un jour ?

Mme Beedosh a regardé autour d'elle, comme si une sinistre apparition rôdait dans un coin de la cuisine.

– Ce n'est pas un fantôme ou un spectre ! a murmuré Sarah en se tamponnant le front. C'est un esprit magnifique. Elle me parle à travers Madame Bérénice.

– Madame Bérénice ? Elle travaille dans un cirque ? ai-je demandé, songeant à Madame Adeline.

Sarah a eu l'air vexée, mais Mme Beedosh a hoché la tête d'un air sombre.

– C'est exactement pareil. Elle fait un numéro pendant que Sarah et ses stupides compagnons s'émerveillent, assis en rond autour d'elle. Et ils paient une fortune pour voir ça, a-t-elle ajouté.

Sarah s'est levée, chancelante.

– Je vous saurais gré de garder votre opinion pour

vous, madame B. Vous avez été très bonne, mais je ne resterai pas ici à vous écouter parler de Madame Bérénice de cette façon. C'est une vraie sainte. Elle cherche juste à réconforter les pauvres gens qui souffrent en nous rapportant des messages du monde des esprits. Je ne comprends pas pourquoi vous ne venez pas, vous aussi, pour entendre la voix de votre propre mère.

– J'ai suffisamment entendu sa voix quand elle était encore de ce monde... et quand elle me parlait, c'était rarement pour dire des gentillesses, a rétorqué Mme Beedosh. Maintenant, rassieds-toi, Sarah, sinon tu vas tomber.

– Je vais dans ma chambre, a déclaré Sarah – et elle a traversé la cuisine en titubant.

– Ah, mais ce qu'elle est têtue, cette sotte ! s'est exclamée Mme Beedosh. Viens, Millie, nous allons devoir la soutenir, sinon elle va dégringoler tout l'escalier avant d'être arrivée au premier étage.

Nous nous sommes donc bagarrées contre la masse volumineuse de la pauvre Sarah, que nous avons hissée jusqu'à sa chambre, sous les toits de la maison. Une fois là-haut, nous étions essoufflées toutes les trois.

– Voilà ! a haleté Mme Beedosh en poussant Sarah vers son lit. Allume sa bougie, Millie, pour qu'on voie ce qu'on fait.

J'ai obéi. Dans la lumière vacillante, nous avons toutes vu le portrait de la mère de Sarah au mur.

– Oh ! Oh, ma chère maman ! s'est écriée Sarah en se laissant tomber lourdement sur son lit, en larmes.

– Allons, allons, ne te mets pas dans cet état, a dit Mme Beedosh en déboutonnant ses vêtements.

– Ce sont des larmes de joie, madame B., des larmes de joie, a murmuré Sarah. Je suis si heureuse que nous ayons enfin été réunies.

J'ai trouvé sa chemise de nuit blanche et je la lui ai enfilée pour qu'elle soit décente pendant que Mme Beedosh s'efforçait de défaire tous ses boutons et ses crochets et s'échinait à extraire son corps rebondi de son corset à baleines. Quand sa chair tremblotante a enfin été entièrement libérée, Mme Beedosh l'a poussée avec douceur pour l'allonger et a remonté les couvertures sur elle.

– Voilà. Dors, maintenant, Sarah. C'est bien, ma fille, a-t-elle dit en la bordant aussi tendrement qu'une mère.

Sarah a fermé sagement les yeux, et nous sommes sorties.

Mme Beedosh a poussé un grand soupir de soulagement.

– Seigneur, ça l'a terriblement affectée cette fois-ci !

– *Qu'est-ce* qui l'a terriblement affectée ? *Comment* a-t-elle vu sa mère ?

J'ai pensé aux pierres tombales, à côté de l'église.

– Elle ne l'a pas… Elle ne l'a pas *déterrée* ?

Mme Beedosh m'a regardée en secouant la tête.

– Ne sois pas ridicule, Millie. D'accord, je vais te

le dire… quoique je ne sache pas grand-chose. Je vais redescendre avec toi et me faire un autre thé. Il est affreusement tard, mais je vais mettre des heures à m'endormir après cette histoire.

Nous nous sommes donc assises ensemble dans la cuisine sombre et nous avons bu un thé à petites gorgées pendant que Mme Beedosh m'expliquait enfin l'affaire.

– Sarah va voir Madame Bérénice tous les dimanches. Cette « Madame » se dit médium. Elle prétend qu'elle communique avec le monde des esprits.

– Et c'est vrai ?

– Eh bien, comment le savoir ? De toute évidence, Sarah y croit – de même que M. Brown et tous ceux qui vont là-bas et donnent à Madame Bérénice la moitié de ce qu'ils ont durement gagné. Ils tiennent tous si désespérément à voir leurs chers disparus. M. Brown a perdu son fils unique à cause de la grippe il y a des années et il veut entrer en contact avec lui. Mme Brown, elle, refuse d'avoir affaire à ce genre de choses, et moi aussi. Ce n'est pas correct et ce n'est pas chrétien d'essayer de passer outre la volonté divine. Quand on est mort, on est mort et on devrait le rester, au lieu de revenir hanter les gens. Ça ne fait aucun bien. Regarde l'état de Sarah ce soir. Oh, elle sera morte de honte demain matin !

– Mais que fait cette Madame Bérénice *au juste*, madame B. ? Comment entre-t-elle en contact avec le monde des esprits ?

– Ce n'est pas à moi qu'il faut demander ça, Millie. Tout ce que Sarah a bien voulu me dire, c'est qu'ils s'asseyent en rond dans une pièce sombre et qu'ensuite, cette « Madame Bérénice » entre dans une sorte de transe et se met à prendre des voix bizarres.

Mme Beedosh a frissonné.

– Tu ne pourrais pas me faire entrer dans ce cercle, même si tu me payais un million de livres !

Quand je suis allée me coucher, j'y ai pensé longtemps, sans dormir. Cette idée me paraissait des plus étranges – mais *tout* me paraissait étrange dans ce monde insensé.

J'ai été réveillée par un bruit de vaisselle dans la cuisine. J'y suis allée en courant, et j'ai trouvé Sarah qui s'affairait pour servir le petit déjeuner, impeccable dans sa robe de travail foncée, sa coiffe et son tablier blancs.

– Salut, Millie, a-t-elle lancé gaiement. J'ai décidé de laisser Mme B. dormir un peu plus longtemps ce matin, vu qu'elle a veillé jusqu'à pas d'heure à cause de ma pomme !

Elle ne semblait pas gênée le moins du monde. Elle virevoltait dans la cuisine, comme si les dalles de pierre étaient le plancher ciré d'une salle de bal. Elle était comique à voir, bien sûr, cette servante massive et opulente qui valsait avec la planche à pain et la théière, mais je n'ai pas eu le cœur de me moquer d'elle alors qu'elle avait l'air si formidablement heureuse. Elle a beurré le délicieux croûton de la miche, l'a tartiné avec la succulente confiture de fraise faite par Mme Beedosh que l'on gardait spécialement pour les scones du maître et me l'a tendu.

– Mange donc ça, petite gringalette maigrichonne.

– Ma maman me donnait toujours des bonnes choses à manger quand j'étais aux Enfants-Trouvés, ai-je raconté.

– Les mères, c'est ce qu'il y a de mieux, pas vrai, Millie ?

Mme Beedosh était de bonne humeur aussi, après avoir dormi une heure de plus, alors elle a décidé de me laisser essayer la pâtisserie et m'a montré comment faire une tarte aux pommes. Ma création venait de sortir du four quand Bertie est arrivé avec notre commande : viande hachée, côtelettes et pavé de bœuf.

Il a reniflé d'un air appréciateur en voyant la grosse tarte avec sa pâte dorée qui dégoulinait de compote et son délicieux parfum de clous de girofle et de cannelle.

– Ouh, ce que c'est beau, madame B. ! a-t-il lancé avec enthousiasme. Vous êtes une merveilleuse cuisinière, madame, surtout pour ce qui concerne les tartes.

– Ce n'est pas moi qui ai fait celle-ci, Bertie. C'est la jeune Millie. Elle a la main très légère avec la pâtisserie. Je pense que je n'aurais pas fait mieux.

– C'est Millie qui l'a faite ? s'est exclamé Bertie, stupéfait.

– Ne prends pas l'air aussi étonné ! ai-je protesté. Je peux goûter un tout petit bout, madame Beedosh ?

– Je ne vois pas de raison de te dire non. D'ailleurs, nous allons tous en goûter une part.

Elle nous a coupé des parts généreuses et a ajouté une grosse cuillerée de crème par-dessus.

– Tiens, Sarah, tu as besoin de manger des bonnes choses après ta pâmoison d'hier soir.

– Tu es tombée en pâmoison, Sarah ? a demandé Bertie. Pourquoi ? Tu craques pour un beau monsieur ? Ou c'était à l'idée de me voir aujourd'hui ? Eh bien, je suis très flatté, Sarah, mais je suis déjà pris, malheureusement. Tu aurais eu tes chances, mais j'ai si peur de Millie, ici présente, que je n'ose pas la contrarier.

– Arrête tes impertinences et goûte donc sa tarte, mon garçon. Elle est très bonne, a répliqué Sarah en mastiquant.

Il a croqué un gros morceau de tarte, puis fait mine de s'étouffer. Il s'est tenu la gorge, les yeux exorbités, et s'est mis à tituber d'un bout à l'autre de la cuisine comme s'il avait été empoisonné.

– Je vais te *jeter* la tarte dessus si tu ne te tiens pas mieux ! ai-je grommelé.

Bertie a cessé de faire l'idiot et croqué un autre gros morceau.

– En fait, c'est absolument délicieux, Millie ! Sensass ! Dis donc, tu vas faire une merveilleuse petite épouse un jour !

– Sûrement pas ! Petite, peut-être, mais je ne serai l'épouse de personne ! ai-je rétorqué en goûtant ma part de tarte.

C'était vrai qu'elle était délicieuse.

– Je ferai ma vie toute seule, ai-je déclaré d'une voix incompréhensible, la bouche pleine.

– Tu ne te sentiras pas seule, Millie ? a demandé Bertie.

– Pas du tout. Je m'installerai avec ma maman.

– Oh, quelle brave enfant ! a commenté Sarah. Comme j'aimerais faire la même chose…

– Fais attention, Millie, tu vas la mettre dans tous ses états, m'a prévenue Mme Beedosh. On ne voudrait pas qu'elle recommence à se pâmer.

– Je vais parfaitement bien, merci, madame B., a répliqué dignement Sarah.

– Oh oui, et tu avais l'air d'aller parfaitement bien hier soir !

– J'étais folle de bonheur d'avoir revu ma mère bien-aimée, d'avoir senti ses mains sur moi, ses lèvres sur mon front ! Je suis si heureuse d'avoir rencontré Madame Bérénice !

– Ah, cette médium ? a fait Bertie. Je lui livre de la viande : filet de bœuf, carré d'agneau, chapon… et même une oie, une fois, alors que ce n'était même pas Noël ! Voir tous ces fantômes, ça doit lui ouvrir terriblement l'appétit.

– Ne raille pas ce que tu ne comprends pas, a dit Sarah en le tapant avec un torchon. Madame Bérénice est une vraie sainte, qui travaille très dur pour nous réunir avec les gens qu'on aime. Ta mère est encore en vie, Bertie ?

– Non, elle est morte quand j'étais tout petit.

– Tu es toujours tout petit, l'a taquiné Sarah en attaquant le reste de sa part de tarte. C'est exceptionnellement bon, Millie. Je pense que votre carrière de cuisinière touche à sa fin, madame B.

– Humpf ! a fait Mme Beedosh. Surveille ta langue, Sarah. La jeune Millie a encore beaucoup de chemin à faire.

– Je voulais juste plaisanter, madame B. !

Sarah s'est retournée vers Bertie.

– Alors, Bertie, tu n'aimerais pas entendre la voix de ta chère maman ?

– Je pense que je ne la reconnaîtrais pas, Sarah, alors ce serait une perte de temps. Mais je suis content que tu puisses entendre la tienne.

– Elle m'a touchée, hier soir ! J'ai demandé une matérialisation exceptionnelle, et elle s'est manifestée là, dans la pièce, sous mes yeux.

– Tu as vraiment cru la voir ?

– Je *sais* que je l'ai vue ! Elle m'a touchée. Elle m'a embrassée sur le front ! a insisté Sarah.

– Eh bien, c'est super, Sarah, c'est vraiment super, a dit Bertie.

Il m'a regardée en haussant les sourcils.

– Chut, maintenant, Sarah, a supplié Mme Beedosh. Tu ne devrais pas parler autant de ces choses-là.

– Je veux le dire au monde entier, madame B. ! Je n'ai pas honte. C'est comme un miracle. Je suis transformée. Pourquoi ne pouvez-vous pas être contente pour moi ?

– On est tous ravis pour toi, Sarah, est intervenu Bertie. Vous pensez que vous êtes transformée aussi, madame B. ? Si oui, est-ce que vous pourriez nous laisser nous balader un peu plus tard dimanche prochain, Millie et moi ? Après tout, vous avez laissé Sarah rester tard avec sa chère mère disparue, en fin de compte. Ce ne serait que justice, voyez ?

– Je ne suis *pas* transformée… et je ne suis pas non plus stupide, a dit Mme Beedosh. Il n'est pas question que quelqu'un prenne des libertés, et surtout pas toi ! Tu devras ramener Millie à six heures précises, tu m'entends ?

– Mais ce ne sera pas assez long ! J'ai de grands projets. Je veux emmener Millie dans un endroit vraiment spécial, cette fois. Elle mérite de voir un peu Londres, madame B., vu qu'elle a été enfermée toutes ces années chez les Enfants-Trouvés, la pauvre petite. Je tiens à lui montrer tous les monuments historiques de la ville – à l'*instruire*.

– Je sais ce que veulent les jeunes garçons – et si tu ne cesses pas ces impertinences, tu ne pourras pas sortir avec elle du tout, a dit Mme Beedosh d'un ton si catégorique que même Bertie a vu qu'il serait inutile de discuter.

12

Pendant toute la semaine, je me suis demandé gaiement où Bertie m'emmènerait le dimanche. Il était là à m'attendre quand nous sommes revenues de l'église, mais il n'avait pas son sourire habituel. Il avait les épaules voûtées. Il n'avait même pas huilé ses cheveux, qui tombaient mollement sur sa tête.

– Bertie ? Qu'est-ce qu'il y a ? lui ai-je demandé tandis qu'on s'éloignait de Mme Beedosh et de Sarah. Où est-ce qu'on va aujourd'hui ?

– On ne va nulle part, je pense, Millie, a-t-il répondu platement.

Je l'ai regardé. Seigneur, est-ce qu'il ne m'aimait plus ? Avait-il trouvé une autre amoureuse ? J'étais horrifiée. Je voulais être la seule petite amie de Bertie – cela dit, n'avais-je pas moi-même un autre amoureux ? Je ne le connaissais que depuis quelques semaines, mais je me rendais soudain compte qu'il était important pour moi. Je croyais qu'il tenait à moi.

Il m'appréciait : il appréciait ma petite taille, il appréciait ma fougue, il appréciait ma tarte aux pommes et il appréciait même mes cheveux roux.

– Comment ça, on ne va nulle part ?

J'avais la gorge si nouée que ma voix s'est brisée.

Bertie a regardé ses chaussures.

– Je n'ai pas d'argent, Millie, a-t-il marmonné en retournant ses poches vides pour me le prouver. J'avais de si grands projets. Je voulais t'emmener à Londres aujourd'hui.

– Oui, pour me montrer les monuments historiques.

– Non, pour te montrer le jardin occidental d'Earl's Court. Il paraît que c'est merveilleux, là-bas, encore mieux que la foire. Il y a une fanfare, et tout est décoré de petites lumières électriques, c'est très joli. Je savais qu'il me faudrait pas mal d'argent pour les deux billets de train et toutes les attractions, alors j'ai continué à faire du jardinage. Je proposais ça à mes clients de la boucherie pour avoir un petit gagne-pain supplémentaire. Si je voyais que leur jardin semblait un peu négligé, je leur demandais s'ils avaient besoin de quelqu'un pour tondre la pelouse. Tout semblait marcher comme sur des roulettes…

Il s'est interrompu.

– Mais ? l'ai-je relancé.

– La bonne de Whiteacres, une grande maison de Berryland, a dit que sa maîtresse était dans tous ses états. Son jardinier s'était fait mal au dos et les mauvaises herbes commençaient à l'énerver… alors, comme un imbécile, j'ai dit : « Eh bien, je vais me charger de désherber pour vous, madame. »

– Tu es plein de choses, Bertie, mais tu n'es pas un imbécile.

– Attends que je t'aie tout dit, Millie. Donc, hier, après le travail, je vais à Whiteacres. J'avais une bonne heure devant moi avant que le jour commence à baisser, d'après mes calculs, alors je me suis mis à genoux et j'ai attaqué le désherbage. J'ai travaillé dur, j'ai arraché et arraché, puis j'ai ramassé le bazar et je l'ai fourré dans un sac pour que tout soit impeccable, en pensant que la maîtresse me donnerait peut-être un pourboire en plus pour avoir laissé le jardin si propre. À la fin, la bonne sort de la maison, regarde ma belle pelouse bien nettoyée et se met à hurler. J'ai fini par comprendre que j'avais déraciné toutes ses précieuses pousses en même temps que ces satanées mauvaises herbes. Je pensais que tout ce qui était vert devait être une mauvaise herbe. Je ne me suis pas rendu compte qu'elles allaient fleurir plus tard. Et maintenant, elles ne fleuriront plus. Elles sont toutes mortes, dans le sac. Et pour éviter que sa maîtresse me dénonce à Jarvis le boucher et qu'il me flanque à la porte, j'ai dû donner toutes mes économies pour qu'elle puisse acheter de nouvelles plantes ; et en plus, je dois lui verser un shilling par semaine jusqu'à ce qu'elle estime que j'ai tout remboursé. Ne me dis pas que tu es en train de *rire*, Millie ?

– Je suis désolée ! ai-je crachoté. Oh, mon pauvre

Bertie. Tu faisais tant d'efforts, en plus. Mais avoue que c'est un peu drôle.

– C'est pas drôle du tout, parce que je ne peux plus t'emmener nulle part, maintenant que je n'ai plus d'argent – et que je n'en aurai plus pendant des semaines, si j'en crois cette méchante vieille bonne.

– On peut quand même se promener ensemble, idiot.

– Mais c'est tout ce qu'on peut faire, marcher. Je n'ai pas de quoi louer une barque ni même nous payer une crème glacée. Tu ne comprends pas ?

– Bien sûr que si. Mais on peut quand même marcher… et parler. Et la semaine prochaine, je nous préparerai une tarte aux pommes et on pourra faire un petit pique-nique. Qu'est-ce que tu en dis ?

– Oh, Millie ! Je pensais que tu m'en voudrais et que tu préférerais sortir avec un autre garçon aux poches pleines d'argent qui pourrait te gâter comme il faut. T'es une fille en or, tu sais ?

– Je suis une fille en *saphir*, ai-je rectifié. Viens, allons faire un tour dans le parc. On peut toujours imaginer que c'est le jardin où tu voulais m'emmener. J'imaginais tout le temps des choses quand j'étais petite.

– Quand tu étais aux Enfants-Trouvés ?

– Non, avant. Je doute que quelqu'un puisse imaginer quoi que ce soit, aux Enfants-Trouvés : c'était trop horrible. Je parlais de l'époque où je vivais à la campagne. J'avais un arbre préféré là-bas. On l'appelait notre cabane d'écureuils…

Je me suis interrompue quand j'ai vu l'expression de Bertie.

– Toi et ce Jem ? a-t-il demandé.

– Tous les enfants, ai-je répondu – même si je parlais de Jem et moi, bien sûr.

Je ne voulais pas penser à Jem. J'avais reçu une autre lettre de lui la veille. Il me parlait de Mère et de Père et de la ferme, me racontait que Rosie s'était fiancée, que Nat se débrouillait bien à l'armée et qu'il espérait retrouver Gédéon un jour. C'était une lettre semblable à Jem lui-même, forte et franche, tendre et soucieuse. Elle se terminait ainsi : *Je pense à l'avenir, Millie. Notre avenir, ensemble. Tendrement, Jem.*

J'avais fait de gros efforts pour me représenter Jem, mais je n'arrivais à le voir qu'enfant, avec une voix de petit garçon, et non comme l'homme qu'il était devenu. Et il m'était absolument impossible de me le figurer maintenant, alors que je me promenais avec Bertie et que je faisais de mon mieux pour le consoler.

– Tu penses à ce Jem, n'est-ce pas ? a demandé Bertie d'un air soupçonneux.

– Non, ai-je menti. Je pense au jardin de plaisance où tu voulais qu'on aille… où nous *sommes* en ce moment, ai-je continué alors qu'on franchissait le portail pour entrer dans ce parc ordinaire. Oh, regarde les petites lumières dans les arbres, Bertie, et les petites lanternes colorées… Regarde !

J'ai agité la main vers les platanes banals, puis désigné une pelouse rabougrie.

– Tu vois, il y a une roseraie pour les amoureux… et des petits garçons qui se baladent avec des plateaux de pain d'épices, on n'a qu'à se servir…

– Ça paraît encore mieux que le jardin occidental !

– Beaucoup mieux. Et là-bas…

J'ai pointé le doigt vers le vide.

– … il y a un palais des plaisirs, comme dans « Kubla Khan[1] ».

– Qu'est-ce que c'est que ce Kubla truc ?

– C'est un poème étrange. Je ne suis pas sûre de le comprendre, mais j'adore la façon dont il est écrit. La nurse Winnie m'avait prêté ce livre de poésie, un jour. Je regrette de ne plus l'avoir.

– Ce vieux fou de Buchanan n'a pas de livres de poésie ? Il ne pourrait pas t'en prêter un, tu penses ?

– Il m'adresse à peine la parole depuis que je me suis fâchée contre lui pour m'avoir pris mes Mémoires. Il les a toujours, Bertie, mais il n'en parle pas. Sarah me dit qu'elle me passera un savon si je les évoque encore une fois. Elle dit que je n'ai pas à exiger quoi que ce soit du maître, que c'est déplacé. Oh, Bertie, c'est insupportable, cette obligation de rester à ta place, non ?

– Eh bien, moi aussi, je peux imaginer des choses, Millie. Je peux imaginer l'avenir, quand je serai…

– Maître boucher comme M. Jarvis ?

---

1. Célèbre poème de Samuel Coleridge (1772-1834) au sujet de l'empereur mongol Kubilaï Khan.

– Sûrement pas boucher, non. J'en peux plus, de la viande. J'en tâte, j'en livre, j'en renifle, j'en mange… Ça commence à me retourner l'estomac. Non, je me nourrirai de tes tartes aux pommes, Millie… et je ne serai pas boucher.

– Bon, mais je pense que tu n'as pas intérêt à être jardinier à la place, ai-je commenté en gloussant.

Il m'a regardé d'un œil noir, mais il a fini par rire aussi.

– Alors, qu'est-ce que tu aimerais faire, Bertie ?

Il a soudain eu l'air timide.

– Tu vas te moquer de moi !

– Non. Enfin, j'essaierai. Vas-y, dis-le-moi. Ce n'est pas grave si ça ne peut pas se réaliser, si c'est juste un rêve. J'ai des tas de rêves insensés. Je me vois en écrivain célèbre, Saphir Battersea, écrivant quelques pages par jour, vivant dans une maison encore plus grande que celle de M. Buchanan, entretenant ma maman dans le luxe. Ou alors… ou alors je pourrais être Saphir l'écuyère, habillée en rose avec des collants pailletés, montant ma troupe de chevaux de voltige pendant que des centaines de spectateurs ébahis m'applaudissent. Ou alors je pourrais peut-être devenir Saphir le marin, naviguant sur toutes les mers du globe avec le vent dans les cheveux, des mouettes qui criaillent au-dessus de ma tête et des dauphins qui nagent à côté du navire. Voilà ! Maintenant, tu peux te moquer de moi !

– Eh bien *moi*, je me vois sur une scène dans un

beau costume d'aristo, avec un petit canotier que je porterais penché sur le côté.

– Un acteur ?

– Pas un acteur qui joue Shakespeare, qui débite toutes sortes de trucs qu'on ne comprend pas. Non, mon truc, c'est plutôt la comédie. Ou peut-être un numéro de music-hall – un numéro comique, avec une chanson grivoise, et peut-être même une petite chorégraphie.

Il a fait quelques pas de claquettes dans l'herbe. Ses pieds bougeaient à la vitesse de l'éclair. Il a atterri avec élégance en criant « Ta-da ! », les bras écartés.

– Bravo ! ai-je dit en l'applaudissant. Tu es doué, Bertie, vraiment doué.

– Je me voyais faire un peu de charme aux dames. Je pourrais appeler mon personnage « Bertie le Baratineur »… et comme je suis petit, ça marcherait vraiment bien si je faisais un duo avec une fille très *grande*, pour que ce soit encore plus comique, tu vois, mais quand même touchant. Dommage que tu ne sois pas grande, Millie… ce serait génial de faire un duo avec toi. Tu as déjà été tentée de monter sur les planches ?

– Je ne sais pas trop ! Le pasteur a dit que les music-halls étaient de mauvais endroits… mais je trouve que ça a l'air marrant.

– C'est *très* marrant. Je pense que tu adorerais. Je t'y emmènerai un jour… quand j'aurai de l'argent ! Peut-être que ça t'inspirera, vu que tu es un peu écrivain.

Tu pourrais écrire une pièce, puis jouer dedans. Tu me donnerais un rôle aussi, non ?

– Absolument, tu aurais le premier rôle masculin. Et mon frère pourrait jouer dedans aussi.

– L'éternel Jem ? a demandé Bertie en fronçant les sourcils.

– Non ! Pas Jem. Je suis certaine que l'idée lui ferait horreur. Jem ne voudrait pas être autre chose qu'un fermier, j'en suis sûre. Non, je pensais à mon frère Gédéon. Il était aux Enfants-Trouvés avec moi, même si on ne se voyait pratiquement jamais. Pauvre Gédéon, il n'est pas du tout comme les autres garçons. Il est tellement timide et craintif. Mais une année, à Noël, il a été choisi pour être l'ange de notre crèche vivante présentée dans la chapelle. Et là, les bras en l'air, il était totalement radieux.

En repensant à Gédéon à présent, j'ai frémi.

– Qu'est-ce qu'il y a ? a demandé Bertie.

– Il est parti faire le soldat, et j'ai peur qu'il déteste la vie de militaire. Il se faisait affreusement tyranniser, à l'hôpital. Ça cause bien du souci, d'avoir des frères ! Tu en as, toi, Bertie ?

– Pas que je sache. Et pas de sœurs non plus. C'est plus facile comme ça. Je n'ai que moi à prendre en charge.

– Il arrivait que les autres garçons t'embêtent, quand tu étais à l'hospice ? ai-je demandé tout bas.

– Bien sûr, a répondu Bertie plutôt gaiement.

– Parce que tu étais petit.

– On était tous petits, vu qu'on n'avait pas assez à manger et qu'on travaillait douze heures par jour depuis l'âge de dix ans. Mais les plus vieux tourmentaient les plus jeunes. J'ai appris à esquiver et à me dérober, et par la suite, je me suis un peu étoffé. Je faisais de la gym tous les matins, pour me muscler comme un petit hercule, je me suspendais au haut des portes pour me gonfler les bras et tout ça. Au bout d'un moment, j'ai été capable de me mesurer aux garçons les plus grands et de tous les battre. Je me suspendais comme ça, regarde !

Bertie a fait un bond et attrapé une branche d'un arbre en bordure du parc. Il est resté suspendu, en balançant vigoureusement les jambes, puis s'est hissé jusqu'à ce que son menton se pose sur la branche. Il est resté accroché là à trembloter, le visage violacé à cause de l'effort, et manifestement, il attendait des applaudissements.

– Ah, maintenant, tu imagines que tu es Bertie le singe. Tu veux que je t'offre une banane ? ai-je lancé.

Il a ri et dégringolé de son perchoir, puis il a sautillé autour de moi en faisant des bruits idiots de singe qui jacasse.

– Je vais t'emmener au jardin zoologique, tu y seras à ta place, ai-je plaisanté. Regarde, c'est juste là. Tu veux que je te mette dans ta cage ?

– Je vais d'abord faire un tour sur le dos de Jumbo l'éléphant, a dit Bertie.

– J'ai déjà fait un tour sur cet éléphant, je te jure ! ai-je annoncé fièrement.

On s'est assis sous les arbres et je lui ai raconté ma fugue le jour du jubilé d'or de la reine.

– Mais tu ne l'as pas vue en personne, cette bonne vieille reine ? a demandé Bertie. Bon, il faut arranger ça. Je vois le palais qui brille dans le soleil, juste là. Allons rejoindre Sa Majesté pour le thé.

– Quelle bonne idée ! Attends, je me couds vite une nouvelle robe – *pas* une vieille robe dont Mme Beedosh ne veut plus. Je vais choisir un bleu ciel subtil, avec de la dentelle autour du cou et des mitaines en dentelle assorties, et je vais mettre des bottines en chevreau gris clair avec des petits boutons en nacre.

– Moi aussi, je veux bien des bottines en chevreau et tout, a dit Bertie en examinant la semelle décollée de sa vieille chaussure marron. Et un costume d'aristo, s'il te plaît, avec une de ces chemises amidonnées à grand col.

– Oui, elle sera tellement amidonnée que tu auras l'impression de porter une armure. Ça pourrait t'attirer des ennuis quand on nous fera entrer dans la salle de réception de Sa Majesté. Tu seras censé t'incliner, mais ta chemise amidonnée te forcera à rester bien droit. Il y aura un grand risque que Sa Majesté s'en offusque et appelle ses gardes, et qu'ils t'embarquent vers le cachot !

– Il n'y a *pas* de cachots à Buckingham Palace !

– Il y a des cachots secrets dans les égouts. Tu seras

enfermé dans une cage infestée de rats et tu vas te rouler dans la boue en gémissant pitoyablement.

– Elle est gaie, ton histoire !

– Chut, j'arrive au meilleur moment. Pendant ce temps, j'implore la reine de te pardonner, en avouant que j'ai trop amidonné ta chemise. Elle éclate de rire et ordonne à ses gardes de te libérer sur-le-champ.

– Je tremble comme une feuille et j'ai des crottes de rat partout... même sur ma chemise amidonnée !

– Alors la reine te fait conduire à sa salle de bains privée et tu prends un bain délicieux dans sa baignoire personnelle. Les robinets sont décorés de petites couronnes d'or et le sceau royal est imprimé sur la porcelaine. Hé, tu savais que M. Buchanan a son propre cabinet de toilette et qu'on n'a pas le droit de l'utiliser ? Mais moi, j'y vais en cachette, parfois.

Bertie a éclaté de rire.

– Je l'aurais parié, Millie. Moi, j'utilise les sanitaires personnels de la reine pour me débarrasser des immondices des égouts.

– Ensuite, une servante te donne une nouvelle tenue : des vêtements d'aristocrate avec un beau gilet et tout, mais ils appartiennent au prince Albert, alors ils sont beaucoup trop grands pour toi. La servante doit te rembourrer avec de gros coussins.

– Ben voyons, tu n'as qu'à me transformer en bouffon, maintenant.

– Oui, mais j'ai une bonne raison de le faire ! Tu reviens en te dandinant, de nouveau propre, mais carrément sphérique. Sa Majesté se met à glousser, parce que tu as une allure franchement comique, alors tu en profites, tu vois, tu fais une danse rigolote en te dandinant encore plus, puis tu fais une courbette et tu te remets à sautiller. Elle n'arrête pas de rigoler et elle dit que tu devrais faire de la scène… et devine quoi, Bertie ! Le théâtre donne un spectacle exceptionnel, une commande de la reine, et c'est *toi* qui es en tête d'affiche : l'Immense Bertie, dont tout le monde parle à Londres… Qu'est-ce que tu en dis ?

– C'est parfait, Millie. Tu es vraiment douée pour raconter des histoires !

Quand nous sommes repartis vers la maison, à six heures moins cinq, Bertie m'a pressé la main alors qu'on marchait le long de la route.

– Je pensais que cet après-midi serait catastrophique, mais ç'a été le plus chouette de tous, et c'est grâce à toi, Millie. Tu es une perle.

J'étais radieuse. C'était si agréable d'être appréciée, d'être le centre de l'attention. Je m'étais toujours sentie si *écrasée* à l'hôpital. Souvent, lorsque je regardais les centaines d'autres filles arborant le même uniforme marron et la même coiffe blanche, j'avais peur. J'avais du mal à me rappeler que j'étais moi, Millie, et que j'étais différente des autres.

– Toi aussi, tu es une perle, Bertie, ai-je répondu.

Comme il n'y avait personne dans la rue, j'ai jeté les bras autour de son cou et je l'ai serré rapidement contre moi.

– Millie ! s'est-il écrié en devenant cramoisi – mais il semblait totalement ravi.

Il m'a raccompagnée au 8 Lady's Ride à six heures pile – mais j'ai retrouvé Sarah et Mme Beedosh dans un tel état d'agitation qu'elles ne l'ont sans doute pas remarqué. Sa coiffe sur la tête, Sarah portait sa tenue violette, comme tous les dimanches, et s'efforçait de sortir, mais Mme Beedosh lui tenait le bras et la suppliait de ne pas y aller.

– Il faut que tu restes en sécurité à la maison, Sarah. Je te l'*ordonne* !

– Vous ne pouvez pas me donner d'ordres, madame B., et vous le savez. Je suis libre de faire ce que je veux, et je sais ce que je veux !

– Très bien, alors je ne te l'ordonne pas, ma fille, je t'en supplie. Avec l'aide de Dieu, je t'*implore* de rester à la maison, a dit Mme Beedosh.

– Ne soyez pas ridicule, madame B. Comment pourrais-je résister ? Je vais me payer une autre matérialisation. Je meurs d'impatience de revoir maman.

– Oui, tu vas encore tomber en pâmoison, et M. Brown a dit très clairement qu'il ne trouvait pas convenable de s'occuper de toi quand tu es dans cet état.

– Alors venez avec moi, madame B. ! Si vous veniez, vous verriez pourquoi c'est si important pour moi. Ça pourrait devenir important pour vous aussi. Vous pourriez revoir tous vos chers disparus à vous.

– Tu sais bien que je suis contre ! J'estime que les

morts devraient rester enfermés dans leurs tombes, à leur place. Ce n'est pas décent de les réveiller comme ça. C'est carrément blasphématoire !

– Comment osez-vous dire ça ? Je n'ai jamais blasphémé de ma vie ! Et c'est l'expérience la plus délicieuse et la plus sacrée qui soit, de communiquer avec ma mère. Je l'ai perdue quand je n'avais que quatorze ans, et elle comptait plus que tout au monde pour moi. Elle m'a tellement manqué quand on m'a envoyée faire la servante… Je n'ai pas imaginé une seconde que je ne reverrais plus jamais son cher visage.

J'ai frissonné en pensant à ma mère à moi.

– Je vais venir avec toi, moi, Sarah, ai-je dit en lui prenant la main.

Elles se sont toutes les deux tournées vers moi avec stupeur, comme si c'était la table qui venait de parler.

– Ne sois pas bête, Millie ! a jeté Mme Beedosh.

– Et pourquoi ce serait bête, madame B. ? C'est la plus belle expérience qui soit d'aller à une séance de Madame Bérénice.

– Tu ne peux pas emmener un *enfant* !

– Millie est assez grande pour être raisonnable, a dit Sarah.

– Tu es bien plus âgée, toi, et pourtant je n'arrive pas à te faire entendre raison, a répliqué Mme Beedosh. Oh, très bien, vas-y, alors, et emmène Millie avec toi, même si elle risque de crier comme une perdue.

– Je ne crierai pas, c'est promis, ai-je dit.

Je commençais à trépigner d'excitation. Je ne savais

pas trop ce qui se passait lors de ces séances, mais ça paraissait certainement intéressant. L'idée que la mère de Sarah se matérialise dans la pièce me faisait un peu peur, mais j'étais sûre qu'elle se concentrerait sur Sarah et non sur moi.

Ce serait une anecdote formidable à raconter à Bertie la prochaine fois que je le verrais – je préférais largement retourner me promener avec lui plutôt que rester chez moi, dans l'arrière-cuisine, à écrire sagement à maman et à Jem. J'avais *envie* d'écrire à ma mère, mais je ne savais toujours pas si je devais lui parler de Bertie ou non, alors mes lettres étaient plus courtes et plus artificielles que d'habitude. En revanche, je savais très bien que je ne devais *pas* parler de Bertie à Jem, alors les lettres que je lui écrivais à lui étaient encore plus courtes – bien que les siennes se rallongent.

– Je vais accompagner Sarah et je me tiendrai très bien, et si elle retombe en pâmoison, je prendrai soin d'elle et je nous trouverai un fiacre pour rentrer, ai-je déclaré.

Mme Beedosh a secoué la tête et soupiré, mais Sarah m'a passé un bras sur les épaules.

– C'est bien, tu es un petit ange. Viens, alors. Oh, mais c'est que cette robe te fait une jolie silhouette !

– Je n'approuve toujours pas ces fadaises, a jeté Mme Beedosh – mais elle est allée chercher le bocal de monnaie qu'elle rangeait dans le cellier, sur l'étagère du haut, tout au fond, en a sorti une pièce d'une demi-couronne et l'a glissée dans un mouchoir noué avant de me la donner.

– Voilà de quoi payer le fiacre, au cas où, a-t-elle dit en l'enfonçant dans ma manche de velours.

Je lui ai adressé un sourire reconnaissant et j'ai fait un petit signe de tête à Sarah.

– Tout ira bien, ai-je assuré solennellement.

– Bon, vous ne pourrez pas dire que je ne vous avais pas prévenues, a grommelé Mme Beedosh en croisant les bras. Ce n'est pas bien et ce n'est pas malin de fricoter avec le surnaturel. C'est juste une forme de sorcellerie, voilà ce que je dis.

– Bah, on se moque de ce qu'elle dit, pas vrai, Millie ? m'a chuchoté Sarah – et nous nous sommes mises en route.

13

Nous nous sommes éloignées de la ville en suivant un cours d'eau et de nombreuses ruelles sinueuses. J'ai essayé de repérer le chemin au cas où je devrais guider Sarah au retour, mais je me suis bientôt embrouillée. J'étais surprise quand nous nous sommes arrêtées devant une maison de banlieue relativement modeste, dotée d'un jardin ordinaire. Il comportait une petite haie de troènes, une pelouse vert émeraude et un parterre de fleurs aux couleurs vives (soucis et géranium) bordé de coquilles Saint-Jacques.

Sarah m'a entraînée dans l'allée de carreaux rouges et noirs qui traversait le jardin et a tiré la sonnette près de la porte d'entrée. Une grande femme pâle vêtue de noir a répondu.

– C'est Madame Bérénice, ou sa servante ? ai-je demandé tout bas à Sarah.

– Non, non. Elle, c'est Emily. Je crois que c'est la sœur de Madame Bérénice. Elle nous servira des rafraîchissements après.

– Après ! ai-je répété, tout excitée.

Emily nous a débarrassées de nos châles en silence. Sarah lui a pressé une petite enveloppe d'argent dans la main et a murmuré quelque chose au sujet d'une matérialisation. Emily a hoché la tête et, toujours sans parler, nous a conduites dans une pièce très sombre, aux rideaux d'épais velours noir. Je m'attendais à ce qu'elle allume une lampe, mais elle est ressortie.

Il faisait si sombre après le grand soleil de cette fin d'après-midi qu'au début, je n'y voyais rien du tout, mais je sentais que nous n'étions pas seules. Personne n'a parlé, mais j'ai entendu quelqu'un respirer, quelqu'un s'agiter. Je sentais une odeur de liniment et un parfum floral. Petit à petit, j'ai commencé à distinguer un petit groupe de personnes assises sur des chaises autour d'une table ronde. Il y avait M. Brown, le monsieur grand et mince de l'épicerie More, qui se tenait très droit sur sa chaise ; deux dames d'un certain âge, toutes deux habillées en noir ; et une dame aux yeux noirs envoûtants qui portait un étrange turban à plumes et une robe extravagante. Je n'ai pas eu besoin que Sarah me la présente. De toute évidence, c'était Madame Bérénice.

– Asseyez-vous, Sarah, a-t-elle dit d'une voix grave. Et qui est cette jeune personne ?

– C'est Millie Plume, Madame Bérénice, notre nouvelle petite servante. Elle est venue pour m'aider à rentrer si nécessaire, a murmuré Sarah avec déférence. J'ai demandé une autre matérialisation, madame. J'espère que cela ne vous dérange pas ?

– Je ferai de mon mieux, mais comme vous le savez, je ne peux rien vous garantir. Nos amis les esprits sont très sensibles, surtout lorsqu'il y a un étranger parmi eux.

Elle m'a regardée avec insistance dans l'obscurité, et je n'ai pas pu m'empêcher de me recroqueviller, gênée.

– Voulez-vous que Millie attende dehors, madame ? a proposé Sarah.

– Oh non, s'il vous plaît, je peux rester ? me suis-je exclamée.

– As-tu la foi, Millie Plume ? a demandé Madame Bérénice.

Je n'étais pas sûre de ce qu'elle voulait dire.

– Je vais à l'église tous les dimanches…

– Crois-tu aux sciences psychiques, mon enfant ?

– Je… Je ne sais pas trop ce que c'est, ai-je admis.

– Elle est très ignorante, madame. C'est une enfant trouvée, elle a été élevée par l'hôpital. Elle sait très peu de choses, mais c'est une brave fille qui nous aide bien et qui a très envie d'apprendre, a dit Sarah.

– Il n'y a rien de plus merveilleux au monde que la communication entre le monde des esprits et le nôtre, a déclaré Madame Bérénice avec beaucoup d'emphase, comme si elle était sur une scène. As-tu perdu un être cher, Millie Plume ?

– J'ai perdu ma chère maman, ai-je dit d'une voix rauque.

– Non, non, Millie, ta mère est toujours en vie, a rectifié Sarah. Madame Bérénice te demande si certains de tes amis ou de ta famille proche sont décédés.

– Je ne pense pas, ai-je dit, troublée.

– Pouvons-nous commencer la séance, Madame Bérénice ? a demandé M. Brown.

– Calmez-vous, monsieur. Il ne doit y avoir ni impatience ni agitation, ou les esprits ne viendront pas, l'a réprimandé Madame Bérénice. Assieds-toi dans le cercle, Millie Plume.

J'ai essayé de trouver une chaise vide dans la pénombre et j'ai trébuché sur un repose-pieds en errant à l'aveuglette.

– Millie ! Assieds-*toi* ! Tu fais attendre Madame Bérénice, a sifflé Sarah.

– Je ne fais pas exprès, je n'y vois rien, ai-je murmuré. On ne peut pas entrouvrir les rideaux ?

– Nous avons besoin d'une obscurité totale, mon enfant, a expliqué Madame Bérénice. Ceux qui vivent dans la sphère de l'esprit se méfient de notre monde, cet environnement âpre et grossier, alors nous devons être prévenants. Si nous avons la chance de réussir une autre matérialisation totale…

– Oh, s'il vous plaît, *s'il vous plaît* ! a supplié Sarah.

– … alors ce serait comme exposer un bébé nouveau-né à une lumière aveuglante, a poursuivi Madame Bérénice. Nous devons nous aligner sur la création de toutes les entités animales, qui sont conçues dans l'obscurité du ventre maternel. Bien. Tout le monde est prêt ?

J'ai enfin trouvé une chaise libre et je me suis assise en hâte.

– Joignons les mains et voyons si les esprits vont venir à nous aujourd'hui.

D'un côté, j'ai dû tenir la main de Sarah, ce qui m'a fait tout drôle et, de l'autre côté, celle de M. Brown, ce qui m'a fait encore plus drôle. Ils serraient tous les deux très fort, m'écrasant presque les doigts. Mon nez s'est mis à me chatouiller, tout d'un coup, mais je n'ai pas pu libérer une de mes mains pour me gratter. J'étais coincée dans ce cercle silencieux, dans cette pièce sombre qui sentait le renfermé.

– Il y a quelqu'un ici ? a demandé Madame Bérénice en prenant une voix grave.

J'ai retenu mon souffle, mais personne n'a répondu.

– Il… y… a… quelqu'un… ici ? a-t-elle crié plusieurs fois, pendant cinq bonnes minutes.

Il ne s'est rien passé. Le silence se poursuivait, même si Madame Bérénice respirait fort, à présent, comme si elle courait pour attraper un train.

– Parlez, maintenant, chers esprits, a-t-elle haleté – et soudain, elle a poussé un petit cri.

J'ai sursauté, et j'ai dû me mordre les lèvres pour m'empêcher de glousser comme une hystérique.

– Bonjour, cher papa ! a zozoté Madame Bérénice d'une voix de bébé étrangement aiguë.

– C'est mon petit Cédric ! a hoqueté M. Brown, la gorge nouée, en m'écrasant les doigts.

– Oui, papa ! Je suis venu te dire que je suis drôlement content, a couiné la petite voix bizarre.

– Pouvez-vous demander à mon petit garçon s'il souffre, en ce moment ? a lancé M. Brown.

– Il n'y a pas de souffrance dans le monde des esprits, cher papa.

– Oh, merci, mon Dieu ! Et pouvez-vous lui demander s'il continue ses études ? Il a toujours été si brillant, ce petit gars.

– Je connais tous les secrets de la sphère des esprits, papa. Je n'ai pas besoin d'études terrestres, a dit Cédric.

– Alors que fais-tu de tes journées, Cédric ? ai-je demandé, tout excitée.

Je voulais savoir s'il volait partout dans le monde, se manifestant à sa guise dans telle ou telle maison, ou s'il flottait toujours au même endroit dans l'espace en attendant qu'on le convoque. Mais Sarah m'a saisi le bras brutalement ; elle a failli me déboîter l'épaule.

– Tu ne dois pas t'adresser aux esprits directement, Millie ! a-t-elle sifflé. En plus, ce n'est pas l'esprit d'un de tes êtres chers à toi. Tais-toi, et laisse le pauvre M. Brown dialoguer tranquillement.

– Pouvez-vous lui dire combien il nous manque, à sa mère et à moi ? a demandé M. Brown d'une voix enrouée d'émotion.

– Mais je suis toujours avec vous, papa. Embrasse maman de ma part, s'il te plaît, a piaillé Cédric d'une voix si stridente que Madame Bérénice s'est mise à haleter.

– Oh, que le Seigneur soit loué ! s'est exclamé M. Brown – et le reste du cercle a murmuré la même chose.

Il avait la main chaude et moite, et je sentais qu'il tremblait.

Je ne savais pas trop quoi penser de tout ça. Manifestement, M. Brown considérait qu'un miracle avait eu lieu et que son petit garçon mort lui avait vraiment parlé. La voix ne ressemblait pas *vraiment* à une voix de petit garçon. Elle évoquait plutôt la voix d'une dame d'un certain âge qui fait *semblant* d'être un enfant. Mais peut-être était-il inévitable que la voix de Cédric ressemble à celle de Madame Bérénice s'il se servait d'elle pour apparaître sur Terre.

Elle s'est remise à haleter, comme si elle faisait une attaque.

– Pouvez-vous demander à mon petit Cédric s'il pourrait nous rendre visite chez nous ? a gémi M. Brown, désespéré.

– Je suis… désolée… Cédric… s'éloigne, a dit Madame Bérénice, essoufflée. Les esprits se battent pour parler, ce soir. Oh, c'est merveilleux, mais terriblement fatigant. Qui est là, maintenant ? Parlez clairement, je vous prie.

– C'est maman ? Oh, s'il vous plaît, faites que ce soit ma mère ! a supplié Sarah.

Ce n'était pas la mère de Sarah, mais une amie proche d'une des vieilles dames. D'une voix chevrotante, elle nous a annoncé qu'elle avait totalement recouvré la santé, à présent, et qu'elle ne toussait même plus. Ensuite, ç'a été à l'autre vieille dame de parler à une chère amie disparue, qui a dit qu'elle était en pleine forme, elle aussi, qu'elle avait retrouvé son petit chat, désormais, et qu'elle était très heureuse.

C'était presque comme si on écoutait deux véritables vieilles dames bavarder en faisant la queue dans une boutique. Cela s'éternisait, si bien que j'ai commencé à m'impatienter. J'avais les deux mains engourdies, à présent, car Sarah et M. Brown les serraient toujours de toutes leurs forces, et la pièce baignait dans une chaleur et une obscurité oppressantes.

Madame Bérénice s'est remise à haleter.

– Est-ce que c'est maman, *cette fois* ? a demandé Sarah d'un ton suppliant.

– Je crois… oui, je crois que c'est elle, a hoqueté Madame Bérénice.

– Pouvez-vous lui demander si elle va revenir ici, auprès de moi ? Oh, s'il vous plaît. Ça a tellement compté pour moi.

– Je… viens… Sarah, a susurré une nouvelle voix étrange sortie de la bouche de Madame Bérénice.

– Oh, maman ! s'est écriée Sarah, en se levant à demi dans son excitation.

– Restez assise, mon enfant. Restez tous assis calmement, a coupé Madame Bérénice.

Puis elle a lâché un dernier hoquet et elle est tombée la figure sur la nappe.

– Oh mon Dieu ! ai-je murmuré, craignant qu'elle

soit morte aussi – qu'elle soit partie rejoindre en personne tous ses amis les esprits.

Je me suis demandé pourquoi tout le monde restait assis tranquillement, au lieu d'essayer de la ranimer. Puis j'ai aperçu un petit nuage de fumée étrange enveloppant une silhouette toute de blanc vêtue qui glissait lentement vers nous dans la pièce. Sous le choc, j'arrivais à peine à respirer. La silhouette blanche se déplaçait lentement mais sûrement dans ma direction. Je la distinguais mieux, à présent, bien que son visage soit dissimulé par un voile blanc. Sarah a frémi, laissant échapper de petits gémissements. L'apparition a continué d'avancer sans bruit. J'ai baissé la tête quand elle est arrivée tout près, terrorisée à l'idée qu'elle me parle, ou peut-être me passe à travers – mais elle ne s'intéressait qu'à Sarah.

– Ma petite fille, a-t-elle murmuré d'une voix bizarre.

– Maman ! a sangloté Sarah.

Ce n'était pas du tout une petite fille mais une femme colossale, et pourtant, curieusement, elle semblait retombée en enfance. Je l'ai imaginée en blouse, les cheveux lâchés dans le dos, pendant que des larmes roulaient sur son visage rond comme la pleine lune.

– Oh, maman !

Je me suis aperçue que j'avais la vue brouillée par des larmes, moi aussi, tandis que la silhouette blanche flottait à côté d'elle. Elle a effleuré la tête de Sarah du bout des doigts, puis s'est baissée pour l'embrasser.

– Oh, Madame Bérénice, s'il vous plaît, est-ce qu'elle peut rester un peu plus longtemps ? a supplié Sarah.

– Non, ma chère, ses visites doivent être brèves. Je crois que son essence psychique commence déjà à s'estomper… oui, elle s'estompe…

– Au revoir… à très vite, a murmuré la silhouette blanche.

– Fermons les yeux et remercions nos amis les esprits, a repris Madame Bérénice.

Nous avons tous fermé les yeux et murmuré « Merci », pendant que Sarah sanglotait convulsivement. Quand nous avons rouvert les yeux, l'esprit était parti.

– Oh, merci, merci ! a dit Sarah en pleurant et en reniflant.

De toute évidence, elle avait besoin du mouchoir qui était enfoncé dans ma manche, alors j'ai essayé de dégager ma main.

– Ne brise pas le cercle ! Il y a encore un esprit qui réclame d'être entendu, ici, a grondé Madame Bérénice.

J'ai de nouveau serré les mains de mes voisins et j'ai regardé autour de moi avec surprise. C'était difficile d'y voir clair dans le noir, mais j'avais l'impression que tout le monde avait eu sa visite. L'apparition de la mère de Sarah avait été le numéro vedette des esprits. Devait-il y avoir une sorte de bis ?

– Qui est là ? a demandé Madame Bérénice. Oh, oh, c'est un jeune garçon ! a-t-elle répondu elle-même.

Un petit inconnu qui est décidé à se faire connaître. Avec qui souhaites-tu communiquer, mon enfant ?

Il a chuchoté d'une voix aiguë quelque chose d'indistinct. Nous avons tous dû tendre l'oreille pour essayer de l'entendre.

– Essaie encore, essaie encore, a ordonné Madame Bérénice.

Le murmure est devenu un peu plus fort.

– Millie ! Millie Plume ! a sifflé la voix de spectre.

– Oh, Millie ! a fait Sarah. C'est à toi que cet esprit veut parler !

– Non ! Non, je ne veux pas qu'il me parle, ai-je réagi.

Madame Bérénice a tenté de me rassurer.

– Inutile d'avoir peur, mon enfant. Détends-toi et fais le vide dans ta tête, simplement. Tu as dit que tu n'avais personne qui vit au royaume des esprits, mais manifestement, tu te trompais. Je vais essayer d'avoir une connexion plus forte.

Elle a inspiré et expiré à fond. Pendant ce temps, je me suis mise à réfléchir à toute vitesse. Qui cela pouvait-il être ?

– Ce n'est pas… pas un frère, si ? ai-je demandé, paniquée.

Oh mon Dieu, pouvait-il s'agir de Gédéon ? y avait-il eu un horrible accident à la caserne ? Gédéon avait-il trouvé sa situation intolérable au point de se donner la mort ?

– Ça ne peut *pas* être Gédéon, ai-je chuchoté.

– M’as-tu oublié, Millie Plume ? a dit la voix sur un ton de reproche.

Puis, il y a eu un bruit soudain sous la table – un « tap-tap-tap » qui ressemblait à un coup de bâton… ou de béquille !

– Saul ! ai-je hurlé.

Je n’avais jamais aimé Saul comme une sœur se doit d’aimer son frère. Nous nous disputions tout le temps. On m’avait fait honte parce qu’il avait une jambe racornie et que c’était très mal de tourmenter un petit infirme – mais en réalité c’était Saul qui me tourmentait, moi, par tous les moyens. Aux Enfants-Trouvés, il avait habité dans l’aile des garçons avec Gédéon, avant de mourir de la grippe.

J’avais tellement redouté que Gédéon meure, tant il était malheureux, fragile et délicat, que je n’avais même pas imaginé la mort de Saul. Et maintenant, des années plus tard, je commettais de nouveau la même erreur. J’avais presque oublié Saul… mais lui, il ne m’avait pas oubliée ! Voilà qu’il était venu m’emporter !

– Non ! Non, non, non ! me suis-je égosillée.

J’ai arraché mes mains de celles de Sarah et de M. Brown et je suis sortie de la pièce en trombe. J’avais foncé dans le couloir, franchi la porte et le portail du jardin, et j’étais déjà loin dans la rue quand Sarah m’a rattrapée.

– Oh, Millie, viens ici ! s’est-elle écriée – et elle a jeté les bras autour de mon cou.

– Non ! Je n'y retournerai pas !

– Tout va bien, je ne te forcerai pas. Ne t'inquiète pas, ma chérie, je sais que ça peut paraître perturbant au début. Mais les esprits sont nos amis, Millie, ce sont nos chers disparus qui reviennent auprès de nous. Oh, tu as vu ma chère maman, parfaitement visible ?

– Oui, je suis heureuse pour toi… mais je ne veux pas voir mon frère Saul !

Je n'arrêtais pas d'imaginer que j'entendais le bruit de sa béquille, même ici, dans le crépuscule paisible. J'étais dans un tel état que c'est pour moi qu'il a fallu prendre un fiacre pour rentrer.

Mme Beedosh nous attendait dans la cuisine. Quand elle m'a vue toute tremblante, elle a secoué la tête avec colère.

– Maintenant, ça suffit, Sarah ! Si tu veux gaspiller tes économies durement gagnées et te donner en spectacle dans cet endroit sinistre, ça te regarde, mais je ne te laisserai pas mettre la petite dans cet état. Regarde-la. Le pauvre petit agneau.

Mme Beedosh m'a fait asseoir et m'a donné une tasse de thé et une tranche de pain beurrée pour calmer mes nerfs. Je tremblais encore si fort que mes dents claquaient contre la tasse, et j'ai eu du mal à avaler mon pain.

Les deux femmes m'ont mise au lit avec une couverture supplémentaire et une bouillotte. Elles se sont assises chacune d'un côté et m'ont tapoté les mains jusqu'à ce que mes tremblements s'apaisent enfin. Je me suis assoupie, mais Saul m'a poursuivie dans tous mes rêves, cette nuit-là, en faisant « tap-tap-tap » avec sa béquille pendant qu'il me cherchait.

14

– Je suis désolée si je t'ai attiré des ennuis avec madame B., Sarah, ai-je dit le lendemain pendant que nous faisions le lit de M. Buchanan ensemble.

– Bah, ce n'était pas vraiment ta faute, Millie. Tu étais bouleversée. Ça arrive souvent pendant les séances de Madame Bérénice. Tu piques des crises tout le temps, de toute façon – mais je sais que tu n'y peux rien. Tu as un tempérament de feu, comme tes cheveux.

– Je vais y travailler, Sarah. Je sais qu'il est temps que j'apprenne à garder mon calme.

– Ce serait un grand jour, Millie ! a fait Sarah. Lisse les plis de ton côté du drap, maintenant. Dépêche-toi. On devrait tout juste avoir le temps de faire le bureau du maître avant qu'il finisse son petit déjeuner.

Nous sommes allées ensemble dans le bureau de M. Buchanan. Manifestement, il avait déjà travaillé à son livre, ce matin. Des feuilles étaient éparpillées partout sur sa table, et sa corbeille contenait plusieurs boules de papier froissé.

– Oh ! là, là ! Il est toujours comme ça quand il commence un livre. Il fait des tas de débuts ratés, a déclaré Sarah en tamponnant une tache d'encre fraîche sur sa table.

Je me suis accroupie devant la corbeille et j'ai récupéré les feuilles de papier chiffonnées pour les lisser, pensant utiliser le côté vierge pour mes propres histoires. Je tenais une version rejetée de la première page. J'ai commencé à lire... et mes mains se sont mises à trembler.

Je m'appelle Émeraude Greenwich. N'est-ce pas le plus beau nom du monde ? Ma chère maman m'a appelée Émeraude parce que mes yeux sont d'un vert profond, comme des émeraudes. Oh, ce que ma mère me manque à présent ! Je sais qu'elle a commis un grave péché en me portant dans son ventre hors mariage, mais elle s'est repentie et elle a énormément souffert quand elle m'a confiée aux bons tuteurs chrétiens de l'hôpital des Enfants-Trouvés.

J'ai passé quelques années chez des gens simples de la campagne, mais ma véritable éducation a commencé lorsque je suis retournée dans cette merveilleuse institution et que j'ai appris l'obéissance et l'humilité, dures leçons nécessaires. J'ai bien peur d'avoir encore du mal à tenir ma langue et à rester à ma place, mais je m'inspire de l'exemple de mon généreux bienfaiteur et employeur...

– « Généreux » ! Il ne s'est pas gêné pour me voler mon histoire – toute mon histoire ! Comment a-t-il osé faire ça ? Comment a-t-il *osé* ? ai-je hurlé.

Sarah m'a regardée avec stupeur.

– Millie ? Pour l'amour de Dieu, mon enfant, baisse la voix ! Le maître va t'entendre !

– Je me fiche qu'il m'entende, ce sale voleur hypocrite ! Sarah, je te dis qu'il m'a volé mon histoire !

Je tremblais si fort que j'avais du mal à tenir debout. J'ai saisi la corbeille à papier et je l'ai secouée pour en déverser tout le contenu sur la table.

– Millie ! Tu es folle ? Juste Ciel, arrête ça tout de suite. Retourne à la cuisine.

Sarah a essayé de me retenir et s'est bagarrée avec moi, si bien qu'on est toutes les deux tombées à la renverse avec un bruit sourd.

– Que se passe-t-il ici ?

M. Buchanan a fait irruption dans son bureau, sa serviette coincée dans le col de sa chemise et sa fourchette à la main.

– Oh, je suis désolée, monsieur, je vous demande pardon, monsieur, la pauvre enfant pique une sorte de crise. Laissez-moi l'emmener dehors jusqu'à ce qu'elle se remette, a bafouillé Sarah en se redressant tant bien que mal sur ses genoux.

J'avais le soufflé coupé, mais je n'ai tout de même pas pu me taire.

– Espèce de cruel, d'affreux, d'ignoble voleur ! ai-je crié d'une voix rauque à M. Buchanan. Vous avez dit que mon histoire était rudimentaire et irrecevable et que personne n'accepterait jamais de la publier. Et maintenant, je sais pourquoi ! Vous vous l'êtes appropriée, vous êtes en train de la réécrire ! Vous vous contentez de changer les noms et d'ajouter des mots compliqués et des morales tarabiscotées, mais c'est toujours *mon* histoire.

– Cesse immédiatement de débiter ces âneries ridicules et irrespectueuses, ou je te chasse de ma maison sur-le-champ, a grondé M. Buchanan.

Sarah a tenté de me plaquer une main sur la bouche.

– Oh non, monsieur, ayez pitié d'elle. Elle ne sait pas ce qu'elle dit. C'est comme si le diable en personne s'était emparé de sa langue.

J'ai décollé ses doigts, refusant de me laisser bâillonner.

– Je sais très bien ce que je dis ! Vous m'avez volé mes Mémoires, ma vie ! Vous êtes un vilain voleur. Vous vous prenez pour un saint, mais vous irez droit en enfer avec tous les autres démons !

– Assez ! Va faire tes bagages. Je ne te garderai pas une minute de plus chez moi. Tu es renvoyée sur-le-champ, a explosé M. Buchanan.

– Non, non, s'il vous plaît ! l'a supplié Sarah.

– Sans certificat de moralité ! a ajouté M. Buchanan.

– Mais monsieur, comment fera-t-elle pour trouver une autre place sans certificat ? a demandé Sarah.

– Ce n'est pas mon problème.

– Non, votre problème, c'est que vous avez volé le travail d'une pauvre jeune fille ! ai-je hurlé.

– Emmène cette jeune poissarde hors de ma vue, a dit M. Buchanan à Sarah.

– Pas tant que vous ne m'aurez pas rendu mes Mémoires ! Je ne vous laisserai pas en copier davantage. Rendez-les-moi ! ai-je crié. Rendez-les-moi tout de suite, sinon je… je vais chercher un policier !

– Millie, Millie, *chut* ! a fait Sarah en se débattant avec moi.

– Seigneur, que se passe-t-il ? a demandé Mme Beedosh en accourant dans le bureau.

Elle était si massive qu'elle a renversé des colonnes de livres sur sa gauche et sur sa droite.

– Oh, Millie Plume, c'était toi qui criais sur le maître ?

– Je ne suis pas son maître. Elle n'est plus mon employée. Ayez la bonté de la chasser immédiatement de cette maison. Je ne me laisserai pas hurler dessus et insulter par une maudite enfant trouvée, surtout après avoir été si bon avec elle !

Il criait, lui aussi, et son fez a glissé sur le côté quand il a secoué la tête pour souligner ses propos.

– Je ne partirai pas ! Pas sans mes Mémoires ! Ils sont à moi. Vous ne me les volerez pas. Rendez-les-moi !

– Je ne sais pas de quoi tu parles, petite langue de vipère !

– Si, vous le savez. Vous me les avez pris. Rendez-les-moi – s'il vous plaît, *s'il vous plaît* ! Ce livre compte plus que tout au monde pour moi. C'est ma vie, ma vie et celle de maman !

Je pleurais, à présent. C'étaient des larmes de rage.

M. Buchanan avait le souffle court et de la sueur perlait sur son front ridé.

– Tu as clairement perdu la raison. Je ne sais rien de ces prétendus Mémoires. Maintenant, sors de mon bureau.

– MENTEUR ! ai-je hurlé.

Mme Beedosh s'est étranglée d'horreur et s'est signée pieusement. Elle a essayé de m'attraper, mais je m'agrippais à un coin du bureau de M. Buchanan.

– Permettez, monsieur, elle parle de ce petit carnet rouge dans lequel elle a griffonné de partout. Vous êtes sûr que vous ne l'avez plus ? est intervenue courageusement Sarah.

– J'en suis *absolument* sûr – et si tu ne tiens pas ta langue, tu seras renvoyée aussi, a grondé M. Buchanan en se gonflant comme un crapaud.

Un bouton de son gilet a sauté et sa montre a jailli de sa poche. Elle pendouillait au bout de sa chaîne, avec un sceau en onyx et une petite clé en argent. La clé *du tiroir de son bureau ?*

Inutile de la demander poliment. C'était ma seule chance. J'ai bondi sur lui et je lui ai arraché sa chaîne, en tirant si fort qu'elle a cédé. Avant qu'il puisse m'arrêter, je me suis retrouvée avec la clé à la main. Je l'ai enfoncée aussi sec dans le tiroir du bureau, et là, à l'intérieur, il y avait deux carnets. L'un contenait mes précieux Mémoires, et l'autre était un tout nouveau manuscrit. Je l'ai vite ouvert à la première page.

Émeraude Greenwich,
L'Histoire d'une enfant trouvée...
par Chas. G. Buchanan

– Là ! me suis-je écriée en serrant mes Mémoires contre ma poitrine. Je le savais ! Vous m'aviez *vraiment* volé mes Mémoires ! Vous vous en servez pour écrire votre livre !

– Oh, monsieur ! a laissé échapper Sarah, choquée.

– Allons, allons, Sarah, attention ! l'a avertie Mme Beedosh, inquiète.

– Bien sûr que non, je n'ai pas volé tes ridicules Mémoires, Millie Plume ! Je ne savais pas que tu appelais ton pitoyable petit journal par ce titre aussi grandiose. Tu parles de « Mémoires » !

– Vous en avez recopié une partie, et vous avez signé ça de votre nom !

– Oui, j'ai effectivement commencé à en rédiger une nouvelle version. J'ai pris le temps et la peine d'essayer d'améliorer ton travail, pour te montrer la bonne manière de composer ton texte. Je pensais ensuite en discuter avec toi, te donner des instructions précises. Mais voilà comment tu me remercies, en braillant des accusations absurdes et en t'attaquant physiquement à ma personne, allant jusqu'à casser ma chaîne de montre. Attends un peu que j'informe l'hôpital de ces incidents !

– Non, c'est vous qui pouvez attendre que j'informe Miss Smith, du conseil d'administration, que vous m'avez volé mes Mémoires. Regardez, vous avez écrit votre nom à côté du titre, c'est la preuve absolue !

J'ai essayé de m'emparer de l'autre manuscrit aussi, mais M. Buchanan a été trop rapide pour moi, cette fois. Il l'a pris et m'a tapée brutalement sur la tête avec. Le coup m'a fait chanceler.

– Maintenant, quitte immédiatement cette maison, Millie Plume, a-t-il crié. Emmenez-la hors de ma vue sur-le-champ, ou j'irai moi-même chercher un policier. Je vais lui signaler ton attitude et lui montrer les maillons brisés de ma chaîne de montre, et tu iras droit en prison. C'est le meilleur endroit pour toi, méchante petite ingrate.

– Vite, madame B. ! Faisons-la sortir ! s'est exclamée Sarah.

Elles m'ont empoignée, en me passant chacune une main sous l'aisselle, et m'ont portée hors de la pièce avec force. Mes pieds frôlaient à peine le sol, mais je tenais toujours mes Mémoires contre ma poitrine. Elles m'ont entraînée dans l'escalier et m'ont relâchée une fois dans la cuisine.

– Oh, Millie, qu'est-ce que tu as *fait* ? Il ne te reprendra jamais, maintenant, même si on le supplie, a gémi Sarah en se mettant à pleurer.

– Je ne resterais pas ici même si *lui* me suppliait, après ça, ai-je rétorqué farouchement, la tête haute.

– Mais qu'est-ce que tu vas faire, petite sotte ? Tu ne trouveras jamais d'autre place de servante sans certificat de moralité, a dit Mme Beedosh en se tordant les mains.

– Je vais... Je vais essayer *autre chose* que le service, ai-je annoncé avec pompe, même si mon cœur battait la chamade. Je me débrouillerai pour faire ma place dans le monde. D'une manière ou d'une autre.

– Mais où dormiras-tu cette nuit ? a demandé Sarah.

– Elle va devoir retourner à l'hôpital, a dit Mme Beedosh.

– Je ne retournerai jamais là-bas, jamais ! Je préfère encore être à la rue ! ai-je déclaré.

– Oh, Millie, si seulement tu n'étais pas si têtue ! a déploré Sarah. Tu ne sais rien de la vie des jeunes filles jetées dehors sans certificat de moralité. Il y en a tant qui finissent mal, même si ce n'est pas vraiment leur faute à elles.

– Je ne finirai pas mal, je te le promets.

– Mais que vas-tu *faire* ?

J'ai réfléchi avec l'énergie du désespoir. J'ai repensé à la fois où je m'étais échappée. J'avais vendu des fleurs dans la rue avec Sissy, et puis Miss Smith m'avait trouvée. Miss Smith nous avait parlé d'une de ses bonnes œuvres, fondée pour aider les jeunes filles indigentes. Oui, j'étais une indigente, à présent. Rien que le mot m'a fait frissonner.

– Je vais aller à Londres voir mon amie Miss Smith. Elle m'aidera, ai-je déclaré avec assurance. Ne t'inquiète pas, Sarah, je m'en sortirai très bien.

– Bien sûr que si, je vais m'inquiéter ! Tu es comme une petite sœur pour moi maintenant, s'est écriée Sarah – et elle m'a serrée dans ses bras.

– Une *très vilaine* petite sœur, a ajouté Mme Beedosh – mais elle est venue me serrer dans ses bras, elle aussi.

J'avais l'impression d'être une toute petite tranche de jambon au milieu d'un énorme sandwich, mais j'étais si touchée par leur inquiétude et leur bonté que j'ai eu du mal à retenir mes larmes.

Je suis allée dans l'arrière-cuisine pour tout ranger dans ma malle : mes Mémoires récupérés de haute lutte, mes livres, mon petit chien en porcelaine de la fête foraine, les lettres de maman et de Jem, mon papier à lettres et mes enveloppes, mes brosses, ma robe de servante de rechange, ma chemise de nuit. Tout tenait bien dedans. Mais… et ma robe du dimanche – ma belle robe verte ? J'ai essayé de la plier de plusieurs façons, mais elle était en velours épais et je n'ai pas pu la réduire suffisamment.

– Attends, Millie ! a dit Sarah.

Elle a couru jusqu'au grenier et en est revenue tout essoufflée, avec sa propre valise en cuir fermée par une lanière.

– Tu peux prendre ça. Maman me l'a donnée quand je suis partie pour devenir servante.

– Mais je ne peux pas l'accepter, Sarah… pas si c'était un cadeau de ta mère.

– Je n'en ai plus besoin maintenant. Je n'ai nulle part où aller. Maman aurait voulu que tu la prennes, j'en suis sûre, surtout maintenant que… que vous vous êtes rencontrées, toutes les deux, a dit Sarah timidement.

Je l'ai encore serrée dans mes bras, honteuse de ne jamais l'avoir tout à fait appréciée à sa juste valeur. Mme Beedosh m'a surprise aussi : lorsque je suis retournée dans la cuisine avec ma valise fin prête, j'ai découvert qu'elle m'avait préparé un véritable pique-nique dans un grand sac en papier.

– Comme c'est gentil de votre part, madame Beedosh ! Ça me permettra de tenir toute la journée.

– Tu auras aussi besoin de ça.

Elle est allée dans le cellier et a descendu son bocal d'argent pour les courses. Je pensais qu'elle allait en sortir quelques shillings pour moi, mais elle m'a donné tout le bocal.

– Je ne peux pas le prendre !

– Bien sûr que si. Tu auras besoin de tout jusqu'au dernier penny. Avec ça, tu pourras loger dans une chambre petite mais correcte pendant quelques jours en attendant que cette Miss Smith te trouve du travail.

– Oh, madame B. !

– Tu es priée de m'appeler « madame Beedosh », mistinguette ! Bien, écris-nous pour nous dire comment tu t'en sors. Nous allons être malades d'inquiétude pour toi en attendant de tes nouvelles, pas vrai, Sarah ?

– Oh oui, oui, a confirmé Sarah en me serrant de nouveau contre elle.

– Tu es sûre de connaître le chemin jusqu'à la gare ? Tu devras demander un billet pour Waterloo, la gare de Londres. En arrivant là-bas, sacrifie une partie de ton argent pour prendre un fiacre, tu m'entends, Millie ? Et si tu te perds dans la ville, cherche un policier et demande-lui ton chemin. Fais attention !

– Oh, ne dites pas ça ! Elle paraît si petite. On ne peut pas la laisser partir ! a gémi Sarah.

Elle a regardé frénétiquement autour d'elle.

– On ne pourrait pas la cacher quelque part dans la maison ? Juste un jour ou deux, pendant qu'on arrange son cas ?

Mme Beedosh a froncé les sourcils. De toute évidence, elle hésitait. Mais à cet instant, la cloche du bureau de M. Buchanan s'est mise à sonner avec insistance.

– Oh ! Oh, peut-être que le maître a changé d'avis ! Tiens-toi prête à dire que tu es absolument désolée, Millie, a dit Sarah en redressant sa coiffe et sa robe et en quittant précipitamment la cuisine pour foncer dans l'escalier.

– Je ne suis *pas* désolée. C'est le maître qui a fait quelque chose de mal, pas moi ! ai-je répliqué – mais moi aussi, j'hésitais.

Ma colère retombait et je commençais à avoir très, très peur. Peut-être allais-je présenter des excuses, en fin de compte. Je n'avais pas besoin d'être sincère. Dans ma tête, je pourrais crier que M. Buchanan était un voleur malhonnête et hypocrite, du moment que je ne le disais pas tout haut. Ainsi, je pourrais rester travailler avec Mme Beedosh et Sarah dans cette maison, où je me sentais tellement choyée et protégée.

Mais c'était inutile. Sarah est redescendue en larmes, le visage livide.

– Oh, il ne veut pas revenir sur sa décision ! a-t-elle annoncé. Il a demandé si Millie était partie, et quand j'ai répondu qu'elle était encore en train d'emballer ses affaires, il a dit qu'il la jetterait à la rue si elle n'était pas partie d'ici cinq minutes !

– Qu'il essaie ! Ce n'est qu'un petit homme-singe tout fripé ! Il ne pourrait pas me soulever, parce que je crierais et que je le bourrerais de coups de poing et de coups de pied ! ai-je déclaré.

– Chut, Millie. Arrête de dire des bêtises ! Le maître ira chercher quelqu'un pour le faire. Tu risquerais d'être blessée. Tu ferais mieux de t'en aller tout de suite, a soufflé Mme Beedosh.

– Il a dit qu'il regarderait de sa fenêtre pour être sûr que tu étais partie, a ajouté Sarah.

– Alors je vais lui montrer que je pars ! ai-je ragé.

J'ai fait un dernier câlin à Sarah et j'ai embrassé timidement Mme Beedosh.

– Merci beaucoup de vous être occupée de moi, lui ai-je glissé.

Le visage de Mme Beedosh s'est mis à trembloter. De grosses larmes ont roulé sur ses joues.

– Oh non, regarde-moi ça ! Tu me fais pleurer… et je ne supporte pas les larmes ! a-t-elle sangloté.

– Alors ne pleurez pas, madame Beedosh, s'il vous plaît. Je m'en sortirai très bien. Au revoir, mes chères amies.

J'ai pris la valise de la mère de Sarah et mon sac de provisions, et je suis sortie de la cuisine d'un pas vif. J'ai traversé l'arrière-cuisine et j'ai filé dans le couloir du fond. J'ai ouvert la porte de l'escalier de service et je suis remontée jusqu'au trottoir. M. Buchanan était là-haut, à sa fenêtre, en train de me regarder. Il avait toujours l'air scandalisé. Il a même brandi son poing de singe.

Il allait voir ce qu'il allait voir. Il a eu droit à ma grimace la plus féroce et à un geste bizarre avec les doigts que j'avais vu les garçons utiliser à l'hôpital. J'espérais que c'était grossier. En tout cas, à en juger d'après sa tête, ça a produit sur lui un effet considérable. Ensuite, je me suis éloignée d'une démarche sautillante dans la rue, la tête haute, comme si je partais simplement faire une promenade du dimanche.

Oh mon Dieu… qu'allais-je faire à propos de Bertie ? Dès que j'ai été hors de vue de la maison, j'ai ralenti et je me suis mise à frissonner. A *priori*, je ne reverrais jamais mon jeune ami. J'ai pensé à nos joyeuses virées du dimanche, et j'ai dû fermer les paupières de toutes mes forces pour m'empêcher de pleurer dans la rue.

Puis une grosse chose tiède et remuante m'a sauté dessus. Elle a fait tomber la valise et le sac en papier de mes bras, et m'a léché la figure avec une très grande langue mouillée.

– Tommy ! Couché, mon garçon. *Couché*, j'ai dit. Je sais que tu aimes bien la petite demoiselle, mais tu vas lui faire peur !

C'était Tommy, le labrador noir, avec son maître, le gentil vieux monsieur.

– Ça va, petite demoiselle ? Tommy ne vous veut pas de mal. Il est juste content de vous voir et pressé d'arriver à son parc adoré.

– Je vais très bien, ai-je dit en caressant la tête douce de Tommy.

– Oh ! là, là, il vous a fait lâcher toutes vos affaires ! Tenez, laissez-moi vous aider.

Le vieux monsieur s'est penché pour ramasser mon sac de provisions. Par chance, Mme Beedosh l'avait replié si serré que rien ne s'était renversé. Puis il m'a tendu la valise.

– Vous partez en voyage, mademoiselle ? Vous rentrez faire une petite visite à votre mère, c'est ça ?

Je l'ai regardé avec des yeux ronds. Bien sûr ! J'étais certaine d'avoir largement assez d'argent pour un billet de train jusqu'à la côte et une nuit en pension complète. J'allais passer voir maman !

– Oui, vous avez raison, ai-je dit. Vous avez tout à fait raison. Je vais rendre visite à ma mère.

– Elle va être bien contente de vous voir, a-t-il supposé gentiment.

Je n'en étais pas si sûre. Elle serait horrifiée si elle savait que j'avais cassé la chaîne de montre de M. Buchanan et que je lui avais tiré la langue. Je ne lui raconterais pas forcément toute l'histoire.

Mais avant de me mettre en route, j'avais quelqu'un d'autre à voir.

J'ai salué le vieux monsieur, donné une dernière caresse à Tommy et je suis partie vers le centre-ville. Dès que j'ai été hors de vue, je me suis soigneusement essuyé la figure avec mon mouchoir.

Je suis passée devant la boutique du marchand de tissu, où je me suis arrêtée un instant pour jeter un regard noir à Ivy et à Kitty derrière leur comptoir. Puis j'ai marché jusqu'à la boucherie. Je savais que c'était très bête de ma part, mais j'avais un peu peur d'entrer. Des volailles étaient suspendues dans l'entrée. Leurs griffes jaunes ballottaient comme si elles tenaient à égratigner la tête des clients. Les côtés de la boutique étaient tapissés de dépouilles de lièvres et de lapins qui vous regardaient d'un air morne, l'œil fixe, avec leurs petites gueules dégoulinantes de sang.

Je n'avais pas l'habitude de voir de si près autant d'animaux morts. Plus je les regardais, plus j'étais persuadée que je n'apprécierais plus jamais une tourte au lapin ou un ragoût de poulet. Je suis passée en courant devant les pauvres bêtes mortes pour entrer dans la boutique, où je me suis retrouvée devant d'autres scènes de carnage. D'immenses quartiers de bœuf et d'agneau étaient pendus à des crochets d'acier, et une énorme tête de cochon me lorgnait depuis la table, une pomme dans la bouche. Des morceaux de son corps étaient disposés autour, formant des sortes de sculptures macabres : la poitrine, les côtes et les rognons, ainsi qu'un très long chapelet de saucisses.

L'odeur de viande était désagréablement forte. Je me suis mise à respirer de façon superficielle, en pensant à Bertie avec pitié. Je ne le voyais nulle part. Pourvu qu'il ne soit pas sorti faire une livraison !

J'ai essayé de détourner les yeux et j'ai rejoint la file de gens qui attendaient de passer commande. Mes bras me faisaient mal à force de tenir mon sac de provisions et la valise, mais je ne voulais pas les poser sur le plancher. Il n'était pas question que je souille la valise de la mère de Sarah dans la sciure tachée de sang.

J'ai attendu pendant que ce qui m'a semblé être la moitié des habitants de Kingstown hésitaient devant leur hachis et leur mouton, tandis que Jarvis le boucher et ses deux apprentis les plus costauds écoutaient et distribuaient des conseils. Ils avaient à peine dix doigts à eux trois, mais ils découpaient quand même des morceaux de viande à une vitesse et avec un enthousiasme effrayants. Je me suis aperçue que j'en serrais les poings d'angoisse.

Enfin, je suis arrivée en tête de la queue, devant M. Jarvis lui-même, un homme aussi grand et gras et rouge que ses quartiers de bœuf.

– Qu'est-ce que je vous sers, petite demoiselle ? Qui est la cuisinière, chez vous ?

– Eh bien, c'est Mme Beedosh, mais je ne…

– Ah, Mme Beedosh ! Une dame adorable, mais exigeante, et ça me convient très bien, parce que moi aussi. Alors, qu'est-ce que je vous sers ? La viande que le petit a livrée hier était bonne, non ? Il y a du monde qui vient ? Elle a besoin d'un chapon ou d'un carré d'agneau ?

– Non, non, monsieur, c'est… c'est votre apprenti que je cherche. Bertie. Il est là ? Est-ce que je peux lui parler un instant ? ai-je chuchoté.

M. Jarvis s'est figé et a mis une main derrière son oreille dans un geste de comédie.

– Comment ? a-t-il fait.

Il a donné un coup de coude aux deux garçons, qui ont arrêté de découper.

– Écoutez ça !

J'ai inspiré à fond et j'ai répété :

– S'il vous plaît, est-ce que je peux parler à Bertie ?

Les garçons ont échangé des coups de coude et ricané.

– Tu te crois où, ma petite ? Dans un salon où les jeunes amoureux peuvent se faire la cour ? a tonné M. Jarvis pour en faire profiter toute la queue derrière moi.

– Je suis désolée, monsieur, bien sûr que non, monsieur, mais c'est une affaire urgente.

– Une affaire *urgente* ? a vociféré M. Jarvis.

Toute la rue devait l'entendre, à présent – même Ivy et Kitty dans leur magasin de tissu.

– Ce doit être ça, l'amour, quand on est jeune. Tu veux voir notre Bertie *d'urgence*, c'est ça ?

Les garçons ont explosé de rire. Je me suis mise à pleurer, de rage et d'humiliation.

– Je voulais seulement lui dire au revoir, ai-je sangloté. Je ne vois pas ce que ça a de si scandaleux. S'il vous plaît, dites-lui que je suis passée. Je m'appelle Millie Plume.

J'ai tourné les talons et tenté de me frayer un passage au milieu de tous les clients.

– Hé ! Attends, mistinguette. Ne pleure pas, a dit M. Jarvis, qui s'était radouci. Il est à l'arrière, il s'occupe des abats. Va lui dire au revoir, alors, mais fais vite.

Il m'a fait signe de passer sous le comptoir. Je me suis faufilée de l'autre côté et j'ai foncé vers une porte au fond de la boutique. Je me suis retrouvée au milieu d'un champ de bataille sanglant. Des animaux morts dans divers états étaient éparpillés sur un plan de travail. Certains avaient encore leur tête et leur peau. Bertie était là, en pantalon et tablier, sans chemise, occupé à étriper ces bêtes, extirpant de leurs corps toutes sortes de choses luisantes et répugnantes.

– Millie ! s'est-il exclamé, choqué.

Il est devenu cramoisi.

– Oh, Millie, ne regarde pas ! Je ne veux pas que tu me voies faire ça. Pourquoi le vieux t'a laissée entrer ?

– Je l'ai supplié. Je suis venue te dire au revoir.

– Quoi ?

Il a vu la valise et a compris que c'était sérieux.

– Pourquoi ? Qu'est-ce qui s'est passé ?

– M. Buchanan m'a renvoyée.

– Non ! Mais qu'est-ce que tu as *fait* ?

– Je lui ai hurlé dessus parce que j'ai découvert qu'il recopiait mes Mémoires. J'ai cassé sa chaîne de montre pour prendre la clé de son bureau, et je lui ai dit que c'était un voleur cruel, méchant et hypocrite qui finirait en enfer.

– Bien fait pour lui ! Il n'a pas dû te donner de certificat de moralité, alors.

– Non.

– Oh, Millie. Qu'est-ce que tu vas faire, maintenant ?

– Je vais aller voir ma mère. Elle vit au bord de la mer. Elle aura peut-être entendu parler d'une place dans le même coin. Comme ça, on pourrait se voir plus souvent. Ce serait merveilleux.

– Non ! D'accord, va voir ta mère, mais ensuite reviens ! Il faut qu'on ait nos dimanches ensemble. Tu es toujours mon amoureuse ! J'ouvrirai l'œil et l'oreille pendant mes livraisons – je vais dans toute la ville, tu vois ? Je verrai si quelqu'un cherche une fille comme toi. Je te recommanderai. Laisse-moi faire, Millie.

– Eh bien, c'est très gentil de ta part, Bertie, mais...

– Pas de « mais » ! Dis, tu n'as pas l'intention de retourner à la campagne, hein ? Tu vas aller voir ce frère adoptif à qui tu écris ?

– Je ne vois pas comment je pourrais retourner là-bas. Il n'y a pas de travail pour une jeune fille au village. Toutes mes sœurs adoptives sont parties faire la bonne.

– Tant mieux ! Tu n'es pas une fille de la campagne. Ta place est en ville, avec moi.

– Reviens, maintenant, mistinguette. Tu as eu assez de temps. Et toi, mon garçon, j'espère que tu ne te relâches pas ! a lancé M. Jarvis.

– Je ferais mieux d'y aller, ai-je dit vivement. Je ne veux pas t'attirer des ennuis.

– Fais attention, Millie. Écris-moi dès que tu pourras pour me dire où tu es. Oh mon Dieu, je voudrais te prendre dans mes bras, mais comment faire dans l'état où je suis ?

Il a agité ses mains gluantes en les regardant avec dégoût.

– Qu'est-ce que tu dois penser de moi !

– Je pense que tu es mon amoureux, ai-je dit.

Je me suis penchée au-dessus de l'ignoble carcasse sur la table et j'ai posé un rapide baiser sur sa joue cramoisie.

Puis je me suis sauvée de cette pièce. J'ai fait une révérence à M. Jarvis pour lui témoigner ma gratitude et j'ai quitté la boutique en courant, sous les regards de toute l'assistance. Quelques personnes ont applaudi et crié « Bravo ».

J'ai traversé la ville rapidement, en essayant de me dire que tout allait bien. Je partais juste passer de petites vacances et voir enfin maman. Mais ça me faisait drôle. Je ne pouvais pas m'empêcher de trembler un peu.

15

Enfermée dans les toilettes pour dames de la gare, j'ai enlevé ma robe de travail, ma coiffe et mon tablier crasseux. Je me sentais plus vaillante dans ma belle robe verte, et mes vêtements de travail légers pesaient beaucoup moins lourd dans ma valise.

Le billet de troisième classe coûtait très cher, bien plus que je ne l'avais imaginé. Le bocal d'argent était beaucoup plus léger quand je l'ai remis dans ma valise. Ç'a été la panique, une fois arrivée à Waterloo, de devoir monter et descendre sur les quais pour trouver le bon train, celui qui allait à Bignor, mais j'y suis arrivée.

Je n'avais pas imaginé que le voyage jusqu'à la côte serait si *long*. J'ai gigoté frénétiquement en regardant par la fenêtre. L'Angleterre était nettement plus grande que ce que je pensais. J'ai regardé dehors fixement jusqu'à ce que ma vue se brouille, mais je n'avais toujours pas aperçu d'immense étendue d'eau.

J'ai ouvert le paquet de Mme Beedosh pour prendre de quoi déjeuner, puis j'ai continué à grignoter de temps en temps pendant tout le voyage. Une dame au visage revêche assise à côté de moi a pris un air dégoûté et a écarté sa jupe de moi, comme si je répandais des miettes partout sur elle. L'idée était tentante, en tout cas.

Une famille beaucoup plus sympathique est montée dans le train à Arundel : un père enjoué en blazer et canotier, une mère pâle avec un bébé dans les bras, et deux filles en costume marin, l'une de mon âge, l'autre d'environ huit ou neuf ans. Ils m'ont tous souri, et les deux filles se sont mises à papoter avec moi comme si nous étions de vieilles amies. Elles m'ont dit qu'elles partaient en vacances au bord de la mer et que ça allait être drôlement chouette.

Je leur ai proposé un des sablés de Mme Beedosh et j'ai un peu bavardé avec elles. Elles étaient stupéfaites quand je leur ai dit que je n'avais jamais vu la mer.

– Nous allons à Bignor tous les ans. Pour nous, c'est l'endroit le plus splendide et le plus épatant du monde, m'a expliqué la plus âgée. Nous allons nous baigner tous les jours, nous écoutons la fanfare et nous regardons les pierrots. Oh, tu vas *adorer* ! Où vas-tu loger ? Nous, nous allons toujours dans la même pension, près de la promenade. Maisie et moi, nous voyons la mer de la fenêtre de notre chambre.

– Où sont tes parents ? m'a demandé Maisie. Tu voyages *toute seule* ? Comme c'est bizarre !

– Maisie ! l'a réprimandée gentiment sa mère.

Elle m'a souri.

– Tu vas rendre visite à quelqu'un, peut-être.

– Oui, je vais voir ma mère.

– Oh, c'est merveilleux, ma chérie.

– Pourquoi tu ne vis pas avec ta mère, alors ? m'a demandé la plus âgée des filles.

– Charlotte ! a grondé la mère en secouant la tête. Dites donc, les filles ! Arrêtez de tourmenter votre nouvelle amie avec toutes vos questions.

– Ma mère travaille à Bignor, ai-je expliqué.

– Ta mère *travaille* ! Pourquoi ?

– Ça suffit, les filles ! est intervenue leur mère, gênée.

Ce n'était pas une famille de la *très haute* société. Ils ne voyageaient qu'en troisième classe, comme moi, et leurs vêtements étaient un peu miteux. J'avais remarqué une ligne noire révélatrice, dans le bas des jupes des deux filles, indiquant l'ancien pli de l'ourlet qu'on avait défait, et leurs bottines, quoique bien cirées, étaient éculées et craquelées. Malgré tout, il y avait un *énorme* fossé entre nous. Ce petit bébé qui dormait dans les bras de la mère grandirait en sécurité au sein d'une famille. Il pourrait rester un enfant jusqu'à dix-huit ans ou presque. On ne lui dirait jamais que sa place était celle d'un domestique.

Le bébé commençait à s'agiter, et la mère le berçait tendrement pour l'apaiser, en vain.

– Chut, répétait-elle – mais le bébé ne voulait pas du tout se taire.

Le père a essayé de le chatouiller, puis de lui parler sévèrement, ce qui l'a fait pleurer encore plus fort. Les filles papotaient entre elles. De toute évidence, elles ne s'attendaient pas à devoir faire les nounous à leur tour.

– Vous permettez que je le prenne ? ai-je proposé.

– Elle est bien grincheuse, hélas. Pauvre petite puce, a dit la mère. Je ne suis pas sûre que tu arrives à la calmer. Parfois, elle crie pendant des heures. Je crois qu'elle a des coliques.

J'avais l'habitude des petits bébés. Pendant ma dernière année aux Enfants-Trouvés, j'avais passé de longues heures dans la nurserie, à aider à s'occuper des nouveau-nés avant qu'on les envoie dans des familles nourricières à la campagne.

– Viens voir Millie, mon chou, ai-je dit en prenant le bébé des bras de sa mère.

Son petit visage était rouge de colère et son front plissé comme si elle avait tous les soucis du monde. Cette petite sotte ne connaissait pas sa chance. Je l'ai tenue à la verticale et je l'ai plaquée contre moi, en lui tapotant le dos.

– Là, là. Tu as mal au ventre ? Voilà qui va te soulager.

J'ai marché de long en large dans le wagon, en la berçant contre moi. Elle a cessé de brailler, a reniflé plusieurs fois, puis s'est calmée pour de bon.

– Oh ! là, là ! Tu as fait des miracles ! a commenté le père.

– Tu es très douée avec les bébés, ma chérie, a dit la mère. Alors, Charlotte et Maisie ? Vous avez vu comme elle a gentiment apaisé votre petite sœur ?

J'ai inspiré à fond en trouvant soudain une sublime solution à ma situation.

– Je serais très heureuse d'être votre nurse.

Je l'avais dit très sérieusement, mais toute la famille s'est esclaffée avec gaieté, comme si je plaisantais.

– Je... Je ne vous coûterais pas très cher, ai-je encore hasardé – mais ils ont ri de plus belle.

J'ai senti qu'il serait mal venu d'insister. J'ai continué à promener le bébé. Il est resté profondément endormi, même quand le train est enfin entré en gare de Bignor-sur-Mer. Je l'ai porté avec mille précautions pour descendre sur le quai, ma valise pendue à un bras. Le père est vite parti superviser les opérations pendant qu'on déchargeait les bagages du fourgon. J'ai attendu avec le reste de la famille. Maisie s'est mise à sautiller, tout excitée, en déclarant :

– Je sens déjà l'odeur de la mer !

Elle était si convaincante que j'ai imaginé que l'eau venait lécher les murs de brique de la gare.

– J'espère que nous aurons le temps de nous baigner avant l'heure du thé ! a dit Charlotte. Tu vas aller te baigner, toi aussi ? Attends un peu de voir comment c'est, Millie ! Tu as ton propre costume de bain ? Sinon, tu peux en louer un sur la plage.

– Je pense que je vais faire ça, ai-je dit.

– Et il va te falloir un seau et une pelle ! Maisie

et moi, nous faisons toujours des châteaux de sable. C'est extrêmement amusant. Nous avons fait un château splendide l'année dernière, avec de vraies douves, et quand la mer a monté, elle les a remplies, et nous avons fabriqué des vitraux avec des bonbons aux fruits. Maisie a dû les lécher d'abord. C'était un peu dégoûtant, mais ça ne l'a pas gênée du tout…

– Du calme, Charlotte ! lui a dit sa mère avec un sourire.

Elle a tendu les bras vers le bébé.

– Merci beaucoup de t'être occupée de la petite Flora. Je ne l'avais jamais vue si contente.

– C'était un plaisir, ai-je répondu solennellement.

Mes bras m'ont semblé tout vides quand je l'ai rendue.

– Bon…

La mère regardait la foule autour d'elle sur le quai.

– Tu vois ta maman quelque part ? Elle va venir te chercher, non ?

– Oh, elle ne sait pas que je viens. C'est une surprise.

– Tu sais où la trouver ? Tu aimerais peut-être marcher avec nous une partie du chemin ?

– Oh oui, merci !

Nous sommes sortis de la gare comme une petite procession, le père à côté du porteur, qui poussait un énorme chariot croulant sous leurs bagages, puis la mère et le bébé, et enfin Charlotte et Maisie, qui m'encadraient. Elles parlaient sans s'arrêter pour tout me raconter sur le bord de mer.

– C'est *où* ? ai-je demandé parce que nous étions dans une rue parfaitement ordinaire, bien que la lumière soit plus vive que d'habitude et que l'air paraisse frais et pur.

– Juste là ! s'est écriée Charlotte. Oh, maman, on peut courir devant pour montrer la mer à Millie ?

– Bien sûr, a dit la mère.

Les deux filles se sont élancées. Leur jupe voletait. J'ai couru à côté d'elles, avec ma valise qui tressautait désagréablement contre mes jambes.

– Faites attention, les filles ! a lancé la mère.

J'avais vraiment l'impression de faire partie de leur famille – non pas en tant que nurse, mais plutôt en tant que sœur. J'ai commencé à me représenter la vie qu'on mènerait ensemble. Nous viendrions à Bignor pour nos vacances annuelles au bord de la mer, puis nous rentrerions chez nous, à Arundel. J'irais à l'école avec Charlotte et Maisie, et j'aiderais leur mère avec le bébé quand je serais à la maison. Nous ferions toutes la cuisine, le ménage, la poussière et le raccommodage. J'aurais mon propre petit lit confortable dans la chambre des filles. Je ne serais pas reléguée toute seule dans l'arrière-cuisine.

Charlotte et Maisie ont tourné à toute allure au coin de la rue. Je les ai entendues pousser des cris triomphaux. Je les ai suivies et je me suis arrêtée net, le cœur battant. J'avais vu des représentations de la mer dans des livres, où chaque vague avait été hachurée avec soin pour accentuer le réalisme. J'avais vu la Tamise, qui m'avait déjà paru plutôt vaste après le ruisseau de campagne de mon enfance. Mais rien ne m'avait préparée à l'immensité de cette mer qui scintillait sous le soleil devant moi.

Je l'avais imaginée d'un bleu profond, comme dans le lavis coloré de cette illustration de mon livre d'images, mais elle était d'un gris argenté et lumineux. C'était tout un monde aquatique miroitant. J'ai tourné la tête vers la gauche et vers la droite, et elle était toujours là, à perte de vue. J'ai lâché ma valise et écarté les bras pour essayer de tout englober.

– C'est sublime, hein ? a fait Charlotte.

– Oui, c'est vraiment merveilleux.

La mer s'est muée en arc-en-ciel brouillé parce que je pleurais, à présent, chamboulée par la beauté de cette immense étendue d'eau. Je me suis tamponné les yeux avec mon mouchoir.

– Ne sois pas triste, a dit Maisie en posant la main sur la mienne.

– Je ne suis pas triste, je suis heureuse, ai-je rectifié en riant, tremblante.

– Ça te plaît, ici, hein ? a-t-elle vérifié.

– Je trouve que c'est le plus bel endroit au monde, ai-je déclaré.

Mon cœur se réjouissait de ce que maman vive ici et puisse voir la mer chaque jour.

Soudain, j'ai eu un désir si pressant de la voir que je me suis mise à frissonner de partout. J'avais peur qu'elle se fâche et s'affole quand je lui dirais que j'avais perdu ma place de servante, mais ça m'était égal qu'elle me gronde, maintenant. Tout ce que je voulais, c'était être avec elle.

– Je dois partir, maintenant, ai-je annoncé.

J'ai dit au revoir à Charlotte et Maisie, et elles m'ont embrassée comme si nous étions de grandes amies. J'ai salué d'un geste les parents et le bébé, puis j'ai ramassé ma valise et je me suis mise à courir le long du front de mer. Je ne savais pas où se trouvait la rue de maman, et les deux premières personnes que j'ai interrogées ne le savaient pas non plus, mais ensuite, je suis tombée sur un panneau où on avait peint une carte bien lisible de Bignor. Il y avait même une petite flèche fort utile et la mention : VOUS ÊTES ICI. Je me suis figuré une Millie d'un centimètre dressée à l'emplacement indiqué par la flèche, et je lui ai fait suivre les rues dans un sens et dans l'autre jusqu'à ce que je tombe sur Saltdean Lane, à la lisière de la ville. J'avais écrit ça sur tant d'enveloppes, sous le nom chéri d'Ida Battersea.

J'ai scruté la carte pour mémoriser le trajet, si longtemps que j'en ai encore eu les larmes aux yeux, puis je me suis mise en route le long de la promenade. C'était une ville de conte de fées, avec une jetée qui s'avançait dans la mer, des stands où l'on vendait de curieux fruits de mer et des cabines roulantes[1] partout sur la plage. Même les lampadaires étaient peints d'un joli vert pâle, et sous mes pieds, les pavés étaient roses.

J'ai dû m'éloigner de la promenade pour suivre Victoria Avenue, et les rues sont aussitôt redevenues d'un gris ordinaire, mais ça m'était égal – je courais, à présent, tellement impatiente de voir maman que je ne me suis pas arrêtée pour reprendre mon souffle avant d'atteindre enfin Saltdean Lane. Les maisons n'étaient pas aussi grandes ni aussi luxueuses que celle de M. Buchanan dans Lady's Ride. Elles me plaisaient mieux, ces jolies villas peintes de tons crème, abricot et lilas, dont les jardins regorgeaient de fleurs aux couleurs vives.

J'ai compté chaque maison jusqu'à celle du numéro 18. Elle était propre et jolie, peinte d'une couleur crème, avec des fenêtres blanches et une porte bleue. Des hortensias en pot encadraient l'entrée.

J'ai constaté avec un immense plaisir que la maison de maman était la plus jolie de toute la rue. Je me suis avancée, tremblante d'excitation, dans l'allée carrelée et bien entretenue. À présent, je savais qu'il ne fallait pas frapper à la porte de devant. Il n'y avait pas d'escalier de service, alors je me suis glissée sur le côté de la maison et j'ai cogné doucement à la porte de derrière. J'ai attendu, le cœur battant.

Enfin, la porte s'est ouverte. C'était maman ! Je

---

1. Dans l'Angleterre victorienne, il était inconvenant d'être vu en costume de bain sur la plage. On louait donc une « machine à baignade », sorte de cabine roulante tirée jusqu'à l'eau par un cheval, pour se changer et descendre se baigner.

savais que c'était ma chère maman… bien sûr que je le savais… mais elle avait tellement changé ! Elle avait toujours été petite et frêle, comme moi, mais à présent, on aurait dit qu'elle avait rétréci. Sa robe semblait flotter sur elle. Ses poignets et ses mains grêles dépassaient des manches telles de petites griffes. Son cher visage était si émacié que ses pommettes ressortaient, tout anguleuses.

– Oh, maman ! me suis-je écriée en lâchant ma valise et en la serrant contre moi.

– Millie ! Oh, Millie, c'est vraiment toi ? Tu es superbe avec cette robe ! Chérie, qu'est-ce que tu fais ici ? a-t-elle hoqueté – puis elle s'est mise à tousser.

Elle m'a repoussée vivement, en mettant un mouchoir devant sa bouche. Elle a toussé et toussé, le visage cramoisi, des veines proéminentes sur le front, secouée des pieds à la tête.

– Oh, maman, ai-je murmuré.

Je l'ai entraînée dans la maison avec beaucoup de douceur et je l'ai fait asseoir sur une chaise de la cuisine, puis je suis allée chercher ma valise sur le seuil. J'ai tourné le robinet de l'évier pour servir un verre d'eau à maman, et je le lui ai donné. Elle a essayé de boire. Le verre se cognait contre ses dents. Petit à petit, son épouvantable toux a cessé. Elle avait les larmes aux yeux, et de petites gouttes de sueur avaient perlé sur son front. J'ai pris un torchon, je l'ai tenu sous l'eau froide et je l'ai pressé contre ses tempes brûlantes.

– Tu es malade, maman, très malade. Tu as de la

fièvre. Et cette toux ! Pourquoi n'es-tu pas au lit ? Viens, laisse-moi t'aider. Où est-ce que tu dors ?

– Non, non, je ne peux absolument pas aller me coucher, a protesté maman d'une voix faible. Ça va, maintenant. C'était juste une quinte de toux. La surprise de te voir !

– Mais tu es devenue si maigre ! Pourquoi ne m'as-tu pas dit que tu étais malade, dans tes lettres ?

– Je ne voulais pas t'inquiéter. Je ne suis *pas* malade, pas vraiment. J'ai juste cette toux enquiquinante, mais je suis au meilleur endroit possible, ici, je respire tout ce bon air de la mer. Il y a des jours où je me sens vraiment bien, franchement.

– Veux-tu cesser de jouer les courageuses ! C'est *moi*, maman ! Tu peux être honnête avec moi.

Je ne savais presque rien sur les maux et les maladies, mais tout de même, je voyais bien que maman était gravement atteinte.

– Est-ce c'est… Est-ce que c'est la grippe ? ai-je chuchoté.

J'avais eu la grippe une fois et j'avais été très malade pendant des jours, de même que bien d'autres enfants de l'hôpital. Mon frère adoptif infirme, Saul, était mort de cette maladie. Ainsi que Cédric, le petit garçon de M. Brown.

– Oh, maman, ne meurs pas ! Tu ne peux pas mourir ! ai-je éclaté en fondant en larmes.

– Arrête, Millie ! Je vais parfaitement bien, je te jure. Je n'ai pas la grippe, promis.

– Tu as vu un médecin ?

– Eh bien…

Maman a hésité.

– Les médecins ne peuvent rien pour moi, chérie. Mais je vais chez l'apothicaire et il me prépare un sirop contre la toux. Ça me soulage énormément. Mais oublions-moi. Qu'est-ce que tu fais ici ? Comment as-tu obtenu que M. Buchanan te donne la permission de me rendre visite ?

– Eh bien…

C'était mon tour d'être évasive, à présent. Je ne tenais guère à raconter toute l'histoire à maman, et surtout pas dans son état.

– M. Buchanan est… un employeur d'un genre inhabituel. Il sait combien tu comptes pour moi et combien tu m'as manqué. Il a dit que je pouvais passer de petites vacances avec toi. C'est adorable, hein ?

Mais je n'ai jamais pu tromper maman, malade ou pas.

– De petites vacances, oh, Millie, mon enfant, que s'est-il passé ? Tu n'as pas déjà perdu ta place, si ? Il t'a donné une lettre de recommandation ?

Dans son agitation, maman s'est remise à tousser.

– Laisse-moi nous préparer du thé, et ensuite je te raconterai tout, ai-je dit.

– Oh mon Dieu, le thé ! Je dois préparer le thé de Miss Roberts. Elle va se réveiller de sa sieste d'une minute à l'autre, et elle se met dans tous ses états si son thé n'est pas servi aussitôt.

– Mais elle ne se rend pas compte que tu es malade ?

– Non ! Enfin, elle doit m'entendre tousser de temps en tcmps, mais elle ne fait pas de commentaires. Je prends une cuillerée de sirop chaque fois que je dois lui parler, ça m'aide un peu.

– Mais elle ne voit pas à quel point tu es devenue pâle et maigre ?

– C'est une vieille dame, Millie. Elle souffre de cataracte, elle voit à peine sa propre main quand elle la tient devant ses yeux.

Maman aussi ressemblait à une vieille dame quand elle s'est déplacée dans la cuisine en traînant les pieds pour préparer un plateau avec un en-cas. Elle m'a laissé faire le thé, mais elle a coupé de fines tranches de pain et de beurre et les a disposées en petits triangles sur l'assiette, avec un pot de confiture de mûres.

– J'ai cueilli les mûres moi-même, et ensuite j'ai fait la confiture, m'a raconté fièrement maman. Tu auras une grosse tartine dans une minute, chérie. Bien que je ne pense pas que tu la mérites. Manifestement, tu as été très vilaine. Je pensais que tu étais contente de travailler pour ce M. Buchanan. Tu aimais bien que ce soit un écrivain.

– Je ne l'ai jamais aimé. Il se prend pour un grand écrivain, mais ses livres sont d'un barbant ! Et ensuite, il m'a pris mes Mémoires, maman – *mon* histoire, *notre* histoire – et il s'en servait pour écrire son nouveau livre. Alors je lui ai dit ses quatre vérités.

– Hum ! On ne dit pas « ses quatre vérités » à son employeur, Millie.

– *Saphir !* Ne vas-tu pas m'appeler par mon vrai nom, maman ?

– Saphir, Millie, peu importe. Tu es ma fille chérie, toujours aussi têtue et impétueuse. Qu'est-ce que je vais faire de toi ? a dit maman.

Une cloche accrochée au mur a soudain carillonné, nous faisant sursauter toutes les deux. Maman s'est remise à tousser, en tenant son mouchoir devant son visage.

– Elle est… réveillée ! Veut… son thé ! a-t-elle hoqueté.

– Oh, ma pauvre maman, n'essaie pas de parler. Écoute, assieds-toi. Je ne peux pas le lui porter, son fichu thé, à cette vieille dame ? Si elle est à moitié aveugle, peut-être qu'elle ne s'apercevra pas que c'est moi et pas toi.

– Ne dis pas… de bêtises pareilles, a dit maman.

Elle a toussé une dernière fois en serrant son mouchoir, puis l'a vite roulé en boule et l'a glissé dans son tablier.

– Maman ?

Elle m'a ignorée. Elle a pris le plateau et elle a quitté la cuisine en peinant sous son poids, avec ses pauvres bras grêles. Je n'ai pas supporté, j'ai essayé de lui prendre le plateau, mais elle m'a jeté un regard féroce et j'ai dû céder. Je l'ai regardée monter lentement l'escalier, la respiration rauque, les épaules voûtées. Oh, Seigneur, était-ce là mon adorable jeune maman, mon Ida, celle qui montait et descendait en courant les escaliers raides de l'hôpital et transportait d'un bout à l'autre de l'établissement d'énormes marmites de porridge ?

Quand elle est revenue, arrivant à peine à respirer, je l'ai fait asseoir et je lui ai servi une tasse de thé. J'ai insisté pour qu'elle mange une tartine de confiture, mais elle a dit qu'elle n'avait pas faim.

– Il *faut* que tu manges, maman. Regarde comme tu es maigre, ai-je répliqué en prenant ses pauvres petites mains entre les miennes.

Elles étaient froides, mais quand j'ai tâté son front, il était toujours brûlant.

– Maman, s'il te plaît. Je ne supporte pas de te voir si frêle et épuisée. Tu es très malade, quoi que tu en dises. Il *faut* que tu te couches… et il *faut* que j'appelle un médecin.

– Je ne peux pas me coucher, Millie chérie. Je dois préparer le souper. Et nous ne pouvons certainement pas appeler le médecin. Il fait payer une fortune ! Il ne peut rien pour moi de toute façon. Je vais prendre une autre dose de sirop. Le seul autre médicament dont j'aie besoin, c'est toi, ma fille adorée. Oh, Millie, je n'arrive toujours pas à croire que tu es vraiment là !

J'ai cessé de la tanner et je l'ai aidée à préparer le souper. J'ai fait une tarte aux pommes pour lui montrer mes talents de pâtissière, et je me suis délectée de ses compliments.

– Peut-être que nous pourrons te trouver une place de cuisinière, finalement ! a-t-elle commenté. Miss Smith devrait pouvoir t'établir ailleurs.

Je n'ai rien dit. Je ne retournerais pas voir Miss Smith. Je ne deviendrais pas cuisinière. Je n'irais plus nulle part. J'allais rester ici et m'occuper de maman.

16

Maman m'a laissée dormir dans sa chambre cette nuit-là. J'ai monté l'escalier discrètement, mes chaussures à la main, pendant que maman portait son chocolat chaud du soir à Miss Roberts et l'installait dans son lit.

La chambre de maman était en haut, dans le grenier. Ça m'a donné envie de pleurer de revoir ses modestes possessions : son petit vase violet, sa brosse et son peigne, son savon spécial, sa liasse de lettres de moi. Elle avait un lit en métal étroit, mais j'étais sûre qu'il y avait tout juste assez de place pour deux, surtout si on se blottissait dans les bras l'une de l'autre. Mais maman n'a rien voulu entendre.

Elle a pris un drap propre dans l'armoire, un coussin du divan dans le salon et un épais châle en cachemire appartenant à Miss Roberts.

– Voilà, Millie. Je vais te faire un lit séparé digne d'une reine.

– C'est adorable, maman, mais je préférerais dormir avec toi.

– Non, chérie.

– Mais pourquoi ? Je me glissais dans ton lit quelquefois, à l'hôpital.

– Je ne veux pas que tu sois près de moi, au cas où… au cas où tu attraperais la même toux, a dit maman – et elle est restée intraitable.

Je me suis donc couchée dans mon nid douillet sur le plancher, et maman s'est allongée dans son lit. Pendant la nuit, je me suis rapprochée et j'ai levé le bras pour atteindre sa main.

– Tu vas avoir d'affreuses fourmis dans le bras, a-t-elle murmuré.

– Je peux bien attraper des fourmis partout, je m'en fiche. J'ai besoin de te tenir la main. Oh, maman, tu m'as tellement manqué.

– À moi aussi, tu m'as manqué, ma Millie.

On s'est tenu la main fermement. Je crois que maman a pleuré. Moi, en tout cas, j'ai pleuré.

Je me suis réveillée très tôt. Maman toussait, les mains plaquées sur la bouche pour étouffer le bruit. Je me suis levée et je lui ai donné mon coussin en plus des siens pour qu'elle soit bien calée. Ça a légèrement soulagé sa poitrine et elle a moins toussé.

– Ça va mieux, maman ?

– Beaucoup mieux, chérie, a-t-elle murmuré. Bien, j'ai essayé de réfléchir au meilleur moyen de te trouver une nouvelle place. Je me demande si je dois écrire à Miss Smith pour lui expliquer la situation. Mais je sais que mon orthographe laisse à désirer. Je ne veux pas te nuire, Millie.

– Jamais tu ne pourrais me nuire, maman ! Mais je ne vois pas l'intérêt de le dire à Miss Smith. Je suis sûre qu'elle prendrait le parti de M. Buchanan, je le sais. Il va lui raconter des mensonges, il va lui dire qu'il gardait mes Mémoires pour m'aider à améliorer la grammaire et le style.

– Mais elle doit tenir à toi. Elle s'est tellement intéressée à toi, ces dernières années, et elle a été si gentille de faire suivre toutes nos lettres. Je suis sûre qu'elle te donnerait une lettre de recommandation pour t'aider à trouver une autre place.

– La seule place que je veux, c'est ici, maman. Je veux rester avec toi.

– Moi aussi, c'est ce que je veux, chérie, c'est ce que je veux de tout mon cœur, mais je ne suis pas sûre qu'on puisse te cacher ici très longtemps. Miss Roberts est infirme, mais elle circule quand même d'une pièce à l'autre avec sa canne. Si elle tombait sur toi par hasard, elle aurait un gros choc… et ensuite c'est moi qui perdrais ma place.

– Mais tu as dit que c'était une gentille vieille dame. Si tu lui disais que tu as retrouvé la fille dont tu as été séparée si longtemps, elle serait sûrement contente pour toi et elle tiendrait à ce qu'on soit ensemble, non ? Je pourrais travailler pour elle aussi. Je ferais la bonne et je m'occuperais de sa couture. Je pourrais même lui écrire ses lettres.

– Millie, Millie, tu ne comprends toujours pas comment marche le monde. Je suis sa *servante*. Je ne suis pas censée avoir une fille, surtout pas une fille née hors mariage. Elle trouverait ça terriblement laxiste et immoral de tolérer une situation pareille.

– C'est elle qui est terriblement laxiste et immorale de te laisser la servir comme une reine. Même si elle est aveugle, elle doit sans doute *entendre* à quel point tu es malade chaque fois que tu tousses, ai-je rétorqué avec fougue.

– Chut ! Elle va t'entendre, a dit maman.

Elle a sorti ses jambes du lit et tenté de se lever, mais le mouvement l'a refait tousser. Tandis qu'elle hoquetait et tremblait, ses mains tâtonnaient frénétiquement sur le lit à la recherche de son mouchoir. Enfin, elle l'a trouvé et l'a tenu devant sa bouche. Pendant ce temps-là, je suis restée près d'elle, impuissante, à tapoter son pauvre dos qui tressautait. Elle était si maigre que ses omoplates semblaient pointues comme des couteaux.

– S'il te plaît, maman, remets-toi au lit, l'ai-je suppliée – mais elle n'a pas voulu écouter.

Elle s'est levée, sans cesser de tousser, et s'est traînée vers sa table de toilette en titubant dans sa vieille chemise de nuit. Elle est restée debout, en se cramponnant d'une main au dessus carrelé ; les articulations de ses doigts étaient toutes blanches. Elle a hoqueté une dernière fois. J'ai vu le mouchoir qu'elle tenait devant sa bouche s'assombrir brusquement, taché de sang frais.

– Maman !

J'ai écarquillé les yeux, terrorisée. Elle a essayé de cacher le mouchoir, mais c'était trop tard.

– Tu craches du sang !

– Juste un peu, parce que c'est une toux vraiment profonde. Oh, Millie, ne me regarde pas comme ça ! Tu vois, la toux a cessé. Je vais mieux maintenant.

J'avais une douleur dans la poitrine, moi aussi, et mon cœur battait à tout rompre. Ce n'était pas juste une toux enquiquinante. C'était quelque chose de bien plus sinistre. Je savais ce que j'avais à faire. Je ne le dirais pas à maman, parce qu'elle objecterait et se mettrait dans tous ses états.

Nous nous sommes toutes les deux lavées et habillées, et puis je me suis faufilée au rez-de-chaussée avec maman et je l'ai aidée à allumer la cuisinière et à préparer le petit déjeuner.

– Tu es une fille formidable, Millie ! Tu sais faire tant de choses, maintenant. Je suis fière de toi, a dit maman.

Miss Roberts est restée au lit pour prendre son petit déjeuner, puis s'est rendormie en lisant le journal du matin. J'ai jeté un coup d'œil par la porte entrouverte de sa chambre pour l'apercevoir. C'était une petite vieille replète qui semblait avoir été rembourrée avec des oreillers. Je ne savais pas combien de mentons elle avait quand elle était réveillée, mais allongée pour somnoler, elle en arborait au moins quatre. Elle avait la bouche ouverte, révélant seulement deux dents en haut et deux en bas, comme chez un bébé. Elle portait un grand bonnet de nuit à volants, mais d'après la perruque de boucles grises qui reposait sur son présentoir, sur sa coiffeuse, j'ai deviné qu'elle était également chauve comme un bébé. En tout cas, elle était aussi impotente qu'un tout-petit. Maman devait l'aider à se laver, à s'habiller et à se rendre aux toilettes.

Ça paraissait désespérément injuste, sachant que c'était maman la malade. J'étais décidée de faire bénéficier maman du meilleur traitement médical possible, aussi coûteux soit-il. J'ai vidé mon précieux bocal de tout son contenu et j'ai enveloppé l'argent dans un mouchoir que j'ai noué et fourré dans ma poche. J'ai pris soin de ne pas faire cliqueter les pièces, car je ne voulais pas que maman m'entende.

Quand Miss Roberts s'est réveillée, en milieu de matinée, pour boire son café, je savais que maman allait être occupée à la faire lever, à l'habiller et à la préparer pour le déjeuner.

– Je peux sortir faire un petit tour, maman ? ai-je demandé.

– Bien sûr, Millie. Ça te fera du bien de prendre l'air. Fais attention, regarde bien où tu vas, cependant. Je ne veux pas que tu te perdes.

Comme si je voulais perdre ma mère, maintenant ! Je me suis lancée dans mes recherches, en marchant vers le front de mer. J'ai été distraite un instant par la plage. Des enfants jouaient sur le sable clair. J'ai été prise d'un violent désir d'arracher mes chaussures et mes bas et de me mettre à courir aussi. Des cabines roulantes étaient alignées sur le sable, et il y avait pas mal de monde à sauter dans les vagues en costume de bain marron ou bleu marine, le visage rougi par des coups de soleil. Je ne m'étais jamais baignée, mais ça avait l'air formidablement amusant.

J'ai observé ça une minute, puis j'ai regardé autour de moi. J'ai vu un vieux monsieur qui poussait avec peine une dame âgée dans une voiture d'infirme. Ils avaient sans doute un médecin attitré.

– Excusez-moi, monsieur, madame, ai-je dit en leur faisant une révérence polie. Sauriez-vous où je peux trouver un bon médecin, ici, à Bignor ?

– Tu es malade, petite fille ? Tu me sembles fraîche comme un gardon, a commenté le vieux monsieur.

– C'est ma mère. Elle a une très mauvaise toux. Elle a besoin d'un médecin de toute urgence, ai-je expliqué.

– Alors notre médecin, le docteur Jenkins, est l'homme qu'il lui faut. J'ai eu de terribles maux de gorge cet hiver et il a fait de moi un homme neuf. Il a guéri ma toux en un rien de temps, a dit le vieux monsieur. Docteur Jenkins, 22 Magnolia Square.

– Qu'est-ce que tu lui dis ? est intervenue la vieille dame en se redressant dans sa chaise roulante et en me regardant, les yeux plissés. C'est une petite servante,

Henry. Elle n'aura jamais les moyens de consulter le docteur Jenkins.

– Oh si, madamc, j'ai les moyens, ai-je assuré – et je me suis éloignée à grandes enjambées, en faisant cliqueter les pièces dans ma poche.

Je suis retournée vers le début de la promenade pour aller voir la carte peinte, puis j'ai trouvé Magnolia Square sans trop de mal. Les maisons étaient grandes et luxueuses, les jardins du côté rue laissant voir de beaux arbres couverts de fleurs roses. J'ai trouvé le numéro 22… et là, un monsieur descendait vivement les marches du perron, une mallette noire à la main.

J'avais déjà vu une mallette noire de ce genre quand le médecin était venu à l'hôpital. J'avais été très malade, mais il m'avait soignée.

– Oh, s'il vous plaît, monsieur, êtes-vous le docteur Jenkins ? ai-je demandé en me précipitant vers lui.

– En effet, ma chère. Je pars faire ma tournée, maintenant.

– Oh, s'il vous plaît, pouvez-vous passer au 18 Saltdean Lane ? C'est très urgent !

– Ta maîtresse est malade ?

– Non, c'est ma mère… mais ne vous inquiétez pas, j'ai des tonnes d'argent et je peux vous payer royalement.

Les coins de sa bouche ont tressauté.

– De quoi souffre ta mère, mon enfant ?

– Elle a une toux vraiment effrayante, elle tousse si fort qu'elle crache du sang. Elle est devenue très maigre et fatiguée, et elle est brûlante de fièvre, ai-je débité.

Le docteur Jenkins avait l'air grave, à présent.

– Je vais lui trouver un créneau à la fin de ma tournée.

– Oh, merci ! Au numéro 18… Vous n'oublierez pas ? Et vous pensez pouvoir la soulager ?

– Je ferai mon possible pour l'aider.

– Est-ce que vous voulez que je vous donne l'argent tout de suite ? ai-je demandé en cherchant mon mouchoir plein de pièces.

– Non, non, attends que j'aie vu ta maman. 18 Saltdean Lane : tu vois, je n'ai pas oublié.

Je suis retournée à la maison de maman en courant tout le long du chemin, malgré les pièces cachées qui cliquetaient dans ma poche. J'ai levé les yeux vers les fenêtres du numéro 18 et Miss Roberts était là, enfin habillée, en train de me regarder. J'ai dû détourner vivement la tête et continuer à marcher dans la rue d'un air décidé, puis revenir discrètement dix minutes plus tard. Elle n'était plus là, à présent. Je me suis faufilée vers la porte de service et j'ai frappé doucement pour que maman vienne m'ouvrir.

– Te voilà, ma chérie ! Ah, ta promenade t'a fait du bien. Tu as de belles joues roses ! Mais nous allons devoir te trouver un chapeau de paille. Les rousses prennent facilement des coups de soleil, avec leur jolie peau blanche.

– J'ai vraiment une jolie peau, maman ? Je pensais

que mes yeux bleus étaient la seule chose que j'avais de bien.

– Tu es jolie de partout, Millie, et tu es la meilleure fille du monde –, mais tu n'es pas sage, tu es très, très vilaine d'avoir été aussi affreusement insolente envers ton maître. Mais j'ai bien réfléchi à ta situation.

– Maman, je te l'ai dit, je ne contacterai pas Miss Smith. Je ne te quitterai pas.

– Écoute-moi, Millie ! J'ai beaucoup réfléchi pendant que je m'occupais de Miss Roberts. Elle a plusieurs vieilles amies avec lesquelles elle prend le thé de temps en temps. Je les entends tout le temps grommeler et se plaindre de leurs servantes. Elles en sont toutes arrivées au stade où elles ont besoin d'une infirmière en plus d'une servante, mais elles ne veulent pas payer des gages deux fois. Je les ai entendues dire que Miss Roberts a beaucoup de chance de m'avoir…

– Et c'est vrai !

– Alors je me suis demandé…

Maman s'est interrompue pour tousser, et son visage s'est empourpré sous cet effort douloureux.

– Nous pourrions peut-être te trouver une place auprès d'une de ces dames… et ensuite, nous pourrions écrire à Miss Smith et lui demander si elle accepterait de te donner une lettre de recommandation elle-même, comme elle l'a fait pour moi.

– Oh, maman ! Qu'est-ce qu'elle mettrait ? *Millie Plume a un tempérament assorti à ses cheveux de feu. Elle hurle comme une furie si on la contrarie. Elle attaque son employeur s'il lui confisque ses affaires*. Ces vieilles dames sont peut-être un peu gâteuses, mais ça ne leur plairait sans doute pas beaucoup, ça.

– Je suis d'accord avec toi ! Je sais qu'on ne peut pas demander à Miss Smith de mentir, mais elle pourrait modérer son propos. Elle pourrait écrire quelque chose comme : *Millie Plume est une jeune fille généreuse et pleine de bonne volonté qui travaille bien et qui sera très loyale si elle est traitée avec bonté*.

– C'est toi qui devrais me la faire, cette lettre, maman !

– Si seulement je le pouvais ! Il n'y a pas de meilleure fille au monde que toi, a dit maman.

Puis elle s'est remise à tousser – si fort qu'elle a dû s'asseoir à la table de la cuisine. J'ai couru chercher son sirop et je lui en ai servi deux énormes cuillerées, mais ça n'a semblé faire aucun effet. Quand la crise est passée, nous étions toutes les deux en larmes.

J'ai serré maman dans mes bras. Je sentais tous ses petits os de moineau. Elle tremblait, mais elle s'est détendue contre moi pendant un moment, puis elle a mollement essayé de me repousser.

– Ne t'approche pas trop, Millie, a-t-elle murmuré. Je ne supporterais pas de te contaminer.

– Tout va bien, maman. Ne t'en fais pas. Nous allons te soigner, ai-je déclaré avec fougue. Tu vas voir.

J'ai été sur des charbons ardents tout le reste de la matinée, en attendant la visite du docteur Jenkins.

Mais il ne venait pas, toujours pas, et toujours pas. Maman a fait cuire une côtelette d'agneau pour le déjeuner de Miss Roberts, avec un peu de purée de pommes de terre. Quant à nous, nous avons eu une grande assiette de purée parsemée de fromage râpé – mais maman n'a guère touché à la sienne.

– Il faut que tu manges, maman. Tu es devenue si maigre, ai-je dit.

J'ai essayé de porter la fourchette à ses lèvres et de l'encourager comme un bébé.

Nous avons fait la vaisselle ensemble. Ensuite, maman s'est mise à écrire à Miss Smith. J'ai vu le temps qu'elle mettait à épeler les mots les plus simples et j'ai eu mal pour elle.

– Préviens-moi quand je fais des fautes, Millie. Je sais que je suis très ignorante, a-t-elle dit en rougissant.

– Non, pas du tout ! Tu écris des lettres merveilleuses, ai-je menti avec fermeté.

Puis j'ai enfin entendu frapper à la porte principale.

– J'y vais ! ai-je dit en me levant d'un bond.

– Non ! Non, Millie, laisse-moi… a dit maman en tâchant péniblement de se lever, mais ça l'a refait tousser, et elle a dû se cramponner à la table pour rester debout.

J'ai traversé la cuisine en courant et déboulé dans le couloir pour foncer vers la porte d'entrée. Je l'ai ouverte à la volée, et le docteur Jenkins était là, avec sa mallette noire.

– Vous êtes venu, finalement ! ai-je dit.

– Je tiens toujours parole, a-t-il déclaré. Bien, où est la patiente ?

Il a regardé l'escalier, imaginant que j'allais l'emmener vers une chambre, mais je l'ai conduit au fond du couloir, jusqu'à la cuisine.

– Millie ! a hoqueté maman. Qu'est-ce qui te *prend* d'amener le gentleman dans la cuisine ! Je suis vraiment désolée, monsieur. Je vais vous conduire directement au salon. Vous êtes venu voir Miss Roberts ?

– Non, je crois plutôt que je suis là pour vous, a dit le docteur Jenkins. Vous n'avez pas l'air bien du tout, ma chère.

Il a posé une main sur le front de maman.

– Vous avez de la fièvre… et je vous ai entendue tousser depuis le couloir.

– Non, monsieur, ce n'était pas moi. Je vais parfaitement bien, a assuré maman, l'air paniqué.

– Tout va bien, maman. Dis tous tes symptômes au monsieur. C'est moi qui suis allée le chercher pour toi. Il est médecin, il va te soigner.

– Oh, Millie, qu'est-ce que tu as *fait* ? s'est écriée maman en se mettant à pleurer.

– Maman, arrête. Tu as *besoin* d'un médecin. Et ne t'inquiète pas pour l'argent, je vais payer. Regarde, j'ai plein d'argent caché dans mon mouchoir.

– Chut, mon enfant, m'a interrompue le docteur Jenkins. Tu pourrais peut-être nous préparer une tasse de thé pendant que j'examine ta mère.

J'ai fait ce qu'il me suggérait. Maman a continué à pleurer pendant qu'il l'auscultait et lui posait de nombreuses questions. Elle répondait d'une voix monocorde, à peine polie, mais le médecin l'a traitée avec douceur et respect.

– Je pense que vous connaissez mon diagnostic, n'est-ce pas ? a-t-il finalement dit en s'asseyant à côté de maman et en buvant son thé à petites gorgées.

Maman a hoché la tête.

– Vous avez un cas de phtisie avancé, a repris le docteur Jenkins d'une voix douce.

– Qu'est-ce que c'est, ça ? S'il vous plaît, docteur, c'est grave ? ai-je demandé avec angoisse.

Les sonorités sifflantes de ce sinistre petit mot ne me plaisaient pas du tout.

– J'ai bien peur que oui, Millie. Ta mère est tuberculeuse, et depuis un bon moment. C'est incroyable qu'elle ait réussi à garder sa place.

– Mais je vais la perdre, maintenant, n'est-ce pas ? a gémi maman – et elle s'est remise à tousser.

Il a attendu que la crise passe.

– Ma chère, comment pouvez-vous continuer dans cet état ? Vous savez aussi bien que moi que je dois informer votre maîtresse.

– Et vous, vous savez aussi bien que moi qu'elle va me jeter dehors, et je n'ai nulle part où aller. Je doute que même l'hospice m'accepte dans cet état, a répliqué maman.

– Je vais voir si je peux vous accueillir au dispensaire

de la ville, a dit le docteur Jenkins. Il y a un pavillon spécial pour les patients tuberculeux.

– Et ils vont soigner maman, là-bas ? ai-je demandé.

– Ils lui prodigueront tous les soins possibles, a-t-il répondu.

– Oui, mais est-ce qu'ils peuvent la *guérir* ? ai-je insisté, désespérée.

– Je crois que tu vas devoir être très courageuse, Millie, et apprendre une des leçons les plus tristes de la vie. On perd souvent les gens qu'on aime le plus.

17

Je n'ai pas voulu le croire. Et j'ai essayé d'empêcher maman de le croire.

– Tu ne vas pas mourir, maman. Pas question ! Je vais prendre soin de toi et te nourrir et te soigner, et je ferai absolument tout pour toi, afin que tu n'aies plus jamais besoin de bouger, et comme ça tu ne tousseras pas, et alors tu iras mieux, tu vas voir, ai-je déclaré.

Mais maman s'est contentée de secouer la tête tristement. Elle n'avait même pas le courage de discuter avec moi. Par malheur, Miss Roberts lui a prouvé qu'elle avait vu juste. Maman s'était occupée d'elle avec un tel dévouement… mais dès que le médecin lui a appris que maman avait la tuberculose, elle a paniqué.

– Elle doit quitter immédiatement cette maison ! a-t-elle crié, si fort que nous l'avons entendue depuis le rez-de-chaussée, maman et moi. Je ne peux pas avoir de malade ici ! Et si elle me contaminait ! Je vais devoir faire nettoyer et désinfecter à fond toute la

maison. Je vais devoir m'embêter à former une nouvelle servante à mes habitudes, et je suis moi-même une vieille dame malade. Oh, *pourquoi* me fait-elle ce coup-là ? Comment vais-je trouver une servante capable de remplacer Ida ?

– Ce qu'elle est égoïste et cruelle, cette femme ! me suis-je exclamée. Elle n'a pas eu une seule pensée pour toi, maman.

– Elle a peur, tout simplement, a répondu maman. Va la voir, Millie. Voilà ta chance. Dis-lui que tu t'occuperas d'elle, toi.

– Je ne travaillerai pas pour elle ! me suis-je écriée.

– Millie, s'il te plaît, tu veux bien essayer ? Il faut bien que l'une de nous deux travaille – et on dirait que pour moi, c'est fini.

– Ne dis pas ça ! D'accord, maman, je vais aller lui parler.

J'aurais préféré travailler pour Mme Groderrière-qui-pue, la surveillante, plutôt que pour cette maudite égocentrique qui n'avait pas eu un mot de compassion pour ma chère mère malade – mais je ne pouvais rien refuser à maman, à présent.

– Essaie d'être polie ! a dit maman.

Je suis montée à l'étage et j'ai frappé à sa porte.

– Qui est-ce ? Si c'est toi, Ida, n'entre pas ! Je n'ose pas prendre le risque d'être contaminée – et je dois éviter les émotions fortes. Je suis une femme malade, n'est-ce pas, docteur ?

J'ai dégluti à grand-peine pendant qu'il lui murmurait

quelque chose. J'aurais voulu débouler dans sa chambre et la tirer du lit à coups de pied, mais je suis entrée doucement et je lui ai fait une révérence respectueuse.

– Ah, c'est sa fille, a dit le docteur Jenkins.

– La fille de qui ? *D'Ida ?*

– Oui, madame… et je peux remplacer maman dans ses fonctions pendant qu'elle sera au dispensaire, ai-je dit d'une voix humble. J'ai été formée comme servante et je sais faire la cuisine et le ménage. S'il vous plaît, laissez-moi vous aider, madame. J'apprends vite.

– Eh bien vous voyez, Miss Roberts ! a dit le docteur Jenkins. Voilà la réponse à vos prières.

– Mais non, pas du tout ! Ne laissez pas cette fille m'approcher ! Elle a peut-être l'infection aussi. Et je ne peux pas accepter chez moi un enfant né hors mariage. Je suis désolée, mais j'ai mes principes. Je suis une bonne chrétienne.

– Moi aussi, madame, j'ai mes principes ! ai-je hurlé, désormais incapable de me retenir. Je suis *contente* que vous ne m'acceptiez pas. Vous faites semblant d'être quelqu'un de bien, mais il n'y a pas un gramme de compassion dans votre cœur flétri. Vous êtes tellement obsédée par vos petits soucis insignifiants que vous n'aviez même pas remarqué que maman toussait à en mourir. Elle s'est si bien occupée de vous, et pourtant, tout ce que vous voulez, c'est la jeter à la rue. Et vous osez dire que vous êtes une bonne chrétienne ! Je pense que vous aurez une affreuse surprise quand vous irez frapper à la porte de saint Pierre au paradis. Il va secouer la tête et vous renvoyer, vous allez voir !

Je suis sortie de la chambre à pas lourds et je suis redescendue auprès de maman, dans la cuisine.

– Je n'ai pas bien entendu… mais ça n'avait pas l'air très poli, a-t-elle observé d'une voix faible.

– Oh, maman, j'ai essayé, je t'assure, mais elle n'a pas voulu de moi.

– Alors nous sommes fichues, a conclu maman, abattue. Nous sommes toutes les deux sans abri.

– Mais non. Ce docteur Jenkins semble gentil. Je suis sûre qu'il fera son possible pour te faire entrer au dispensaire.

– *J'essaie* d'être gentil ; et je vais emmener ta mère au dispensaire directement, avec ma voiture, a lancé le docteur Jenkins en me rejoignant dans la cuisine. Et si tu emballais les affaires de ta mère, ma chère ?

Je n'ai mis que quelques minutes à ranger les effets de maman dans une malle. Elle possédait seulement deux tenues de rechange, sa chemise de nuit, ses affaires de toilette, sa brosse et son peigne, son petit vase violet et une pochette en satin sur laquelle était brodé le mot MILLIE. À l'intérieur, j'ai trouvé toutes les lettres que je lui avais jamais écrites, soigneusement rangées par paquets attachés avec des rubans, ainsi que tous les petits cadeaux enfantins que je lui avais fabriqués, jusqu'à ce fameux cœur mal cousu. J'ai pleuré en voyant qu'elle les avait conservés si précieusement, comme des trésors.

J'ai pris la malle de maman et ma propre valise, et nous avons quitté la maison de Miss Roberts avec le médecin. Maman a essayé d'aller dire au revoir à son ancienne maîtresse, mais la vieille n'a pas voulu la laisser franchir le seuil de sa chambre et lui a crié de s'en aller. Malgré tout, maman a tenu à aller dans la maison voisine pour faire appeler la maîtresse des lieux et la supplier d'envoyer sa servante aider Miss Roberts.

Le médecin nous a emmenées au dispensaire dans sa voiture à cheval.

– Je ne peux pas aller dans ce dispensaire, a faiblement protesté maman. Je dois essayer de trouver un abri quelconque pour Millie et moi. Je peux encore travailler, si j'y mets un peu de volonté.

Mais elle s'est remise à tousser, secouée de cette toux sèche et violente qu'elle ne pouvait pas contrôler. Ensuite, elle a suffoqué, et de nouvelles taches de sang frais terrifiantes ont rougi son mouchoir.

– Vous ne pouvez pas décemment travailler, ma chère, a répliqué le docteur Jenkins. Tout ce que vous pouvez faire, maintenant, c'est vous reposer.

La voiture s'est arrêtée devant un grand bâtiment gris qui me rappelait désagréablement mon hôpital à moi.

– Attendez ici, toutes les deux, a dit le médecin – et il est vite entré.

– Je suis vraiment désolée, maman ! ai-je sangloté. Je pensais que le médecin pourrait te soigner. Je n'ai pas imaginé que cette odieuse bonne femme te jetterait dehors. Je ne me rendais pas compte.

– Je sais, Millie, je sais, a dit maman en posant sa pauvre tête brûlante sur mon épaule. Oh, ma chérie, je ne suis vraiment bonne à rien, comme mère ! Peut-être que j'aurais dû renoncer à toi pour de bon quand tu étais bébé et ne plus jamais essayer de t'approcher. Je ne t'ai apporté que du chagrin et de la peine.

– Tu m'as donné un amour immense. Tu es la meilleure maman du monde. Il ne faut plus t'inquiéter de rien, maintenant. Tu vas guérir, je te le promets. Je viendrai te rendre visite tous les jours, je t'achèterai de petites friandises et je prendrai soin de toi – tout comme tu l'as fait pour moi quand j'étais petite. Mais je suis grande, maintenant, maman, et je peux me débrouiller toute seule, alors il ne faut pas te faire de souci.

– Toi, *grande* ? Tu seras toujours ma petite Millie légère comme une plume, a dit maman.

– Saphir, ai-je rectifié.

– Saphir, a dit maman en touchant très doucement mes paupières du bout des doigts. Quand tu es née, je t'ai enveloppée dans un châle et je t'ai tenue dans mes bras. Tu n'as pas pleuré ou dormi comme la plupart des bébés. Tu es juste restée allongée comme ça, petite chose minuscule, et tu m'as regardée solennellement avec tes grands yeux bleus. Tu ne me paraissais pas étrangère du tout – c'était comme si je te connaissais depuis toujours.

On s'est blotties l'une contre l'autre. Puis le docteur Jenkins est revenu, accompagné d'une infirmière en coiffe blanche et tablier amidonné. Son uniforme m'a fait penser aux surveillantes de l'hôpital et j'ai eu peur, mais elle a aidé maman à sortir de la voiture avec douceur en disant :

– Venez, ma pauvre amie. Allons vous installer confortablement dans un lit.

Le docteur Jenkins s'est tourné vers moi.

– Bien, jeune fille. Ils vont prendre soin de ta mère. Ils lui ont réservé un lit, elle va pouvoir rester là jusqu'à… jusqu'à ce qu'elle n'en ait plus besoin.

– Merci, monsieur.

J'ai cherché maladroitement mon mouchoir.

– Combien je vous dois exactement, docteur Jenkins ?

Il m'a regardée d'un air hésitant.

– C'est bon, j'ai plein d'argent sur moi. Je peux vous payer la somme totale, je suis sûre, ai-je repris.

– Garde ton argent, ma grande, a répondu le docteur Jenkins. Je pense que tu vas avoir besoin de chaque penny.

– C'est… C'est exceptionnellement gentil de votre part, monsieur. Vous avez ma profonde gratitude.

J'essayais de paraître adulte et professionnelle, mais il a secoué tristement la tête et m'a tapoté la tête comme si j'étais une petite fille.

J'ai filé rejoindre maman et l'infirmière. Quand je les ai rattrapées à l'entrée du dispensaire, l'infirmière a paru choquée de me voir.

– Non, non, jeune fille. Tu n'as pas le droit d'entrer ici.

– Mais je dois accompagner maman !

– Je l'emmène dans le pavillon de la fièvre. Nos patients doivent rester en isolation totale, a dit l'infirmière.

– Mais vous pouvez l'accompagner, vous !

– Oui, mais moi, je suis infirmière !

– Alors laissez-moi être une infirmière aussi !

– Ne sois pas ridicule, mon enfant !

– S'il vous plaît, s'il vous plaît, s'il vous plaît, est-ce que je peux juste voir où sera le lit de maman et l'aider à se mettre dedans ? ai-je insisté.

Je suis tombée à genoux.

– Écoutez, je vous en *supplie. S'il vous plaît.*

– Oh, très bien, tu peux entrer cinq minutes, mais ensuite tu devras t'en aller. Si la mère supérieure te surprend ici, j'aurai de sérieux ennuis, a grommelé l'infirmière.

Je les ai donc suivies, maman et elle, dans de longs couloirs qui sentaient fort l'iodoforme[1]. Tout au bout du bâtiment, nous avons franchi une porte qui ouvrait sur une longue salle avec des rangées de lits de chaque côté.

– C'est exactement comme le dortoir de l'hôpital, maman ! ai-je commenté.

J'ai jeté des coups d'œil craintifs aux occupants des

1. Produit à base d'iode utilisé autrefois comme antiseptique.

lits. Pour la plupart, ils étaient allongés bien droits et immobiles sous leurs couvertures grises, comme si leurs bras et leurs jambes avaient été bordés avec les draps. Les rares personnes assises, calées sur un oreiller, portaient toutes des vestes de pyjama rouge vif. Peut-être étaient-elles fournies par le dispensaire pour que les patients aient l'air pétillants et enjoués, mais cette couleur ne faisait que souligner leur teint cireux.

– Vous aurez ce lit-là. C'est la meilleure place, près de la fenêtre. Regardez, vous avez une vue sur la mer ! a dit l'infirmière comme si elle faisait visiter un bel hôtel sur la côte.

La fenêtre était entrouverte de quelques centimètres et claquait un peu dans la forte brise qui soufflait de la mer.

– Maman ne risque pas d'être dans le courant d'air ? ai-je demandé, inquiète.

– Elle pourra respirer le bon air de la mer, ce sera très bon pour ses poumons, a répondu l'infirmière. Maintenant, allez derrière ce rideau et ôtez vos vêtements. Je vais vous fournir du linge du dispensaire. Vous n'aurez pas besoin de votre propre chemise de nuit. D'ailleurs, vous n'aurez besoin d'aucune de vos affaires ici. Votre fille peut tout emporter.

– Je vais garder mes lettres, a déclaré maman d'un ton ferme.

Quand je l'ai aidée à enfiler la chemise de nuit blanche toute simple et la veste de pyjama criarde, elle a serré la pochette de satin contre sa poitrine.

Je l'ai aidée à se coucher avec délicatesse, en lui lissant les cheveux et en resserrant la veste de pyjama autour de son cou maigre. L'infirmière lui a donné un petit crachoir en porcelaine et un grand mouchoir.

Maman et moi nous sommes regardées longuement. Des larmes roulaient sur nos joues.

– Oh, Millie, a murmuré maman.

– Là, là, maintenant, il est temps de vous reposer, a dit l'infirmière en essayant de déplier les poings serrés de maman. Dites-vous au revoir, maintenant.

– Ce n'est pas pour toujours, maman, ce n'est qu'un un revoir, ai-je déclaré avec fougue. Tu vas guérir, tu m'entends ? Et je vais nous trouver un endroit où vivre et on sera enfin ensemble, toi et moi. Je te le promets.

– Mais… maintenant… je crois que tu vas devoir aller… chez Miss Smith, a hoqueté maman en recommençant à tousser.

– Non, je vais rester ici. Ne t'inquiète pas, maman, j'ai un plan. Je vais trouver du travail ici, et je viendrai au dispensaire tous les jours avant qu'il fasse nuit. Si je n'arrive pas à m'y introduire d'une façon ou d'une autre, je resterai dans la cour et je te ferai signe devant ta fenêtre pour te montrer que je vais bien. Et tu me feras signe aussi. Tu veux bien, maman ?

– Oui, chérie, a répondu maman entre deux quintes de toux.

J'ai essuyé son front en sueur, j'ai embrassé sa joue brûlante puis je suis sortie du pavillon en courant.

J'ai couru dans les couloirs sinistres, j'ai couru à travers tout le dispensaire jusque dans la rue, jusqu'à la plage. Là, j'ai posé la tête sur ma valise, serré la malle de maman contre moi et pleuré toutes les larmes de mon corps.

18

– Millie ? Millie, c'est toi ?

Je me suis redressée, hébétée, en plissant les yeux dans la lumière du soleil. Je n'avais aucune idée du temps que j'avais passé là, allongée sur le sable. J'avais pleuré très longtemps, mais ensuite, j'avais dû m'endormir. Je rêvais peut-être encore, car une enfant étrangement familière était accroupie à côté de moi, m'appelait par mon nom et me regardait d'un air soucieux – pourtant, j'étais bien certaine de ne pas avoir un seul ami au monde.

– Millie, tu ne te souviens pas de moi ? Je suis Maisie. Nous nous sommes rencontrées dans le train, a-t-elle ajouté en glissant ses cheveux derrière ses oreilles.

Je l'ai regardée avec des yeux ronds. Je ne l'avais rencontrée que la veille, et pourtant, il me semblait que cela faisait des mois. Pendant mon voyage, j'étais si gaie, si optimiste, si heureuse à l'idée de revoir maman. Et maintenant, elle était enfermée au dispensaire, et j'avais beau espérer le contraire, je n'étais pas

sûre qu'elle en sorte un jour. Je m'étais démenée pour trouver un médecin, croyant que c'était la meilleure chose à faire, mais peut-être aurait-il mieux valu ne pas intervenir du tout. Ainsi, au moins, maman aurait toujours son travail et nous serions encore ensemble. Miss Roberts n'aurait peut-être jamais remarqué ma présence.

Je me suis mise à pleurer si amèrement que Maisie a eu l'air effrayée.

– Ne pleure pas comme ça, Millie, je t'en prie ! Qu'est-ce qui ne va pas ? Tu es perdue ? Je suis perdue, moi, mais ça ne me dérange pas du tout. Je suis allée barboter dans la mer et je me suis un peu promenée dans l'eau (je trouvais cela tellement agréable !), mais quand je suis remontée sur la plage, je n'ai pas retrouvé maman et les autres. Je marche sur le sable depuis longtemps, je les cherche partout, mais je ne pleure même pas, tu vois. J'essaie d'être une grande fille courageuse.

– Tu *es* une grande fille courageuse, ai-je déclaré en m'essuyant les yeux.

J'ai inspiré à fond plusieurs fois, tâchant de me calmer.

– Voilà, je ne pleure plus non plus. Laisse-moi ramasser mes affaires et nous allons quadriller la plage ensemble. Nous aurons très vite retrouvé ta famille, tu vas voir.

Je me suis levée, j'ai récupéré ma valise et la malle de maman, et nous nous sommes mises en route.

Maisie est partie vers la droite, mais il m'a paru évident qu'elle allait du mauvais côté.

– Non, Maisie, je pense que ta famille sera plutôt *par là*, près de la jetée. Tu as dû t'éloigner d'eux pendant tout ce temps.

– Je ne sais jamais de quel côté il faut aller, a admis Maisie. Tu veux bien rester avec moi jusqu'à ce qu'on les retrouve, Millie ?

– Bien sûr.

– Tu veux que je porte cette petite malle pour toi, vu que tu as déjà ta valise ?

– Non, j'y arrive très bien toute seule.

J'avais mal aux bras, mais je ne supportais pas l'idée de lâcher la malle de maman.

Nous avons continué à marcher le long de la plage. J'avais du sable dans mes bottines, à présent, cela me râpait désagréablement les pieds. Maisie était avantagée, elle courait devant, pieds nus, avec sa robe de marin rentrée dans sa culotte pour plus de confort.

– Quelle sacrée aventure, hein, Millie ? a-t-elle dit en sautillant.

J'ai essayé de lui sourire. J'aurais souhaité de tout mon cœur avoir autant de chance que la petite Maisie, à qui la pire chose qui pouvait arriver, c'était de se perdre sur une plage. D'ailleurs, elle n'était même plus perdue, car j'ai soudain repéré une petite famille que j'ai reconnue sans mal. La mère appelait avec angoisse, en serrant le bébé contre elle, le père arpentait la plage en tournant la tête de tous les côtés et la grande sœur courait vers la mer et revenait en regardant frénétiquement autour d'elle.

– Tu vois, Maisie ? Voilà ta famille, lui ai-je annoncé.

– Oh ! Oui, en effet ! Et tu as vu, ils me cherchent ! a dit la fillette.

Elle s'est mise à courir.

– Maman ! Papa ! Charlotte ! Je suis là ! Ne vous inquiétez pas, je ne suis plus perdue du tout.

Je l'ai regardée courir vers eux et j'ai vu son père la prendre dans ses bras et la faire tourbillonner et tourbillonner, sa mère lui faire un gros baiser et sa sœur Charlotte la serrer très fort contre elle.

J'ai senti de nouvelles larmes me piquer les yeux. J'ai détourné la tête et me suis vite éloignée – mais j'ai entendu la famille m'appeler, puis des pas qui couraient sur le sable. C'était Charlotte. Elle m'a serrée contre son cœur, moi aussi, comme si je faisais partie de la famille.

– Chère Millie ! Maisie dit que c'est toi qui l'as trouvée. Nous sommes si reconnaissants. Nous étions affolés. Viens donc voir papa et maman, pour qu'ils te remercient en personne !

Elle m'a prise par la main et m'a entraînée vers le petit groupe.

– Bravo, Millie ! Nous avons cherché notre stupide petite fille partout, a lancé le père. Comment pouvons-nous te récompenser ?

– Oui, nous te devons beaucoup, a renchéri la mère.

Je devenais folle d'inquiétude. Mais qu'en est-il de ta mère à toi, Millie ? Tu ne l'as pas encore retrouvée, ma chérie ?

– Oh, si, je l'ai retrouvée, mais… mais elle est très malade, et maintenant, elle est au dispensaire et… et je ne sais pas quoi faire, ai-je débité en sanglotant.

– Ma pauvre enfant !

Elle a donné le bébé à Charlotte et m'a passé un bras sur les épaules. J'ai posé la tête sur son doux chemisier en mousseline et j'ai pleuré pendant qu'elle me tapotait doucement le dos.

– Là, là, murmurait-elle.

– Je suis désolée ! Mais vraiment… je ne sais pas quoi faire !

– J'ai une idée. Tu vas venir à la pension et souper avec nous, a proposé le père.

– Oui, oui, oui ! se sont écriées Charlotte et Maisie.

Alors je les ai suivis jusqu'à leur pension, une grande maison peinte en rose dans une rue qui donnait sur la promenade. Je pleurais toujours, et je me suis écartée en tremblant quand leur logeuse est venue ouvrir. Je ne devais pas faire bel effet dans ma robe crasseuse, avec le visage strié de larmes et le nez qui coulait.

Je pensais qu'ils allaient m'envoyer à la cuisine pour y mendier un morceau de quelque chose à manger… mais pas le moins du monde.

– Cette petite fille est notre amie, madame Brooke, a dit la mère avec fermeté. Elle va souper avec nous.

– Certainement, madame Greenwood, a répondu

la logeuse – même si elle a haussé un sourcil en remarquant ma robe de servante bon marché.

– Venez, les filles, allons faire un brin de toilette avant le souper, a dit la mère.

Elle nous a entraînées dans leurs appartements, à l'étage. Son mari et elle partageaient une grande chambre bleue. Flora, le bébé, occupait un berceau placé près de leur lit. La chambre des filles, à côté, était d'un joli rose et meublée de deux lits simples avec un édredon, d'une vraie coiffeuse et d'une table de toilette supportant une cuvette en porcelaine à motifs roses et blancs.

Mme Brooke a apporté des pichets d'eau chaude pour chaque chambre et nous nous sommes lavées chacune à notre tour. Les filles ont mis des robes de marin propres et j'ai enfilé ma robe du dimanche en velours vert. Je savais bien qu'elle était trop chaude et trop habillée pour le bord de mer, mais les filles se sont extasiées en caressant le velours et en tâtant les bordures jaunes.

– Je donnerais n'importe quoi pour porter une robe de grande comme celle-ci, a commenté Charlotte avec envie. Et tu as le droit de relever tes cheveux, en plus, Millie !

– Oui, mais ils ne restent pas attachés longtemps, ai-je répondu.

Je les ai brossés et laissés libres ; ils tombaient largement au-dessous de mes épaules.

– Tu ressembles à cette ravissante publicité pour

le baume capillaire Harlene de chez Edwards ! a fait remarquer Charlotte.

– Oh, laisse-moi les brosser à mon tour ! a supplié Maisie.

Sa chevelure à elle était terne et emmêlée, de sorte que la mienne l'émerveillait.

– Ce que j'aimerais avoir de beaux cheveux longs comme les tiens, Millie ! Ils te donnent l'air d'une sirène.

Elle a resserré le bas de ma robe verte autour de mes jambes.

– Voilà. Maintenant, tu as une queue de sirène, en plus !

J'entendais le bébé pleurer et s'agiter, alors j'ai décidé de me rendre utile et je suis allée frapper à la porte d'à côté.

– Excusez-moi, madame Greenwood… Aimeriez-vous que je m'occupe du bébé pendant que vous vous préparez tranquillement ? ai-je proposé.

– Oh, Millie, comme tu es gentille ! D'accord, chérie, vois si tu peux refaire ton tour de magie sur la petite Flora. J'ai changé ses langes, alors je ne sais pas pourquoi elle pleure comme ça. Peut-être pourrais-tu demander à Mme Brooke de lui préparer un autre biberon de lait bouilli ?

– Certainement.

J'ai saisi délicatement le petit bébé furieux, je l'ai emmené en bas et j'ai trouvé la cuisine.

Mme Brooke coupait de fines tranches de pain et de

beurre, pendant que de gros filets jaunes de haddock fumé pochaient, sur le poêle, en dégageant un parfum puissant.

– S'il vous plaît, puis-je avoir un biberon pour le bébé ? ai-je demandé.

– Certainement… mademoiselle.

Elle a prononcé ce mot à contrecœur, mais elle l'a tout de même employé.

J'ai pris le biberon de lait, je me suis installée dans le fauteuil le plus proche de la fenêtre, dans le salon, et j'ai nourri Flora. De toute évidence, elle avait soif, parce qu'elle a attaqué le biberon avec une grande vigueur, en faisant de gros bruits de succion comiques. Je la tenais tout contre moi en admirant son petit visage concentré, ses longs cils et ses minuscules oreilles délicates. J'appréciais tout particulièrement ses petits orteils parfaits qui dépassaient de son jupon froncé.

J'ai pensé à ma pauvre maman chérie, qui avait été obligée de m'abandonner alors que j'étais encore plus jeune que Flora, et qui n'avait pas eu la chance de me tenir tout contre elle comme ça.

Nous avions eu si peu de temps ensemble. Elle avait tout raté de mes cinq premières années, et elle s'était prudemment tenue à distance lorsque j'étais revenue à l'hôpital ; ensuite, elle en avait été chassée sans pitié. J'avais prévu que nous serions ensemble quand je serais grande. J'avais pensé que nous avions beaucoup, beaucoup de précieuses années devant nous, assez pour rattraper le temps perdu, mais maintenant…

Je me suis remise à pleurer. Flora a cessé de téter et m'a fixée, le front plissé. Elle a agité ses toutes petites mains en forme d'étoile de mer comme si elle essayait de me réconforter.

– Je suis désolée, petite Flora, ai-je chuchoté en reniflant. Je vais essayer de rester concentrée sur toi.

Elle a vidé le biberon, et ses yeux se sont fermés tandis qu'elle buvait les dernières gorgées. Elle a poussé plusieurs soupirs satisfaits, a blotti sa tête contre ma poitrine et s'est endormie profondément. Je l'ai gardée dans mes bras et je n'ai pas voulu la poser, même quand Mme Brooke a donné un coup de gong et que la famille s'est rassemblée dans la salle à manger pour le souper.

J'ai grignoté délicatement quelques bouts de poisson d'une main, tout en tenant le bébé. Il y avait de la tarte aux fruits en dessert. La pâte était un peu trop claire et fade, comparée à la mienne. J'étais si malheureuse que je n'ai pas pu avaler grand-chose.

– Bien, les enfants ! Assez mangé ? a demandé M. Greenwood en consultant sa montre. Juste Ciel, il est déjà si tard ? Filez au lit tout de suite !

– Oh, papa, s'il te plaît, on ne pourrait pas rester un peu plus longtemps ? Il fait encore beau dehors. Tu es *sûr* que c'est l'heure d'aller se coucher ? a gémi Maisie comme si c'était la fin du monde.

Les coins de la bouche de M. Greenwood ont tressauté sous sa moustache, et Charlotte a éclaté de rire.

– Oh, Maisie, tu ne vois pas que papa plaisante ?

– Tu ne te rappelles pas, Maisie ? a dit Mme Greenwood en pinçant tendrement la joue de sa fille. Nous sortons toujours faire une petite promenade au bord de la mer après le souper.

– Ah, c'est vrai ! Oh, youpi, youpi ! s'est exclamée Maisie.

Nous sommes donc tous sortis nous promener. J'ai insisté pour porter la petite Flora, qu'on avait enveloppée dans un châle supplémentaire pour la protéger contre la brise marine. Mon cœur battait fort contre le bébé quand je songeais que, d'un moment à l'autre, ils allaient me dire au revoir et me laisser retourner… *nulle part*, mais ils semblaient trouver ma présence normale. J'avais laissé ma valise et la malle de maman à la pension, ainsi j'avais au moins une excuse pour y retourner avec eux.

Nous avons pris la direction du front de mer.

– Bien, de quel côté allons-nous marcher, mes chéries ? a demandé M. Greenwood, planté devant la carte peinte.

– Oh, s'il vous plaît, ai-je chuchoté, la bouche si sèche que j'avais peine à me faire entendre. Pourrions-nous… oh, pourrions-nous… ?

– Allons voir les pierrots ! a braillé Charlotte.

– Non, non, écoutons la fanfare, a lancé Maisie.

– Nous pouvons faire les deux… *et* aller flâner un moment sur la jetée, a tranché M. Greenwood.

Mme Greenwood me regardait.

– Où voulais-tu aller, toi, Millie ?

– Je… Je me demandais si je pouvais courir au dispensaire. Peut-être que maman regardera par sa fenêtre. J'aimerais tant la rassurer et lui montrer que je vais bien.

– Tu es si attentionnée, Millie ! Nous allons t'accompagner. Comme ça, peut-être que ta mère verra que tu es avec des amis, a répondu Mme Greenwood.

– Avec des amis *très chers*, ai-je renchéri. Oh, on peut faire ça ? Merci, merci !

Le dispensaire se trouvait à un bon quart d'heure de marche. Je savais que chacun brûlait d'aller voir ses attractions préférées du bord de mer, mais toute la famille a marché gaiement à côté de moi. Maisie sautillait et tournait sur elle-même, tandis que Charlotte me parlait de son école, de ses meilleures amies et de la plus cruelle maîtresse du monde, qui obligeait même de grandes filles de l'âge de Charlotte à se mettre debout dans un coin avec un bonnet d'âne sur la tête. Je n'ai pas trouvé cela cruel du tout, comparé à ce que nous faisaient endurer Mme Groderrière-qui-pue et Mme Peters-Cochonne, les surveillantes de l'hôpital, mais je me suis contentée d'acquiescer, de secouer la tête ou de claquer la langue aux moments opportuns.

– Et toi, Millie, où vas-tu à l'école ? m'a demandé Charlotte.

– J'ai quitté l'école, maintenant, ai-je dit.

C'était plus ou moins la vérité.

– Oh, quelle chance tu as ! Ce que j'aimerais pouvoir

quitter l'école, moi aussi, mais papa dit que c'est important pour une fille d'avoir une bonne éducation, pas de bol !

J'ai continué à acquiescer de temps en temps, mais je ne l'écoutais plus débiter ses adorables niaiseries. Dans ma tête, je scandais : « Maman, maman, maman ! »

Nous sommes arrivés aux abords du sinistre bâtiment gris du dispensaire, et j'ai regardé les fenêtres avec espoir, mais elles semblaient toutes très sombres. Je ne voyais rien du tout à l'intérieur, et je n'avais aucun moyen de savoir si quelqu'un regardait dehors.

– Il faut que je me rapproche, ai-je dit.

J'ai couru dans le jardin et traversé le massif d'arbustes, en regardant frénétiquement autour de moi et en me demandant si je saurais encore repérer la bonne fenêtre. Enfin, je suis arrivée devant et j'ai regardé à travers la vitre. Je voyais la salle. Je voyais la rangée de lits. Oh, quel bonheur ! *Là*, maman était là, calée sur son oreiller dans sa veste de pyjama d'un rouge criard, avec son visage d'une pâleur de craie et ses yeux noircis par de gros cernes. Elle regardait par la fenêtre d'un air anxieux, et quand elle m'a vue, tout son visage s'est illuminé.

Je lui ai souri et envoyé des baisers et j'ai soulevé la petite Flora, à qui j'ai fait agiter son poing minuscule, dans l'espoir que maman pense que j'avais miraculeusement trouvé une place de bonne d'enfants. Maman a eu l'air stupéfaite de la voir et a tenté de sortir du lit pour courir à la fenêtre, mais ça l'a fait tousser. Une infirmière s'est approchée d'elle et l'a radossée contre son oreiller, mais elle l'a fait avec douceur, et elle a essuyé le front de maman quand sa quinte de toux s'est enfin calmée.

J'ai envoyé un dernier baiser à maman et elle m'en a adressé un à son tour, d'un geste faible.

– Je t'aime ! ai-je dit – et ses lèvres ont articulé ces trois mots en même temps que moi.

Ensuite, je suis retournée en courant auprès des Greenwood, en serrant contre moi la petite Flora.

– Je l'ai vue ! Elle me cherchait ! me suis-je écriée, les joues striées de larmes.

– Je suis bien contente que tu l'aies vue, Millie, a dit Mme Greenwood. Bien. Ma chérie, M. Greenwood et moi avons eu une petite discussion. Nous serions heureux de nous occuper de toi les deux semaines qui viennent, tant que nous serons à Bignor. Tu peux partager la chambre des filles. Je suis sûre que Mme Brooke a une banquette supplémentaire.

– Alors… Alors je peux être votre bonne d'enfants, finalement ? ai-je bredouillé, abasourdie.

– Non, nous ne voulons pas que tu sois notre bonne d'enfants. Tu t'occupes merveilleusement bien de Flora et ce serait formidable que tu continues, mais nous voulons que tu restes avec nous en tant qu'invitée, en tant qu'amie.

19

Les Greenwood ont été si bons avec moi ! Je n'arrivais pas à croire qu'ils existaient vraiment. C'était presque comme si je les avais inventés. J'avais l'impression de m'être également inventée moi-même. Je n'étais plus Millie Plume. Je n'étais même pas Saphir Battersea. Je n'étais pas un enfant trouvé. Je n'étais pas une servante. J'étais une petite Greenwood, maintenant.

J'aidais la maman à s'occuper de la petite Flora, ce qui ne me posait pas le moindre problème. Je m'étais prise d'affection pour ce drôle de petit bébé, et même si cela me fatiguait les bras de la balader partout, cela soulageait mon pincement au cœur, curieusement. Mais lorsque je m'occupais de Flora, ils voyaient cela comme une faveur, certainement pas comme un devoir. Je n'avais aucun devoir – c'était cela le plus bizarre.

Je ne devais pas me lever à l'aube pour me bagarrer avec la cuisinière et préparer le petit déjeuner. Nous n'avions pas à sortir de nos lits moelleux avant sept heures et demie. Mais je me réveillais vers six heures tout de même : c'était devenu une habitude.

Je restais allongée sans bouger en pensant à maman, alitée à quelques rues de là. Je lui envoyais mille tendres pensées et j'aimais imaginer qu'elle m'en envoyait aussi. J'avais l'impression que nous menions une sorte de conversation privée à travers le néant.

Ensuite, Mme Greenwood passait la tête dans notre chambre, avec ses cheveux qui lui cascadaient encore sur les épaules. Elle portait un châle écossais par-dessus sa longue chemise de nuit et semblait la grande sœur de Charlotte et de Maisie plutôt que leur mère.

– Il est temps de vous lever, les filles, disait-elle avec douceur, d'une voix endormie – et elle se penchait au-dessus de chaque tête ébouriffée pour lui poser un baiser sur la joue.

Au début, elle me donnait une petite tape sur l'épaule, mais au bout de quelques jours, j'ai eu droit à un baiser aussi. Nous nous lavions chacune à notre tour et nous faisions la queue pour le cabinet de toilette. Il n'était pas tout à fait aussi grandiose que celui de M. Buchanan, mais il remplissait tout de même son office, et je n'y ai pas aperçu la moindre araignée !

Ensuite, nous nous habillions pour descendre déjeuner. Je n'avais pas de robe appropriée pour le bord de mer. Ma robe en velours vert était trop chaude et trop sophistiquée, et je ne voulais pas l'abîmer sur le sable, mais mes robes de travail grises ordinaires montraient au monde entier qu'en vérité, j'étais une servante.

– Je pense que tu ferais mieux d'emprunter une des robes de Charlotte, a suggéré Mme Greenwood. Ça ne te gêne pas, n'est-ce pas, Charlotte ?

– Bien sûr que non ! Ce sera amusant de voir Millie dans une de mes robes. Viens voir, Millie. Regarde laquelle tu préfères.

Je n'en revenais pas qu'elle m'ait proposé gaiement de choisir ce que je voulais dans sa penderie. À l'hôpital des Enfants-Trouvés, nous n'avions jamais partagé quoi que ce soit volontairement, pas même une mandarine à Noël, un bonbon offert par un visiteur ou une paire de bas troués. Nous gardions farouchement ces trésors pour nous. De plus, Charlotte et Maisie ne possédaient pas une foule de belles robes. Les Greenwood n'étaient pas riches du tout. J'ai appris que M. Greenwood exerçait la modeste fonction de secrétaire dans une compagnie d'assurances, à Arundel. Pourtant, chez les Greenwood, les femmes paraissaient aussi fières de lui que s'il avait été le roi du château d'Arundel.

Je ne sais pas trop si cette famille croyait en Dieu. Nous n'allions pas à l'église le dimanche, mais peut-être changeaient-ils leurs habitudes au bord de la mer. En tout cas, je sais une chose : les Greenwood étaient les gens les plus profondément bons et les plus profondément chrétiens que j'aie jamais connus.

J'ai choisi une robe en mousseline jaune primevère dans la penderie de Charlotte. Elle était un peu trop longue et large pour moi, mais je la trouvais superbe. Charlotte et Maisie ont applaudi quand j'ai défilé timidement devant elles dans ma nouvelle tenue.

– Elle est superbe sur toi, Millie… bien mieux que sur moi, a généreusement affirmé Charlotte.

– Oui, je suis bien d'accord, et tant pis si elle est un peu longue, parce que tu peux coincer le haut de la jupe dans ta culotte, sur la plage, a dit Maisie.

Charlotte voulait également me prêter une paire de chaussures, mais je faisais plusieurs pointures de moins qu'elle, et celles de Maisie se sont révélées trop petites.

On vendait des chaussures en toile blanches très bon marché dans un stand de la promenade. J'aurais aimé m'en acheter une paire, mais j'ai décidé que je ne pouvais pas me permettre de gaspiller la moindre partie de mon précieux stock de pièces. Je savais que j'allais devoir me débrouiller toute seule après ces deux semaines. Je portais mes vieilles bottines hideuses de la rue de la pension jusqu'à la mer, puis je les retirais et je courais pieds nus.

Mme Greenwood a remarqué que je lorgnais le stand des chaussures tous les jours et m'a demandé à l'oreille si j'en aimerais une paire, mais j'ai secoué résolument la tête. Les Greenwood dépensaient déjà beaucoup d'argent pour moi, même s'ils m'assuraient que ce n'était rien. Je ne sais pas s'ils avaient trouvé un arrangement avec Mme Brooke pour mon lit et mes repas. J'espérais de tout mon cœur que cela ne leur coûtait pas trop cher.

M. Greenwood m'offrait une promenade à dos d'âne quotidienne avec Charlotte et Maisie. Ah, ces chers ânes, si patients et si drôles ! Ils étaient menés par un homme bizarre qui nous aboyait ses instructions d'un ton féroce, à nous, les enfants : « Ne bougez pas sur la selle ! Ne donnez pas à manger aux ânes ! Ne les talonnez jamais ! Ne leur tripotez pas les oreilles ! » Mais quand il parlait à ses cinq ânes, sa voix se faisait douce et roucoulante, et il leur tapotait doucement le bout du nez.

Ils avaient des petits noms : Rosie, Maudie, Sally, Jessie et Polly. J'ai toujours choisi de monter sur Polly, parce que j'avais eu une amie très chère qui s'appelait Polly, à l'hôpital. Polly l'ânesse, gris cendré avec une croix sombre sur le dos, était l'animal le plus petit et le plus gentil de la troupe. Et puis elle semblait bien m'aimer, elle me saluait d'un petit braiment quand je la caressais. Peut-être parce que, fidèle à mon nom, j'étais légère comme une plume ! Charlotte et Maisie étaient assez menues aussi, mais certains enfants de la plage étaient de vrais colosses et les petits ânes devaient peiner à les porter sur leur dos.

M. Greenwood a également payé pour que nous puissions utiliser une cabine roulante, et m'a loué un ridicule costume de bain avec culotte longue et bonnet à volants. Charlotte et Maisie se sont montrées un peu craintives au moment de descendre les marches de la cabine et de s'immerger dans la mer, mais moi, je mourais d'impatience. Le froid m'a fait un choc – et le goût salé aussi –, mais j'ai réussi à garder la tête au-dessus des vagues la plupart du temps. Je ne savais pas nager. J'ai remué frénétiquement les bras et les jambes, mais je n'avançais pas du tout. Néanmoins, j'ai découvert que lorsque je m'allongeais sur le dos, le ventre vers le ciel, je flottais !

– Regardez Millie ! C'est une vraie sirène, maintenant ! s'est écriée Maisie.

Mme Greenwood n'aimait pas du tout l'eau. Elle restait assise sur le sable avec la petite Flora, très convenable, mais M. Greenwood se baignait avec nous. Il me semblait très comique dans son costume rayé, mais il nageait avec beaucoup de grâce et de vigueur. Et pour nous amuser, il faisait semblant d'être une baleine et crachait un grand geyser d'eau dans les airs, sous les cris et les applaudissements de Maisie.

– Ce que c'est bête, les papas ! m'a glissé Charlotte.

J'ai souri sans rien dire, parce que je n'en avais pas. Je ne trouvais pas M. Greenwood bête du tout, je l'estimais extraordinairement gentil et généreux. Les jours où il faisait beau et chaud, il nous achetait à toutes des crèmes glacées. C'était délicieux, mais cette glace me faisait terriblement penser à Bertie. Je ne lui avais pas écrit de vraie lettre, parce que je ne supportais pas l'idée de lui dire que maman était gravement malade. Je lui avais juste envoyé une carte postale du bord de mer avec un bref message : *Cher Bertie, Je regrette que tu ne sois pas là. Tendrement, Millie*. J'ai écrit exactement le même message au dos d'une autre carte postale pour Jem. Je n'ai pas mis d'adresse d'expéditeur ni sur l'une ni sur l'autre, parce que je n'en avais pas. J'ai collé mes deux derniers timbres sur les cartes et je les ai postées.

À marée basse, Charlotte, Maisie et moi bâtissions des châteaux de sable, partageant de grandes pelles en bois. Maisie se lassait très vite de creuser, mais elle trouvait de beaux coquillages pour décorer nos châteaux. Elle adorait courir jusqu'à la mer et nous rapporter seau d'eau après seau d'eau pour remplir les douves autour de notre édifice.

En travaillant, j'ai inventé une histoire ; nous étions trois princesses possédant chacune son propre château. Tour à tour, nous avons décrit la décoration intérieure de notre château. Charlotte voulait du marbre partout et un lit à baldaquin orné de rideaux de velours. Maisie voulait des murs incrustés de perles, ainsi qu'un assortiment de matériel en nacre sur sa coiffeuse pour brosser ses longs cheveux ondulés de princesse. Moi, j'ai choisi le corail pour mon palais, étrange et scintillant, dessinant d'innombrables motifs. J'avais un divan moelleux, d'un vert d'algue, bourré de duvet de canard, sur lequel je m'installais dans une robe rose corail brodée pour écrire mes Mémoires.

– Est-ce que l'une de ces princesses va partir avec un beau prince ? a demandé M. Greenwood, qui nous écoutait papoter.

Charlotte et Maisie ont gloussé timidement.

– Je pourrais partir avec Michael Fairhill, a dit Maisie avec un sourire malicieux.

– Oh non, Maisie, c'est pas juste ! a protesté Charlotte. C'est mon amoureux à moi, Michael.

– Les filles, les filles, ne dites pas cela, est intervenue Mme Greenwood. Michael est le fils de nos voisins d'à côté, Millie. C'est un garçon adorable et il joue patiemment avec mes filles depuis qu'elles sont bébés, mais il a dix-neuf ans maintenant, alors ce n'est pas vraiment leur amoureux, bien sûr.

– Mais si, maman, a dit Maisie. D'ailleurs je suis tout à fait certaine qu'il m'épousera quand je serai un peu plus grande.

– Non, pas du tout. C'est moi qu'il va épouser, parce que je suis l'aînée, a dit Charlotte.

– Arrêtez de vous chamailler, les filles ! Vous me faites penser aux méchantes sœurs de Cendrillon, c'est ridicule ! a dit M. Greenwood.

Il s'est tourné vers moi.

– Et toi, Cendrillon ? Tu as un amoureux ?

J'ai hésité, rougissante.

– Oui, elle en a un… Regardez ses joues ! Elle est toute rouge ! Comment il s'appelle, Millie ? a demandé Maisie.

– Eh bien, j'ai *deux* amoureux, ai-je avoué.

Ça les a fait hurler de rire toutes les deux.

– Qui, qui ? Dis-nous leurs noms ! a piaillé Charlotte.

– Eh bien, il y a Bertie… et il y a Jem.

– Et lequel tu préfères ? m'a encore demandé Maisie.

– Je ne sais pas trop, ai-je admis franchement. Je les aime bien tous les deux.

– Alors avec lequel tu vas partir ? a voulu savoir Maisie.

– Je ne pense partir avec personne. Je resterai dans mon palais de corail, et maman viendra vivre avec moi, et je la soignerai jusqu'à ce qu'elle soit complètement rétablie.

Agenouillée sur le sable, j'ai baissé la tête pour cacher que j'avais les larmes aux yeux. Charlotte m'a tout de même passé un bras autour des épaules, et Maisie s'est blottie près de moi et m'a pris la main.

– Peut-être qu'elle ira un peu mieux aujourd'hui, a dit Charlotte.

Chaque soir, après le souper, toute la famille m'accompagnait au dispensaire. Je m'étais enhardie, à présent, mais je ne pouvais toujours pas accéder à sa chambre. Chaque fois que j'essayais de me faufiler dans l'entrée et de m'élancer dans le long couloir, une infirmière m'attrapait et me ramenait dehors *manu militari*. Toutefois, quand l'infirmière qui surveillait la salle prenait son souper dans une pièce voisine, je pouvais appeler doucement par la fenêtre ouverte.

Maman descendait de son lit et venait jusqu'à la fenêtre, la main plaquée sur la bouche pour s'empêcher de tousser. Elle glissait le bras dehors par en dessous et on se tenait la main bien fort. Je lui passais les longues lettres affectueuses que je lui écrivais chaque nuit. Je lui apportais aussi de petits cadeaux : un mouchoir brodé, un joli coquillage que j'avais trouvé sur la plage, une mèche de mes cheveux tressée.

Maman était si faible qu'elle fondait souvent en larmes. J'avais peur qu'elle prenne froid si elle restait trop longtemps à la fenêtre, mais ses yeux se mettaient à briller dès qu'elle me voyait. Elle me chuchotait fébrilement que mes visites comptaient plus que tout pour elle. Elle ne pouvait pas me parler normalement, de peur de se mettre à tousser et d'alerter l'infirmière, alors c'était moi qui lui parlais. Je lui répétais inlassablement que je l'aimais. Je lui jurais qu'elle allait guérir et que nous pourrions vivre ensemble. En attendant, elle ne devait surtout pas s'inquiéter pour moi. J'étais très heureuse avec cette chère famille Greenwood, lui disais-je.

Je n'ai pas dit à maman qu'ils n'étaient là que pour des vacances, parce que je savais qu'elle s'inquiéterait de la suite. J'essayais moi-même de me le sortir de la tête, mais je me réveillais souvent en sursaut au milieu de la nuit, terrifiée.

Pendant la journée, j'arrivais à mettre de côté la plupart de mes soucis. Les soirées étaient particulièrement délicieuses. Après avoir vu maman, rassurée, je me sentais d'attaque pour le reste de notre promenade. Parfois, nous marchions sur la jetée, bien que Maisie ait peur des interstices entre les planches de bois et se mette à gémir. Persuadée qu'elles allaient céder, elle craignait de tomber dans la mer démontée. M. Greenwood devait la porter sur son dos pour obtenir qu'elle s'aventure jusqu'au bout de la jetée.

Moi, j'adorais y aller. Je me cramponnais à la rambarde et je regardais la mer et j'imaginais que je partais au-delà de l'horizon à bord d'un navire. Sur un kiosque de la jetée, il y avait une affiche publicitaire pour les cigarettes Argosy, avec une aventurière en casquette blanche et robe de capitaine bleu marine qui pilotait son voilier avec un regard triomphant. Ce n'était pas une femme qui savait rester à sa place, ça. D'ailleurs, elle n'avait *pas* de place déterminée : elle était libre comme le vent qui faisait voler ses cheveux, comme les vagues qui déferlaient sous ses pieds.

Il y avait aussi une machine à lire l'avenir, sur la jetée. M. Greenwood a payé un penny pour qu'on puisse tous essayer chacun à notre tour. Charlotte et Maisie ont eu exactement la même prédiction, imprimée sur un petit carton rose :

Tu es jolie de tête
Gracieuse est ta silhouette
Les cloches sonnent tes noces
L'amour fou est véloce !

Toutes deux ont hurlé de rire et décrété que leur futur mari était Michael Fairhill.

– À ton tour, Millie !

Mon carton de prédiction était bleu vif et disait :

Il te reste un long chemin
Une vie de chagrin
Mais tes vœux se réalisent
Quelle chance exquise !

– Oh, Millie, peut-être que Bertie ou Jem va t'épouser ! a commenté Maisie. Comme ça, tout finira bien. Lequel vas-tu choisir ?

– Aucun des deux ! Je sais ce qu'est mon vœu, ai-je dit en serrant mon petit carton bleu si fort que les coins me rentraient dans la main.

Un soir, nous sommes allés voir les pierrots – une petite troupe d'acteurs en tenue de clown blanche. Le lendemain, sur la plage, Charlotte, Maisie et moi avons donné un récital de pierrots à M. et Mme Greenwood. J'ai même fabriqué un minuscule costume de pierrot pour la petite Flora. Je l'ai tenue dans mes bras et je l'ai fait sauter pour qu'elle danse et chante sa propre chanson de bébé.

Un autre soir, M. Greenwood nous a acheté des places devant le grand kiosque à musique octogonal pour écouter le concert. Je ne connaissais aucune des chansons, mais tous les Greenwood ont chanté en chœur pour accompagner les musiciens. C'était une fanfare militaire en uniforme élégant avec de rutilantes épaulettes dorées. J'ai espéré que Gédéon pourrait entrer dans une fanfare du même genre.

Nous sommes également allés voir les phénomènes marins de M. Clarendon. J'avais remarqué un chapiteau à rayures rouges et blanches typiques au bout de la promenade et j'espérais vivement qu'il s'agissait d'un cirque.

– Non, non, Millie, ce n'est pas un cirque, mais une exhibition de monstres, a dit Charlotte. Oh, papa, s'il te plaît, on peut aller voir les phénomènes ?

– Je ne suis pas sûre que ce soit convenable pour les jeunes filles, est intervenue Mme Greenwood. Et s'il te plaît, Charlotte, n'emploie pas ce mot déplaisant.

– Comment doit-on appeler les monstres, alors, maman ? a demandé Maisie.

– Tu ne dois pas leur donner de nom du tout. Ce sont de pauvres gens malchanceux. Ils n'y peuvent rien s'ils ont ce physique, a répondu Mme Greenwood.

– Allons, ne te fâche pas, chérie, a tempéré M. Greenwood. Je crois que l'équipe de M. Clarendon a recours aux trucages et au maquillage. Je suis sûr qu'il n'y a pas un seul monstre authentique parmi eux.

– S'il vous plaît, qu'est-ce que c'est, un monstre ? ai-je questionné.

– On dirait qu'il va falloir t'emmener voir, a dit M. Greenwood.

– Ce n'est vraiment pas un spectacle approprié pour des enfants. Je regrette que nous y ayons emmené

Charlotte et Maisie l'année dernière. C'est triste, sordide et vulgaire, a déclaré Mme Greenwood.

– Oui, et on a *adoré* ! s'est exclamée Charlotte. *S'il te plaît*, maman, laisse-nous y aller avec Millie !

Mme Greenwood a cédé, mais elle a refusé de venir avec nous. Elle s'est assise sur un banc voisin avec la petite Flora, pendant que les filles et moi nous approchions de la tente, tout excitées. Le fameux M. Clarendon se tenait à l'entrée, dans une tenue bizarre : il portait un costume rouge vif et un chapeau melon assorti, penché sur le côté. Un haut-parleur à la main, il disait aux passants d'approcher et d'entrer voir les stupéfiantes attractions sous son chapiteau.

– Préparez-vous à être vraiment éblouis, a-t-il dit pendant que M. Greenwood payait nos places à tous.

Il a levé son chapeau melon pour saluer M. Greenwood, et à nous, les filles, il nous a souri. À moi, il m'a fait un clin d'œil, ce qui m'a déconcertée. Je ne savais pas si j'allais aimer les monstres de M. Clarendon, mais lui, j'ai décidé qu'il ne me plaisait pas.

Le chapiteau était divisé en plusieurs petites pièces qui communiquaient entre elles. La première était un peu décevante. Elle présentait des objets du bord de mer qui n'avaient rien d'exceptionnel : un énorme poisson conservé, aux yeux tristes ; de jolis coquillages ; un crabe aux pinces gigantesques ; des mouettes empaillées suspendues de façon précaire par des fils métalliques ; et un phoque empaillé tout mité à l'expression désolée.

Charlotte et Maisie ont fait le tour de cette petite exposition en manifestant une certaine impatience.

– Attends de voir la salle suivante, Millie… et celle d'après ! ont-elles dit en me prenant les mains pour m'entraîner.

Nous sommes passées sous le rabat pour gagner la salle suivante. Un vrai monsieur y était assis sur une chaise, vêtu de son seul pantalon tenu par des bretelles noires. Il avait le corps entièrement recouvert de dessins bleus détaillés, comme une bande dessinée humaine. Il y avait même des images gravées dans sa tête chauve.

Sur un écriteau accroché au-dessus de lui, on lisait : HENRY, L'HOMME AUX CENT TATOUAGES. J'ai regardé ce personnage avec des yeux ronds, fascinée, et j'ai examiné minutieusement chaque dessin, en plissant les yeux.

J'ai essayé de les compter, mais il y en avait trop, et peut-être en cachait-il d'autres sous son pantalon. Je ne saurais jamais s'il en avait vraiment cent. Étaient-ce des *vrais* ?

– Peut-être qu'ils sont juste peints ? ai-je chuchoté à Charlotte.

– Léchez votre doigt et tentez d'en effacer un, ma petite demoiselle ! a dit Henry.

J'ai sursauté, et décliné sa proposition – mais j'ai tourné plusieurs fois autour de lui, toujours aussi éblouie. Ses bras étaient couverts de bouquets de fleurs, son torse arborait des dames étranges et des serpents sinueux, et un aigle nichait en permanence au sommet de sa tête. D'exotiques bêtes sauvages galopaient sur ses omoplates : des lions, des tigres, et même un énorme bison monté par un guerrier peau-rouge.

– Viens par ici, Millie, il y a encore beaucoup à voir ! m'a lancé Charlotte.

Nous avons rencontré Peter le Pirate, qui faisait « des ravages sur toutes les mers du globe », dans la salle d'à côté. Je l'ai examiné avec un immense intérêt. Il ressemblait trait pour trait à un pirate de livre d'images, avec ses boucles d'oreilles en or, son foulard noué sur ses longs cheveux rêches, son bandeau sur l'œil et sa jambe de bois. Il avait un vrai perroquet sur l'épaule. Maisie a essayé de caresser l'oiseau, mais il lui a donné un petit coup de bec agacé.

Dans la salle suivante, nous avons levé les yeux, ébahis, pour voir la Formidable Freda, la géante. Son écriteau à elle signalait qu'elle mesurait deux mètres dix, mais elle se tenait sur un grand seau retourné qui lui ajoutait de nombreux centimètres. Sa circonférence aussi était impressionnante.

Elle portait un gigantesque costume de bain à rayures bleues et blanches dont les coutures semblaient prêtes à craquer. Pendant qu'elle prenait des poses diverses, faisant mine de nager, un petit groupe de garçons admiratifs a applaudi. Certains ont lancé des commentaires grossiers, et la Formidable Freda a souri et fait cliqueter son gobelet à pourboires avec une mine grivoise – mais elle avait un regard triste.

– Ah, j'avais oublié la Formidable Freda, a dit M. Greenwood en clignant des yeux devant elle. Quelle femme incroyable !

Il a tiré les cheveux de Maisie.

– Tu vois ce qui se passera si tu manges trop de crèmes glacées !

Charlotte était déjà entrée à côté pour observer Harold, le Prodigieux Bicéphale. J'ai hoqueté de stupeur quand je l'ai vu. Deux têtes identiques dépassaient de l'encolure de sa grande cape. Il me dévisageait de ses quatre yeux – mais quand je me suis approchée sur la pointe des pieds, j'ai remarqué qu'une seule de ses paires d'yeux avait tourné dans ma direction. La deuxième paire brillait comme du verre et ne bougeait pas. Le deuxième nez était aussi gros et lisse que son jumeau, mais ses narines ne frémissaient pas. La deuxième bouche, entrouverte, ne souriait pas. La deuxième tête était une parfaite imitation en cire passée par le col de la cape et fixée sur les épaules. La vraie tête penchait un peu et nous lorgnait d'une façon déroutante.

Convaincue de la réalité des deux têtes, Maisie a éclaté d'un rire quasi hystérique. Elle a déclaré que le Prodigieux Bicéphale était son phénomène préféré entre tous, mais au milieu de la nuit, elle s'est réveillée en hurlant :

– L'homme à deux têtes me regarde !

Elle criait si fort qu'elle aurait réveillé les morts.

Charlotte et moi avons essayé de la rassurer, mais elle ne s'est calmée que lorsque Mme Greenwood est venue en courant de la chambre voisine. Maisie a dormi dans le lit de ses parents cette nuit-là, mais elle paraissait plutôt guillerette au réveil le lendemain matin – et ce soir-là, elle a réclamé qu'on retourne voir les phénomènes de M. Clarendon !

20

Pendant cette étrange première semaine au bord de la mer avec les Greenwood, j'avais l'impression que le temps s'était arrêté. La deuxième semaine a passé comme une flèche. Tout d'un coup, nous étions vendredi, leur dernier jour. Nous sommes allés à la plage comme d'habitude, mais nous sommes rentrés tôt l'après-midi pour qu'ils puissent commencer à faire leurs malles. J'ai aidé Charlotte et Maisie à rassembler leurs dessous et leurs bas et à plier toutes leurs robes. J'ai enlevé la robe jaune pâle et j'ai enfilé ma robe grise le cœur serré.

J'ai entendu Flora geindre dans la chambre voisine, alors je suis allée voir si je pouvais la prendre dans mes bras et la calmer pendant que M. et Mme Greenwood faisaient leurs bagages.

– Tu es tellement obligeante, Millie, a dit Mme Greenwood. Je ne sais pas comment nous allons nous en sortir sans toi.

– Après ces vacances, tu fais presque partie de la famille, a ajouté M. Greenwood.

J'ai penché la tête au-dessus de la petite Flora et je l'ai serrée fort contre moi pour m'empêcher de pleurer. Je l'ai emmenée dans la chambre des filles et j'ai fait les cent pas avec elle. Elle s'est détendue contre moi, en faisant de petits bruits de succion satisfaits. J'ai frotté ma joue contre sa tête duveteuse et je lui ai tapoté le dos.

– Chère petite Flora, ai-je murmuré.

M. et Mme Greenwood discutaient avec animation à côté, mais ils parlaient à voix basse, alors je n'entendais pas ce qu'ils disaient. Au bout de quelques minutes, ils sont entrés ensemble dans la chambre, l'air solennel.

– Millie, ma chérie, nous avons discuté, M. Greenwood et moi, a commencé par dire Mme Greenwood.

– Nous nous demandions… que penserais-tu de rentrer à la maison avec nous à Arundel ? a lancé M. Greenwood.

– Oh, papa, quelle idée formidable ! a dit Maisie.

– Oh *oui*, papa, ce serait merveilleux d'avoir Millie pour sœur, a renchéri Charlotte.

Alors j'ai fondu en larmes, tout en serrant Flora contre moi. J'étais secouée de tremblements incontrôlables.

– Allons, allons, Millie. Je vais prendre le bébé, m'a dit Mme Greenwood avec douceur.

– Ne pleure pas, Millie. Tu ne veux pas être notre sœur ? a demandé Charlotte.

– Je… C'est ce que je souhaite plus que tout, ai-je sangloté.

– Eh bien parfait ! C'est convenu, a dit M. Greenwood en frappant dans ses mains. Tu seras comme une de nos filles pour nous.

– Ça me plairait énormément, mais… mais je suis *déjà* la fille de ma chère maman. Je dois rester ici et aller la voir tous les jours au dispensaire, ai-je dit.

– Je comprends, Millie… mais je pense que cela soulagerait les souffrances de ta pauvre maman si elle savait que tu es en sécurité, dans une bonne famille qui peut s'occuper de toi, a répondu Mme Greenwood.

– Je sais que c'est précisément ce que souhaiterait maman, mais je dois quand même rester ici et aller la voir, parce que… parce qu'elle risque de ne plus être là très longtemps.

J'ai prononcé ces mots dans un murmure. Je ne supportais pas de les dire tout haut.

– Ma pauvre enfant chérie, a dit Mme Greenwood. Mais où habiteras-tu si tu ne viens pas avec nous ?

– J'ai un peu d'argent. De quoi tenir quelques jours, et ensuite, je chercherai du travail ici, ai-je déclaré résolument.

– Alors nous allons te donner un certificat de moralité. Je vais le rédiger tout de suite. Je vais dire que tu es une petite nurse absolument excellente, a annoncé M. Greenwood.

– Et nous te donnerons notre adresse, a ajouté Mme Greenwood. Si tu as besoin d'un foyer quand... quand le moment sera venu, promets-moi de venir chez nous.

J'ai promis et je les ai vivement remerciés. J'étais si bouleversée que je n'ai pratiquement rien avalé pendant le souper. Je n'arrivais pas à croire qu'ils puissent être aussi gentils, bons et généreux. Il y avait une part de moi qui voulait sauter immédiatement sur cette chance extraordinaire. Je savais bien que cette proposition m'avait été faite sur un coup de tête. S'ils réfléchissaient à la question une fois rentrés chez eux, ils pourraient très bien changer d'avis, même si ce n'était pas de gaieté de cœur.

Les Greenwood n'étaient pas riches et je savais qu'ils vivaient dans une maison modeste. Charlotte et Maisie me l'avaient décrite en détail. Il faudrait que je partage la chambre des filles et nous serions à l'étroit. Que feraient-ils de moi ? M'enverraient-ils à l'école avec Charlotte ou m'enverraient-ils travailler ? Je n'étais pas leur vraie fille, et pourtant, j'étais trop proche d'eux pour faire une servante ordinaire, à présent. On m'avait tant répété que je ne savais pas rester à ma place. Je voyais bien que je n'avais pas vraiment de place au sein de la famille Greenwood, même si nous l'aurions tous souhaité.

En tout cas, je ne pouvais pas partir avec eux maintenant et quitter maman. J'ai fait ma valise aussi, parce que je ne pouvais pas rester dans leur pension. Les Greenwood ont supplié Mme Brooke de me laisser occuper une chambre chez elle pendant quelques nuits, mais elle a dit qu'elle avait une famille avec six enfants et une nurse qui arrivait le samedi après-midi et qu'il n'y aurait pas de place pour une souris.

Le samedi, j'ai donc accompagné les Greenwood à la gare. Le porteur qu'ils avaient fait venir poussait tous leurs bagages. Je les ai tous serrés dans mes bras l'un après l'autre et nous nous sommes dit adieu. M. Greenwood a été le seul d'entre nous à ne pas pleurer – et même lui semblait avoir les yeux plus brillants que d'habitude.

Je leur ai fait des signes jusqu'à ce que le train soit sorti de la gare en sifflant. Quand la fumée blanche s'est dissipée, j'ai jeté un rapide coup d'œil autour de moi sur le quai pour repérer des vacanciers arrivant avec de jeunes enfants.

Il y avait plusieurs familles qui avaient voyagé en première classe, mais elles arrivaient toutes avec leurs nourrices et leurs bonnes d'enfants. Je me suis hâtée vers le fourgon, d'où on déchargeait les malles et les valises, et j'ai cherché des familles moins huppées voyageant sans domestiques. Il n'y avait qu'une seule famille prometteuse, avec trois petits enfants blonds. Le plus jeune braillait désespérément et sa mère le tapotait sans effet. Je me suis précipitée.

– Excusez-moi, madame. Je ne voudrais pas paraître effrontée, mais je suis très douée pour m'occuper des bébés. Puis-je calmer ce petit pour vous ? ai-je demandé avec enthousiasme.

Horrifiée, la mère s'est écartée de moi comme si j'allais lui arracher son petit trésor pour toujours.

– Je ne suis pas méchante, madame. Je vous en prie, permettez-moi de vous proposer mes services de bonne d'enfants pendant vos vacances. J'ai un excellent certificat de moralité.

– Veux-tu te sauver sur-le-champ et cesser de tourmenter ma femme, ou je serai obligé d'appeler un agent de police ! a grondé le père, l'air féroce.

Je suis partie le dos rond, humiliée, et j'ai abordé une autre famille avec des jumeaux en bas âge, mais ils ont semblé tout aussi soupçonneux. Quand j'ai commencé à parler à une troisième famille, un porteur de la gare est venu et m'a empoignée par le col. Il m'étranglait presque.

– Je ne sais pas à quoi tu joues, petite miss, mais les marchands ambulants et les mendiants sont interdits dans cette gare, alors je vais devoir te demander de passer ton chemin, a-t-il dit avec fermeté en me traînant dehors.

Je n'ai pas renoncé pour autant. J'ai guetté les familles qui se dirigeaient vers les pensions proches de la promenade et j'ai proposé mes services à chacune d'entre elles, mais elles m'ont toutes regardée avec méfiance. J'ai encore essayé quand un deuxième train de Londres est arrivé, sans plus de succès.

J'ai tenté une nouvelle tactique : j'ai arpenté les

rues de Bignor en frappant à toutes les portes où je pensais avoir mes chances pour supplier qu'on me donne du travail.

– J'accepte tout. Je suis une excellente bonne d'enfants, mais je suis aussi une servante expérimentée et une cuisinière habile – je suis particulièrement douée pour les pâtisseries. S'il vous plaît, est-ce que je peux travailler pour vous ? J'ai un bon certificat de moralité et je me contenterai du plus petit salaire. Oh, s'il vous plaît, voulez-vous m'embaucher ?

J'ai débité quelques variantes de ce laïus à de nombreuses reprises. Les gens me fermaient souvent la porte au nez. Une gentille cuisinière m'a fait asseoir dans sa cuisine et m'a donné une tasse de thé, mais ensuite, même elle m'a renvoyée. En milieu d'après-midi, j'étais épuisée, mais je n'ai pas voulu renoncer. J'ai tenté ma chance dans les boutiques, pour voir si on voudrait bien m'embaucher quelque part, mais les gens secouaient la tête les uns après les autres.

Quand il a été presque l'heure d'aller voir maman, j'ai payé un penny pour utiliser des toilettes publiques, et je me suis lavé la figure et brossé les cheveux pour essayer de me faire belle, de peur qu'elle s'inquiète. J'ai peiné sur la route du dispensaire avec ma valise.

Je suis allée droit à sa fenêtre et maman est sortie discrètement de son lit. On s'est retrouvées face à face, debout, avec rien que la vitre entre nous. Je lui ai fait un baiser sur la bouche et j'ai posé ma main contre la sienne. On est restées immobiles pendant une minute ou deux, à se regarder dans les yeux. Puis une infirmière est arrivée et a ramené maman dans son lit. Elle a tapé sur la fenêtre pour que je m'en aille.

Je ne suis pas partie tout de suite. J'ai longé le mur du dispensaire jusqu'à l'entrée principale et j'ai abordé une autre infirmière là-bas.

– Les enfants ne sont pas admis ici, ma grande, a-t-elle jeté sèchement.

– Je ne suis pas une enfant, ai-je affirmé en me dressant sur la pointe des pieds. Je travaille déjà. D'ailleurs, j'aimerais travailler *ici*.

– Fadaises ! Tu es beaucoup trop jeune.

– J'ai seize ans, bientôt dix-sept, ai-je menti.

– Allez, sauve-toi et cesse de me faire perdre mon temps.

– Je ferai n'importe quel type de travail. Je peux m'occuper du ménage. J'ai l'habitude de laver le sol. Sinon, je peux aider à la cuisine. Je faisais la cuisine pratiquement toute seule dans la dernière maison où j'ai travaillé, ai-je débité. Ou alors, peut-être qu'il y a une salle pour les enfants malades. J'ai beaucoup d'expérience avec les bébés. J'ai un bon certificat de moralité. Permettez-moi de vous le montrer.

– Va-t'en, petite sotte. J'ai dit *non*. Pourquoi tu ne m'écoutes pas ?

– Parce que je suis désespérée ! ai-je crié.

– Eh bien le dispensaire, ce n'est pas un endroit pour les jeunes filles, qu'elles travaillent ou pas. Allez, sors d'ici.

Elle m'a congédiée fermement. Je suis partie d'un pas lourd sur la promenade, en traînant ma valise et en me demandant ce que j'allais bien pouvoir faire maintenant. J'avais passé toute la journée à chercher du travail et je n'étais arrivée à rien. J'étais si fatiguée que je me suis assise un moment sur ma valise, en regardant autour de moi avec désespoir. Quand je m'étais échappée des Enfants-Trouvés, j'avais un peu mendié. Je n'avais même pas eu besoin de demander de l'argent, j'avais juste pris un air triste – mais personne ne semblait comprendre la notion de mendicité à Bignor. Les gens me regardaient à peine.

J'avais aussi vendu des fleurs avec Sissy, mais il n'y avait pas un seul marchand de fleurs en vue sur la promenade.

Comment pouvais-je gagner de l'argent, sinon ? Il ne semblait y avoir aucun autre moyen. Au moins, il me restait assez pour deux nuits de pension. J'ai décidé qu'il valait mieux que je me mette dès maintenant en quête d'une chambre bon marché.

Je suis repartie dans l'autre sens sur le front de mer, épuisée, à peine capable de mettre un pied devant l'autre. Je me suis rappelé tous les moments heureux à courir avec Charlotte et Maisie, à flâner sur la jetée, à écouter la fanfare, à m'ébahir devant les phénomènes marins de M. Clarendon… et c'est là que j'ai eu l'idée.

J'ai marché d'un pas vif, avec une détermination soudaine, jusqu'au chapiteau rouge et blanc. M. Clarendon se tenait devant, vêtu de son étrange costume rouge et coiffé de son chapeau melon, et parlait dans son haut-parleur.

– Approchez, approchez ! Venez découvrir la plus extraordinaire collection de phénomènes en chair et en os que vous verrez de votre vie ! Vous serez éblouis par Henry, avec ses cent tatouages, vous allez hoqueter de stupeur devant la Formidable Freda, notre géante…

– Excusez-moi, monsieur, ai-je dit.

– Vous voulez un billet à six pence, petite demoiselle ?

– Non, je suis déjà venue et j'ai vu tout le monde, là-dedans. Je me demandais, monsieur… aimeriez-vous une toute nouvelle attraction ?

Il m'a considérée avec stupeur.

– Qu'as-tu en tête, mamzelle ?

– Je pourrais être… Émeraude, la Stupéfiante Sirène de Poche, mi-fille mi-poisson, ai-je dit.

– Et comment vas-tu faire pour être une sirène, mamzelle ? Je ne vois pas de queue, je vois deux petits pieds dans des chaussures miteuses.

– Si je reviens demain dans la peau d'Émeraude la Sirène, vous me prendrez ?

Il m'a examinée des pieds à la tête, les yeux plissés. J'ai détaché mes cheveux pour qu'ils tombent en longue cascade rousse dans mon dos. Ses lèvres ont tressauté.

– Il faut d'abord que je voie ton costume. Je ne te promets rien. Mais je pense que tu *pourrais* faire sensation.

– Combien me paieriez-vous ?

– Ça dépend des recettes, ma grande. Il faudrait qu'on négocie.

– Très bien. Je reviens demain.

Je ne l'aimais pas beaucoup. Je trouvais particulièrement déplaisante la façon dont il m'avait reluquée des pieds à la tête. Mais si c'était mon seul moyen de gagner de l'argent pour pouvoir rester à Bignor, j'allais devoir m'y faire.

À présent, il me fallait un toit. Je n'ai essayé aucune des pensions voisines de celle de Mme Brooke. Je me suis éloignée de la mer exprès et j'ai choisi une rue aux maisons délabrées, à l'autre bout de la ville, avec des panneaux CHAMBRES À LOUER.

J'ai pris la première chambre disponible, une mansarde meublée d'un lit étroit dont les draps paraissaient affreusement sales, mais j'étais trop fatiguée pour chercher quelque chose de mieux. La logeuse était aussi crasseuse que sa literie – cheveux ternes, ongles noirs, robe luisante de taches de graisse. Mais elle était plutôt gentille et m'a monté un souper sur un plateau : saucisse froide avec une tranche de pain à la graisse, et une tasse de thé. Je n'aimais pas l'idée que ses doigts répugnants aient touché la nourriture, mais j'avais tellement faim que j'ai tout mangé quand même. Bien que les draps soient grisâtres, je me suis couchée assez volontiers, et je me suis endormie dès que ma tête a touché l'oreiller malpropre.

Le lendemain, j'ai tôt fait de me lever, de compter

mon argent et de l'envelopper dans mon mouchoir. Dès que les boutiques ont ouvert, je suis allée chez le marchand de tissu le plus proche. J'ai acheté une paire de ciseaux bien tranchants, un mètre de couturière, une plaquette d'aiguilles et d'épingles et une bobine de fil de coton vert. J'ai réfléchi, et j'ai choisi un paquet de perles de nacre, un autre de paillettes vertes, et de la belle tresse verte. J'ai encore réfléchi, et j'ai demandé deux mètres de mousseline rose pâle bon marché, avec du fil en coton rose assorti.

– C'est tout, maintenant, mademoiselle ? a fait la vendeuse en levant les yeux au ciel.

– Oui, merci. Emballez-moi tout ça dans du papier, s'il vous plaît, ai-je exigé sèchement.

J'ai marché dans la rue jusqu'à ce que je trouve un poissonnier. Je lui ai demandé deux coquilles Saint-Jacques, puis j'ai acheté un tube de colle forte dans une papeterie. Et voilà ! J'avais tout ce dont j'avais besoin, à présent.

De retour dans ma mansarde crasseuse, je me suis assise en tailleur par terre et j'ai attaqué la fabrication de mon costume de sirène. Je me suis d'abord mesurée avec le mètre, puis j'ai esquissé des formes sur les pages d'un vieux journal. Quand j'ai été certaine d'avoir trouvé le bon modèle, j'ai étalé ma robe en velours vert sur la moquette sale et j'ai pris les ciseaux. Il m'a fallu plusieurs minutes pour trouver le courage de commencer à découper. C'était ma seule robe correcte, la tenue que je m'étais confectionnée avec tant de soin. Je n'étais même pas sûre que mon idée allait marcher. Je n'avais pas assez de tissu pour découper une queue correcte d'un seul tenant. J'ai retiré la garniture devenue inutile, épinglé le patron en papier journal sur la robe et commencé à découper les formes dont j'avais besoin pour faire une queue de sirène. J'ai dû bricoler, découper un carré ici, un rectangle là, et tâcher d'assembler toutes les pièces du puzzle pour composer la queue. C'était une opération épuisante et compliquée. À plusieurs reprises, j'ai tenu le velours massacré contre ma joue et j'ai pleuré amèrement, mais ensuite, je me remettais au travail.

J'ai cousu et cousu jusqu'à avoir mal aux mains. Petit à petit, très lentement, la queue de sirène a grandi. Quand la forme de base a enfin été constituée, j'ai glissé délicatement les jambes dedans. Dieu merci, elle me moulait confortablement, comme un gant. J'ai cousu du brocart vert en bandes raides sur la fourche, au bout de la queue, puis j'ai commencé à coudre des kyrielles de petites perles et de paillettes en place, corvée fastidieuse qui aurait le mérite de donner à la queue un aspect d'écailles chatoyantes.

Mes paupières étaient secouées de tics et j'avais des crampes dans les mains, à présent, mais il me restait encore à faire le haut. Les sirènes que j'avais vues dans des livres illustrés étaient nues, même si leurs cheveux longs protégeaient plus ou moins leur pudeur. Je n'étais pas sûre que mes cheveux soient assez longs ni assez épais, et je voulais être certaine de protéger ma pudeur, alors je me suis cousu un justaucorps en mousseline rose et j'ai soigneusement collé une coquille Saint-Jacques de chaque côté pour couvrir ma poitrine (même si je n'avais pas grand-chose à cacher !). J'ai cousu d'autres perles autour des bords, puis j'ai enfilé tout le costume, je me suis brossé les cheveux et je me suis examinée dans le miroir noirci accroché au mur. Je n'étais pas sûre d'être *totalement* crédible, mais Harold le Prodigieux Bicéphale ne l'était pas non plus, après tout. J'étais décorative – et je pensais que c'était la première exigence de M. Clarendon.

J'ai rangé très délicatement mon costume dans la précieuse valise de la mère de Sarah, et je me suis mise en route. J'ai d'abord marché jusqu'au dispensaire et j'ai jeté un coup d'œil par la fenêtre. Maman était allongée à plat sur son oreiller et toussait sans fin. Mon cœur s'est serré quand je l'ai vue comme ça. Elle m'a repérée et a tenté de se lever, mais j'ai secoué frénétiquement la tête en lui faisant signe de rester au lit. J'ai articulé « Je t'aime » plusieurs fois, et je lui ai envoyé des baisers. Maman a réussi à cesser de tousser assez longtemps pour me faire un vaillant sourire et m'envoyer des baisers à son tour.

Je suis partie pour le chapiteau des phénomènes marins de M. Clarendon avec une détermination renouvelée. À chaque pas, je murmurais : « Je t'aime, maman, je t'aime, maman, je t'aime, maman » pour me donner du courage. J'étais encore intimidée et effrayée quand je me suis approchée du chapiteau rouge et blanc. M. Clarendon était dehors, dans son ridicule costume rouge, invitant tous les passants à approcher.

Je me suis plantée à côté de lui et j'ai attendu qu'il termine son laïus. Il m'a de nouveau reluquée de la tête aux pieds.

– Pour moi, tu n'as toujours pas l'air d'une sirène, a-t-il observé en remuant ses sourcils d'une façon qu'il voulait amusante.

– J'ai besoin de mettre mon costume, monsieur Clarendon, ai-je dit. Vous ne pouvez pas demander à une sirène avec une queue de marcher dans la rue.

– Ouh, c'est qu'elle est susceptible ! a-t-il commenté en gloussant. Eh bien, viens par ici, mamzelle. Je vais t'escorter jusqu'à ta loge.

Je l'ai suivi dans la tente. Nous sommes passés devant le poisson, les mouettes et le phoque triste, l'homme tatoué, Peter le Pirate et son perroquet, la Formidable Freda la géante et Harold le Prodigieux Bicéphale. Ils n'avaient pas encore tellement de public, alors ils se prélassaient et se grattaient en bâillant. Freda m'a vue et m'a fait un signe de tête amical en agitant sa grande main. Je l'ai saluée à mon tour, en faisant de gros efforts pour rester impassible.

La « loge » était un recoin exigu fermé par un rideau, au fond de la tente.

– Vas-y, alors, petite sirène, fais-nous voir un peu ta queue, a lancé M. Clarendon.

Il est resté là à se frotter les mains.

– Je ne peux pas me changer devant vous, monsieur, ai-je dit. Vous vous rendez certainement compte que ce ne serait pas convenable. Allez-vous-en, s'il vous plaît, et revenez dans cinq minutes.

– C'est qu'elle est colérique, la petite puce ! Ne commence pas à me donner des ordres. C'est moi qui donne les ordres. C'est moi le patron de cet établissement.

J'ai tenu bon.

– Oui, monsieur, et j'espère bien que vous serez mon patron… mais j'apprécierais quand même un peu d'intimité.

Il a haussé les épaules, poussé un soupir et il est parti, mais je devinais qu'il n'était pas allé très loin. J'ai espéré qu'il ne m'espionnait pas.

J'ai ouvert la valise et sorti ma robe, et je me suis introduite dans la queue sophistiquée et le justaucorps rose. Je ne pouvais pas marcher dans mon costume. Je ne tenais même pas debout. Je me suis allongée avec précaution sur la bâche sale. J'ai lâché mes cheveux et je les ai peignés vigoureusement, pour tâcher de paraître le plus ravissante possible.

Puis j'ai crié :

– Approchez, approchez, venez voir la nouvelle attraction des phénomènes marins de M. Clarendon ! Venez admirer Émeraude, la Stupéfiante Sirène de poche.

M. Clarendon est accouru en riant – puis s'est arrêté net quand il m'a vue. Mon cœur s'est mis à battre la chamade, mais je me suis forcée à rester allongée sans bouger, étendue sur le tapis de sol répugnant comme si c'était une plage de sable. Je me suis recoiffée, j'ai cambré le dos et j'ai remué les jambes pour faire onduler ma queue.

– Quelle beauté ! a-t-il commenté en me tournant autour pour m'examiner sous tous les angles. Où as-tu trouvé ton costume, petit poisson ? Tu fais de la scène ?

J'ai pris ça pour un immense compliment et j'ai murmuré quelque chose d'ambigu. S'il me prenait pour une professionnelle, peut-être me paierait-il plus cher.

– Alors, vous allez m'exhiber, monsieur Clarendon ?

– Pas qu'un peu ! Je pense qu'on peut faire de toi une bonne petite attraction. On peut te fabriquer un décor convenable… t'allonger sur un tas de sable, étaler un peu d'algues autour, quelques coquillages, pour créer l'ambiance appropriée. Je pense que tu vas attirer les garçons encore plus que Freda.

– Et combien vous me paierez ?

– Une demi-couronne par semaine… si les recettes sont bonnes. Sinon, un florin.

– Quoi ? Je pourrais gagner plus en faisant la bonne !

– Eh bien va faire la bonne, alors, petite.

– Mais… Mais je ne suis pas sûre que ça me suffise pour vivre.

– Tu auras des pourboires. Fais des clins d'œil aux

bonshommes et les pièces se mettront à pleuvoir, tu verras. Et tu peux être logée gratuitement avec le reste d'entre nous. Tu n'as qu'à partager la chambre de Freda.

Je n'aimais pas l'idée de faire des clins d'œil aux bonshommes. Et j'ai songé qu'il n'y aurait pas beaucoup de place pour moi dans la chambre si je devais la partager avec une géante. Malgré tout, rejoindre ce curieux groupe de malheureux me semblait ma seule option viable, pour le moment.

– D'accord, je vais entrer dans votre troupe, alors, ai-je dit.

– Excellent ! Tu auras toutes tes matinées de libres. Les gens n'ont pas le cœur à voir des monstres juste après le petit déjeuner, semble-t-il. On ouvre à deux heures, mais tu seras là à deux heures moins le quart pour enfiler ton costume. Ensuite, on travaille sans interruption jusqu'à minuit.

– Pendant dix heures ?

– Tu auras des pauses de cinq minutes à quatre heures et à neuf heures, et une demi-heure pour le souper à six heures et demie.

– Je peux sortir pendant ma pause pour le souper ?

– Eh bien, tu n'irais pas loin dans ce costume ! a-t-il répliqué. Non, tu souperas ici, comme les autres.

Je me suis redressée.

– Je ne suis pas comme les autres. Je me passerai de souper si nécessaire, mais je dois sortir voir quelqu'un à cette heure-là tous les jours. Je prendrai garde à être de retour à sept heures pile, en costume. Marché conclu, monsieur Clarendon ?

– Je te l'ai dit, c'est moi qui décide, pas toi, a-t-il répondu – mais il a tendu la main et serré la mienne pour sceller notre accord.

21

J'ai donc débuté ma nouvelle carrière insolite sous le nom d'« Émeraude, la Stupéfiante Sirène de poche ». J'ai emménagé dans la pension de la troupe avec M. Clarendon et le reste de ses phénomènes. M. Clarendon disposait carrément d'une suite avec plusieurs chambres pour lui tout seul, au premier étage. Quant à nous, sa troupe, nous devions nous contenter de petites chambres exiguës – mais au moins elles étaient propres, et le linge avait été lavé.

J'adressais à peine la parole au tatoué, au pirate et à Harold le bicéphale. Ils buvaient ensemble jusque tard dans la nuit et n'émergeaient qu'à midi, montant et descendant l'escalier d'un pas traînant en débardeur et pantalon, avec les yeux embrumés et une affreuse haleine de bière rance. Le tatoué et le pirate semblaient surtout s'intéresser l'un à l'autre, mais Harold me reluquait, avec sa vraie tête, et j'ai appris à m'échapper vivement pour éviter qu'il me tripote ou me pince.

Je le haïssais, et je n'aimais pas non plus les autres hommes, y compris M. Clarendon, mais je me suis prise d'une grande affection pour Freda. J'avais un peu peur d'elle au début, parce qu'elle était vraiment colossale, même quand elle n'était pas perchée sur son seau. On lui avait attribué un lit double pour loger son corps imposant. Or on m'avait dit que je devrais partager sa chambre. Cela m'angoissait beaucoup, car je craignais qu'elle se retourne brusquement dans le lit et m'aplatisse comme une crêpe. J'ai décidé de dormir par terre avec une couverture.

Quand nous sommes montées ensemble après ma première journée, interminable et éreintante, Freda a été la gentillesse incarnée.

– Pauvre petit bébé, tu dois être épuisée, a-t-elle dit. Mais quelle petite vedette tu fais ! Les garçons étaient tous ébahis !

– Ils s'attroupaient aussi autour de vous, ai-je souligné.

– Ah, mais tout ce qu'ils veulent, c'est se moquer de moi, a répliqué tristement Freda.

– Non, j'ai entendu quelqu'un dire que vous êtes une belle femme.

– Un beau monstre, plutôt, a rectifié Freda. Mais toi, tu es une vraie petite beauté, Émeraude.

Je ne lui ai pas dit mon vrai nom. Je ne voulais pas que quelqu'un apprenne un jour que Millie Plume – ou Saphir Battersea – se donnait désormais en spectacle dans une exhibition de phénomènes de foire. Je faisais croire à maman que j'avais trouvé une place respectable de bonne d'enfants. Je n'écrivais plus à Bertie ni à Jem. Je savais ce qu'ils auraient pensé de moi, bien que je ne fasse rien de mal et que mon costume, quoique exotique, soit parfaitement décent.

– Je ne suis pas belle du tout, Freda, ai-je répliqué. J'ai les cheveux roux et je suis beaucoup trop petite et trop maigrichonne.

– Je suis si grande et si costaude que personne ne remarque mes cheveux, a dit Freda.

Elle a retiré son bonnet de bain à volants pour dégager ses cheveux ; de beaux cheveux blonds, quoique légèrement clairsemés : ils couvraient à peine ses énormes épaules. Elle s'est baissée pour essayer de se regarder dans le miroir en les brossant. Elle s'est agenouillée au lieu de s'asseoir sur la chaise – de peur de la casser, sans doute. Elle pouvait à peine bouger, coincée dans cette pièce minuscule. J'ai eu pitié d'elle.

– Dites, est-ce que je peux vous brosser les cheveux ? ai-je proposé timidement. Ils ont une si belle couleur ! Ça vous va très bien, Freda.

Sa brosse à cheveux était minuscule. Toutes ses affaires étaient minuscules et délicates : son pot de crème pour le visage à la rose, sa boîte à colifichets en papier mâché, son bougeoir avec un chérubin. J'ai compris qu'il y avait une toute petite créature féminine emprisonnée à l'intérieur de la gigantesque

Freda. Je me suis retournée pour qu'elle puisse se déshabiller pudiquement, même si je dois avouer que j'ai jeté un petit coup d'œil. Son corps m'a paru encore plus extraordinaire une fois libéré de son costume de bain. Freda a vite caché son énorme masse rose sous sa chemise de nuit. Elle lui arrivait à peine aux genoux ; sur moi, en revanche, elle aurait traîné par terre comme une traîne de mariée.

J'ai enfilé ma chemise de nuit aussi, et Freda s'est émerveillée devant les marguerites toutes simples que j'avais brodées sur le corsage.

– Elles sont si jolies, Émeraude !

– J'en broderai sur la vôtre, Freda, ai-je proposé.

Elle s'est mise au lit, en faisant de gros efforts pour rester de son côté, mais elle ne pouvait pas s'empêcher de déborder du matelas et d'envahir presque toute la pièce. Ses pauvres pieds de colosse dépassaient au bout. Ils étaient calleux, hélas, car elle était obligée de marcher pieds nus : il n'existait pas de chaussures assez grandes pour elle.

À présent, j'aurais craint de paraître insultante si je m'allongeais par terre avec une couverture, alors je me suis glissée à côté d'elle dans le lit. Elle se tenait toute raide, osant à peine respirer.

– J'ai bien peur que tu sois loin d'avoir assez de place, Émeraude, a-t-elle dit tristement.

– Non, non, ça va très bien, Freda, lui ai-je assuré, même si je me cramponnais au bord du lit.

Elle a soufflé sa bougie et, dans le noir, nous sommes

devenues deux filles ordinaires. Freda m'a demandé ce qui m'avait amenée à Bignor, et je lui ai parlé de maman. J'ai un petit peu pleuré, et Freda m'a délicatement tapoté l'épaule avec son énorme main.

Je lui ai demandé si elle avait une maman, en songeant secrètement qu'elle était peut-être encore plus gigantesque que sa fille.

– J'ai perdu ma chère maman lorsque j'avais dix ans, et que je faisais déjà trente centimètres de plus qu'elle, a répondu Freda. Personne n'a le même problème, dans ma famille. Mon père et mes frères sont d'une taille normale et ma mère était toute petite, comme toi... mais elle m'aimait beaucoup et ne m'a jamais reproché d'avoir atteint une taille pareille.

– Oh, Freda ! Bien sûr que non ! Comment auriez-vous pu vous retenir de grandir ?

– Mon père avait honte de moi. Il m'a enfermée dans un placard sombre pendant des mois après la mort de maman, dans l'espoir que ça limite ma croissance.

– C'est affreux !

– Ensuite, quand j'ai eu quatorze ans, il m'a vendue à une foire ambulante pour qu'on m'exhibe comme un accident de la nature.

Freda a soupiré et tout le lit a tremblé.

– C'était très dur au début, mais maintenant, je me suis habituée. M. Clarendon est plus gentil que la plupart et me traite à peu près correctement. Je me sens un peu seule parfois, à vivre avec tous ces étrangers...

mais maintenant, j'ai ta compagnie, Émeraude ! Il ne faut pas avoir peur de moi, même si je suis très grande et bizarre.

– Je n'ai pas du tout peur de vous, ma chère Freda… et je suis enchantée de partager une chambre avec une dame aussi douce et gentille, ai-je affirmé – et j'en pensais chaque mot.

Au fil des semaines, nous sommes devenues aussi proches que des sœurs. Le matin, nous déjeunions ensemble pendant que les hommes dormaient toujours profondément. Freda ne supportait pas de se promener au bord de la mer parce que les gens la regardaient avec insistance et s'exclamaient sur son passage, mais elle aimait bien s'asseoir dans le jardin derrière la pension pour prendre l'air. Je m'asseyais près d'elle et je cousais en bavardant avec elle.

J'ai brodé de petites roses roses autour de l'encolure, des manches et du bas de sa grande chemise de nuit, ce qui l'a enchantée. Et comme je gagnais beaucoup d'argent en pourboires, j'ai décidé de faire un cadeau digne de ce nom à ma nouvelle amie. Je suis retournée chez le marchand de tissu, j'ai acheté plusieurs mètres de soie bleue et je me suis mise à lui fabriquer une vraie tenue de dame. Elle n'avait que son costume de bain et sa chemise de nuit, ainsi qu'un manteau d'homme miteux pour se tenir chaud l'hiver. Elle a pleuré de joie quand elle a touché les longueurs de soie et senti leur douceur.

– Mais c'est beaucoup trop raffiné pour moi, Émeraude. Je vais le réduire en lambeaux.

– Pas si je te fais un ensemble qui soit vraiment à ta taille. Je vais le coudre très soigneusement, avec de tout petits points très solides. Sois patiente, Freda, et tu verras. Tu vas avoir une robe magnifique, je te le promets.

J'ai fait de mon mieux pour tenir parole. J'ai dû emprunter une échelle pour mesurer Freda des épaules aux chevilles, et nous avons toutes les deux rougi affreusement quand j'ai dû dérouler le mètre pour mesurer sa poitrine, sa taille et ses hanches, mais une fois que nous avons été débarrassées de ces affronts et que j'ai pu commencer à coudre, nous avons passé des moments fort agréables ensemble.

Freda m'a proposé de me faire la lecture à voix haute des petits recueils de contes de fées que maman m'avait donnés. Je n'avais jamais laissé personne y toucher auparavant, mais j'ai trouvé cela étrangement apaisant que Freda me les lise de sa voix douce et enrouée, en tenant les petits livres dans ses énormes mains. Je me suis agitée, gênée, quand elle a commencé l'histoire de Jack le tueur de géants, mais Freda était fascinée, ébahie de découvrir un conte au sujet de ses lointains ancêtres. Cela ne l'a pas dérangée que l'auteur anonyme considère tous les géants comme des méchants. Elle semblait aimer qu'ils soient féroces et s'efforcent d'attraper les gens petits pour les donner à manger à leurs enfants ogres.

Une fois qu'elle a fini de lire tous les contes, j'ai tâché d'en inventer de nouveaux avec l'intrépide Freda et Émeraude la minuscule sirène. Elle a tellement adoré ces histoires que je les ai transcrites sur papier pour elle quand j'ai enfin terminé sa robe.

Oh, ce qu'elle a aimé cette robe en soie bleue ! Elle a tremblé de tout son corps quand nous avons fait le dernier essayage. Elle se caressait les bras, s'émerveillait de la douceur de la soie. J'ai décroché le miroir du mur et je le lui ai tenu pour qu'elle puisse se voir par morceaux, et elle a poussé de petits cris de joie.

Je n'ai pas pu lui fabriquer des bottines en chevreau ou en cuir véritable pour mettre en valeur sa robe parce que je n'avais pas le savoir-faire – ni le matériel nécessaire –, mais j'ai réussi à lui faire des guêtres en soie bleue assortie qui lui arrivaient aux mollets. J'ai renforcé les semelles avec du carton épais fixé avec ma colle.

– J'ai peur que tu ne puisses pas aller très loin avec ça, Freda, l'ai-je prévenue avec regret – mais elle semblait quand même ravie.

Elle portait fièrement sa nouvelle robe pour s'exhiber dans le chapiteau aux phénomènes. M. Clarendon lui a peint une nouvelle toile de fond représentant la promenade, avec de minuscules personnages qui montraient tous du doigt la superbe silhouette de la Formidable Freda, la géante à la mode, et s'exclamaient devant elle.

Il m'avait fait une toile de fond, à moi aussi – une mer bleue et du sable jaune – et il m'exhibait sur un tas de vrai sable volé sur la plage. Les gens étaient éblouis par Freda, mais je savais que j'étais désormais l'attraction principale. Je pense que seuls les tout petits enfants croyaient que j'étais une vraie sirène – mais les jeunes garçons et les messieurs s'attroupaient tous autour de moi avec enthousiasme, et même leurs compagnes applaudissaient en déclarant que j'étais jolie comme un cœur.

Je minaudais et souriais tant que je pouvais, même quand les garçons les plus tapageurs faisaient des réflexions grossières à mon sujet, parce que je voulais qu'ils remplissent mon bocal d'argent avec des pourboires. Je le gardais à côté de moi, peint d'anémones de mer et de poissons décoratifs, et à la fin de chaque soirée, il était plein à ras bord. Chaque fois que quelqu'un lâchait une nouvelle pièce dans le bocal et que j'entendais un réjouissant cliquetis, je pensais à maman et au fait que cela me permettrait de rester près d'elle.

Je lui achetais de petites friandises tous les jours et je soudoyais une gentille fille de salle du dispensaire pour qu'elle les lui apporte : petits pots de crème pâtissière, petites bouteilles de vin doux, belle grappe de raisin mûri en serre. Maman m'adressait toujours un sourire et un signe de tête et articulait un « merci » muet quand je la regardais par la fenêtre – mais elle semblait maigrir de plus en plus, et même quand elle était allongée dans son lit, immobile comme une statue, elle était déchirée par de violentes quintes de toux.

Puis, un soir d'horreur, elle a été prise d'une hémorragie en toussant. Du sang coulait entre ses doigts alors qu'elle avait la main plaquée sur sa bouche. Rassemblant soudain des forces désespérées, j'ai poussé le lourd battant de la fenêtre, je l'ai enjambée et j'ai couru vers le lit de maman. Je l'ai serrée fort contre moi et je l'ai caressée pendant qu'elle toussait et crachait du sang, et je lui ai répété encore et encore que je l'aimais, jusqu'à ce qu'elle s'immobilise enfin. Je tenais son pauvre corps sans vie et je ne voulais pas la lâcher. Les infirmières m'ont laissée rester là sur le lit avec maman, devinant qu'elles ne pourraient pas me déloger.

J'ai continué à lui parler tout bas, même si je savais qu'elle ne m'entendait plus. Je lui ai dit que c'était la meilleure mère du monde. J'ai énuméré toutes les tendres bontés qu'elle avait eues pour moi au fil des années, à l'hôpital, jusqu'à ce que l'obscurité se fasse dans la salle.

Là, une infirmière est venue et m'a chuchoté avec douceur :

– Nous devons faire une petite toilette à ta chère maman, mon enfant.

J'ai aidé à la laver et à peigner ses cheveux emmêlés. L'infirmière a coupé une mèche que je pourrais garder pour toujours. Nous avons enfilé une chemise de nuit propre à maman et nous avons croisé sagement ses pauvres bras maigres sur sa poitrine creuse. J'ai glissé la poche en satin contenant mes lettres sous ses doigts pour qu'elle puisse les lire au ciel et se rappeler combien je l'aimais.

– Nous allons devoir organiser l'enterrement, a dit l'infirmière. Je pense qu'elle devra être inhumée dans la fosse commune…

– Non ! Non, je vais payer pour que maman ait un enterrement comme il faut, ai-je déclaré fermement.

Je suis allée aux pompes funèbres avec mon bocal de pourboires, et j'ai découvert que c'était loin d'être assez. Cette chère Freda a insisté pour me donner le reste. L'enterrement n'a pas été grandiose. Aux pompes funèbres, ils ont énuméré les différentes options : superbes cercueils en chêne décoré avec poignées dorées, calèches noires tirées par deux chevaux noirs coiffés d'un plumeau, pleureurs professionnels en queue-de-pie et chapeau haut-de-forme… J'ai choisi l'enterrement le plus simple possible : un cercueil ordinaire, un cheval et une charrette pour le porter au cimetière, et pas de pleureurs rémunérés – juste moi.

Il ne me restait plus rien pour acheter du tissu noir et me faire une robe de deuil correcte. J'ai dû me contenter d'un ruban en velours noir noué autour du bras. Mais je vous promets qu'aucun pleureur professionnel n'a jamais exprimé de chagrin plus profond. J'ai murmuré les répons avec un zèle passionné, j'ai jeté un bouquet de fleurs sauvages sur le cercueil de maman et, quand la cérémonie s'est terminée, je me suis agenouillée sur la terre fraîchement retournée et j'ai sangloté pendant des heures.

Finalement, le pasteur est venu me voir, s'est penché sur moi et m'a posé une main sur l'épaule.

– Essaie de ne pas être trop triste, mon enfant. Ta mère est en paix, maintenant, a-t-il dit avec douceur.

Je ne pouvais pas imaginer que maman soit en paix. Je la voyais tressauter sans trêve, secouée par cette épouvantable toux.

– Maman a si affreusement souffert, ai-je hoqueté.

– Elle est débarrassée de toutes les douleurs terrestres, à présent, m'a assuré le pasteur. Rentre chez toi, maintenant, mon enfant.

Chez moi ? Où était-ce donc ? Je n'étais ici qu'à cause de maman. Sans elle, je n'avais de place nulle part.

Je suis encore restée quelques semaines, à travailler pour M. Clarendon dans son chapiteau de phénomènes. J'ai fait machinalement tout ce qu'on attendait de moi : me coiffer, croiser le regard des clients, me cambrer pour me mettre en valeur, faire tressauter ma queue de velours, en souriant sans discontinuer. Les pourboires abondaient et je souriais toujours lorsque je rapportais mon bocal plein à la pension – mais tous les soirs, je pleurais, blottie dans les grands bras délicats de Freda. J'ai souri jusqu'à ce que j'aie gagné de quoi rembourser à Freda ce qu'elle m'avait prêté, puis je lui ai annoncé que je devais partir.

– Tu vas tellement me manquer, Freda ! Tu es ma plus chère amie au monde. Mais je ne peux plus rester ici, à présent. C'est trop dur sans maman.

– Je comprends, Émeraude, mais oh ! là, là, tu vas tellement me manquer, toi aussi ! Je n'avais jamais eu d'amie avant, a répondu Freda.

– Je serai ton amie même si nous sommes loin. Je reviendrai à Bignor tous les étés, je te le promets – et chaque fois, je te coudrai une nouvelle robe de soie.

– Mais où vas-tu aller, Émeraude ?

J'y avais longuement réfléchi pendant que j'étais allongée sur mon tas de sable à mimer mon numéro de sirène. J'avais plusieurs possibilités. Je pouvais aller voir Miss Smith, à Londres, et la supplier de m'aider. C'était le plus raisonnable, je le savais, mais je n'étais pas sûre de pouvoir faire ça. Je ne voulais pas présenter d'excuses pour mon comportement chez M. Buchanan. Je ne voulais pas ramper devant elle jusqu'à ce qu'elle me prenne en pitié et me trouve une place du même genre. J'avais particulièrement peur qu'elle me fasse retourner à l'hôpital pendant qu'elle me cherchait cette place.

Je pouvais rechercher la famille Greenwood à Arundel et voir si leur proposition tenait toujours – mais à vrai dire, cette idée me rebutait aussi. Nos deux semaines ensemble me faisaient déjà l'effet d'un rêve, comme si elles n'avaient pas vraiment eu lieu. Même s'ils étaient prêts à m'accueillir chez eux, je n'étais pas sûre de le vouloir aujourd'hui. Il m'était arrivé trop de choses cet été. Je n'étais pas sûre de pouvoir redevenir un enfant avec Charlotte et Maisie. Je me sentais trop vieille et trop triste pour jouer, désormais.

Je pouvais retourner voir Bertie – ce cher brave Bertie, qui disait que j'étais son amoureuse. Mais nous n'étions pas de *vrais* amoureux. Nous n'avions certainement pas l'âge de fonder un foyer ensemble. Nous pouvions rêver à notre guise pendant nos dimanches après-midi ensemble, mais il était toujours coincé dans cette boucherie puante tous les jours, enfoncé jusqu'aux coudes dans le sang et les tripes. Il nous faudrait des années et des années avant d'avoir économisé assez d'argent pour avoir une petite maison à nous – et voulais-je vraiment vivre avec Bertie ? Ce que j'avais voulu, c'était vivre avec *maman*. Je ne voulais pas vivre où que ce soit sans elle.

J'avais eu un vrai foyer autrefois : cette petite maison que j'avais tant aimée, à la campagne. J'avais également eu une mère là-bas. Elle avait parfois été très sévère avec moi, et elle me donnait beaucoup de fessées, mais je savais qu'elle m'aimait à sa façon. Je rêvais de retrouver ses bras chauds et forts. J'avais fait partie de cette famille à une époque. Jem m'avait écrit souvent, exprimant le désir de me voir revenir. J'avais douté de lui, mais il était resté constant dans son amour pour moi. Il brûlait de me retrouver, même s'il ne me connaissait plus vraiment. Il ne connaissait que cette petite fille de cinq ans impétueuse et rigolote qui avait joué avec lui.

Je n'étais pas sûre de vouloir y retourner aujourd'hui. Je préférais aller de l'avant.

– Oh, maman, qu'est-ce que je dois faire ? ai-je dit dans le vide. Si seulement je pouvais te le demander…

Et là, j'ai su où je devais aller.

22

Le voyage en train, le dimanche, m'a paru interminable. Je m'étais acheté un friand au fromage et une pomme à la gare, mais c'était un piètre repas à côté du pique-nique de Mme Beedosh. J'étais épuisée, morte de faim et morte de soif quand je suis arrivée à la gare de Waterloo. J'ai regardé d'un air gourmand les stands de nourriture, mais je ne voulais plus dépenser un seul penny. Je ne savais pas combien me coûterait ma soirée. Il me faudrait peut-être tout mon argent.

J'ai fait le tour de la gare et trouvé un train pour Kingstown. Je me suis rappelé que j'avais fait ce voyage avec Mme Beedosh quand j'avais quitté l'hôpital. J'avais l'impression que c'était de nombreuses années plus tôt, et non quelques mois seulement. J'étais si jeune et innocente alors, si pleine d'espoir ! Tout me paraissait tellement étrange, tellement nouveau et déconcertant, mais penser à maman me réconfortait

– elle me semblait terriblement loin, à ce moment-là, mais c'était bien pire maintenant qu'elle était partie pour toujours.

J'ai fermé les yeux et pincé les lèvres. Je ne m'autoriserais pas à penser ça. Je devais croire que maman était encore là – bientôt, je pourrais peut-être même lui parler…

Cela m'a fait drôle de sortir de la gare de Kingstown en début de soirée. J'ai pensé à Bertie ; je mourais d'envie de le voir. Tiendrait-il encore à moi, ou m'avait-il déjà oubliée ? Sortait-il avec une autre fille aujourd'hui ? J'ai pensé à Kitty et à Ivy de chez le marchand de tissus. Bertie avait-il emmené Kitty faire un tour de barque sur la rivière, jusqu'à notre île secrète ? Se promenait-il dans le parc avec Ivy en imaginant mille choses fabuleuses ?

Non, Kitty aurait sûrement piaillé et fait chavirer le bateau à force de gesticuler – et cette sotte d'Ivy ne pourrait jamais imaginer quoi que ce soit d'intéressant. J'ai secoué la tête. Bertie risquait d'avoir du mal à trouver une fille digne de me remplacer.

Mais je n'étais pas là pour essayer de revoir Bertie. J'ai marché dans les rues familières jusqu'à ce que j'arrive dans Lady's Ride. Je suis passée devant la grande maison splendide de M. Buchanan et j'ai levé les yeux vers la fenêtre de son bureau. J'étais prête à lui faire un pied de nez, mais il n'y avait aucun signe du petit homme-singe. J'ai regardé l'escalier de service et j'ai hésité à passer voir cette chère Mme Beedosh – mais il commençait à se faire tard et je ne pensais pas avoir le temps. J'étais sûre que je verrais bientôt Sarah.

J'ai continué ma route, en faisant de gros efforts pour me rappeler le chemin. À un moment, j'ai dû revenir sur mes pas, soucieuse, après avoir tourné au mauvais endroit. Enfin, je me suis retrouvée dans la petite rue où des fleurs de couleurs vives ornaient les jardins. J'ai compté les maisons jusqu'à la bonne et je me suis engagée dans l'allée. J'ai vu que les stores étaient baissés.

J'ai inspiré à fond et frappé à la porte. Au bout de quelques instants, la même grande brune que la dernière fois, Emily, a ouvert et m'a regardée d'un air interrogateur.

– Bonsoir. Est-ce que Madame Bérénice donne une séance ce soir ?

– Oui. Entrez, je vous en prie.

Emily m'a examinée attentivement dans le hall faiblement éclairé.

– Je crois que vous êtes déjà venue nous voir…

– Oui, avec Sarah.

– Ah ! Vous êtes la petite fille qui s'est enfuie ! Je crois que votre frère vous avait contactée depuis le monde des esprits et que ça vous avait fait un peu peur.

– Ça m'a fait très peur ! Je n'ai jamais aimé ce frère.

– Mais vous souhaitez de nouveau communiquer avec lui ?

– Non ! Non, je suis là parce que… ma chère

maman est morte et je souhaite désespérément entrer en contact avec elle.

– Oh, ma pauvre enfant ! Eh bien, je suis sûre que Madame Bérénice fera de son mieux. Voulez-vous laisser votre paiement dans la coupelle en argent sur le guéridon ? Ce sera cinq shillings pour entendre sa voix, et dix pour une matérialisation totale. Cela dit, j'ai bien peur qu'il n'y ait pas de garanties. Les esprits sont des êtres capricieux et ne viennent pas toujours quand on les appelle.

– Je comprends, ai-je dit en comptant mon argent. Voilà !

J'ai lâché une poignée de pièces de trois pence, de six pence et de un shilling qui a cliqueté en tombant dans la coupelle.

Les yeux noirs d'Emily sont passés sur les pièces pour – de toute évidence – les compter.

– Oui, il y a le compte, a-t-elle déclaré. Suivez-moi.

Elle m'a entraînée dans la pièce sombre. Comme la dernière fois, je ne distinguais pratiquement rien. J'ai perçu plutôt que vu les autres clients.

– Venez vous joindre à nous, mon enfant, a fait la voix grave et saisissante de Madame Bérénice.

J'ai cherché à tâtons les chaises entourant la table.

– Millie ! C'est toi ? a chuchoté Sarah.

Elle a tendu le bras et m'a pris la main.

– Oh, Millie, nous nous sommes fait tant de souci pour toi ! Comment vas-tu, ma belle ? Tu es venue ici exprès pour me retrouver ?

– Je… Je suis venue ici pour retrouver… quelqu'un d'autre, ai-je admis. Oh, Sarah, ma maman…

Je n'ai pas pu continuer, mais elle a compris et m'a pressé la main plus fort.

– Oh, ma pauvre enfant ! Je suis vraiment désolée. Mais tu es venue au bon endroit. Tu vas être merveilleusement réconfortée, a-t-elle affirmé.

Emily chuchotait à l'oreille de Madame Bérénice.

– Je crois que vous avez demandé une matérialisation, Millie ? a demandé Madame Bérénice. J'ai peur que Sarah en ait demandé une aussi, et il ne peut y en avoir qu'une seule par soir. Il n'y a pas de plus grand miracle de la nature, mais cela demande un énorme effort de convoquer la matière psychophysique. Je n'arriverai pas à faire deux projections pareilles en si rapide succession.

– Faites la matérialisation de Millie, alors, Madame Bérénice, a dit Sarah. J'ai déjà vécu ce miracle de nombreuses fois.

– C'est très généreux à vous, Sarah, a commenté Madame Bérénice.

– Merci ! Oh, merci mille fois ! me suis-je exclamée en sautant au cou de Sarah.

– Allons, allons, du calme, mon enfant. Concentrons-nous. Les esprits sont agités, ce soir, impatients de communiquer. Nous allons nous tenir les mains à nouveau et voir qui viendra nous rendre visite en premier.

Je me suis assise entre Sarah et une vieille dame

qui me serrait de sa petite main grêle couverte d'une mitaine. J'apercevais vaguement la vieille assise près d'elle, de l'autre côté, et la silhouette affaissée de M. Brown. Il y avait trois autres femmes. La soirée allait être très longue. Mon cœur tambourinait contre ma poitrine. Maman allait-elle venir ? Est-ce qu'elle me parlerait ? Allais-je revoir son cher visage ?

– Il y a quelqu'un ? a demandé Madame Bérénice de sa voix de gorge. Oui ! Oui, il y a là un enfant, un petit gars impatient.

Sa voix s'est faite douce et flûtée.

– Bonjour, mon cher papa !

– C'est mon petit Cédric ! s'est écrié M. Brown en s'étranglant d'émotion.

Nous sommes restés assis en cercle pendant que le petit Cédric babillait à propos de tout et de rien et que M. Brown versait des larmes de joie. Puis des amoureux perdus depuis longtemps et des époux adorés se sont exprimés chacun à leur tour. Ils ont parlé de paix céleste, de lumière éclatante et d'harmonie cosmique, mais ils n'ont rien dit de précis sur le monde des esprits. Ils étaient tous très tendres, mais leurs messages paraissaient insupportablement ennuyeux et le temps passait lentement dans cette pièce sombre et étouffante. Ils s'enquéraient poliment de la toux ou des problèmes de dos de quelqu'un. L'une des vieilles dames du monde des esprits a expliqué à son amie assise dans la pièce comment préparer une tisane de menthe bénéfique.

Je m'agitais désespérément, en rêvant qu'elle se *dépêche*. Peut-être que maman attendait de pouvoir en placer une pendant qu'on nous conseillait solennellement d'ajouter une cuillerée de sucre à chaque tasse de menthe.

J'ai réussi à modérer mon impatience quand le tour de Sarah est enfin arrivé, et sa mère lui a parlé avec douceur et chaleur, comme si la grande et volumineuse Sarah était redevenue une petite fille. Je pouvais à peine respirer, à présent. C'était mon tour ! Est-ce que ma mère à moi allait venir de son nouveau foyer dans le monde des esprits pour me parler ?

– Il y a quelqu'un ici ? Un nouvel esprit pressé de rassurer sa petite fille ? a demandé Madame Bérénice.

Pas de réponse.

– Il y a quelqu'un ? a-t-elle répété.

Nous avons attendu, toujours en vain.

J'ai laissé échapper un petit sanglot, et la main de Sarah a pressé la mienne.

– Tu ne veux pas venir, maman ? ai-je murmuré dans le noir.

– Chut, mon enfant. Les esprits ne peuvent communiquer qu'à travers moi, a dit Madame Bérénice. Nous devons tous nous tenir les mains, fermer les yeux et prier pour une matérialisation. Je sens une présence… mais les esprits sont timides, surtout lorsqu'on leur demande de se matérialiser.

Nous nous sommes pris les mains, puis nous avons fermé les yeux et attendu. Enfin, j'ai entendu un léger bruissement de tissu. J'ai ouvert les yeux. Une silhouette indistincte, entièrement vêtue de blanc vaporeux, se tenait près de nous et avançait très lentement vers moi. Son visage était couvert d'un long voile blanc.

– C'est *toi*, maman ? ai-je demandé. Oh, Madame Bérénice, est-ce que c'est vraiment ma mère ?

– Je suis bien ta chère maman, Millie, a chuchoté une voix étrange.

– Tu as une voix si… si différente, maman. Ça va ? Tu tousses toujours ?

– Il n'y a pas de maladies dans le monde des esprits, ma chérie. Je suis en parfaite santé maintenant. Je suis très heureuse. Il ne faut pas avoir de chagrin pour moi, Millie.

Elle a continué à s'approcher sans bruit. Elle marchait lentement, avec une grâce étrange, au milieu des bruissements de sa robe.

Maman avait toujours marché à pas rapides et pressés.

Elle s'est penchée devant moi. Elle était grande et majestueuse.

Maman était à peine plus grande que moi.

Elle s'est penchée davantage et j'ai senti son eau de toilette à la rose.

Maman n'avait jamais utilisé d'eau de toilette de sa vie – elle avait simplement l'odeur tiède et douce de sa peau.

Elle a posé des lèvres lisses et fraîches sur mon front pour m'embrasser.

Les lèvres de maman étaient gercées et rugueuses parce

qu'elle les léchait nerveusement – et elle ne m'embrassait jamais sur le front. Elle m'embrassait sur les joues et la bouche, et parfois sur le bout du nez quand elle était d'humeur joueuse.

– Maman ? ai-je dit.

– Ma petite fille chérie.

Je n'étais pas du tout sa petite fille chérie. Ce n'était pas ma mère. Je me suis mise à trembler. Je savais qui c'était : Emily, la grande femme qui m'avait ouvert et pris mon argent. La sœur – et la complice – de Madame Bérénice. Je voulais arracher son grand voile blanc de sa tête, allumer la lumière et l'exposer devant tous ces gens qui étaient assis là si sottement, qui dépensaient leur argent semaine après semaine pour une ruse frauduleuse. Mais je suis restée figée. Je me suis mordu la lèvre pour m'efforcer de ne pas exploser de colère.

Tous ces gens assis avec moi dans l'obscurité y croyaient profondément. Ma chère amie Sarah ne vivait que pour ces moments avec sa « mère ». Et ce soir, pour me faire plaisir, elle avait renoncé à ses espoirs de la voir se matérialiser. Je ne pouvais pas lui enlever la plus précieuse consolation de son âpre existence.

Alors j'ai tenu ma langue pendant que cette horrible fausse maman m'embrassait encore et faisait le tour de la table, sous les cris émerveillés des autres. Elle m'a dit d'être courageuse et m'a promis de veiller sur moi et de me rendre visite souvent le dimanche soir. Puis Madame Bérénice nous a de nouveau enjoint de fermer les yeux et de remercier cette extraordinaire apparition venue du monde des esprits.

J'ai gardé les yeux ouverts et j'ai regardé la femme en blanc s'éclipser en silence par la porte. J'ai attendu, pendant que Madame Bérénice murmurait dans son charabia de spiritiste, en inspirant par à-coups comme si elle venait de courir. Puis elle a demandé de la lumière. Emily est revenue avec une lampe. Elle était habillée tout en noir, à présent. Évidemment, elle avait fourré sa tenue blanche de fantôme dans quelque placard. Il me semblait tout à fait évident que c'était elle, l'apparition qui s'était fait passer pour maman. Elle avait la même stature, la même démarche et le même parfum – mais les autres ne s'en rendaient pas compte. Enchantés par le succès de la soirée, ils se sont regroupés gaiement autour de moi.

Sarah m'a serrée dans ses bras avec chaleur.

– Je suis si heureuse pour toi, Millie !

Les autres m'ont tapotée affectueusement et m'ont félicitée.

– Remercie Madame, Millie, m'a dit Sarah. Elle a travaillé dur pour toi.

J'ai regardé Madame Bérénice. Je la trouvais pire que M. Clarendon. Lui, au moins, il ne faisait payer que quelques pennies par personne, et il ne s'attaquait pas spécifiquement aux gens en deuil. Je me suis penchée vers elle et je lui ai chuchoté quelque chose à l'oreille, sous son turban, de façon qu'elle seule puisse m'entendre :

– Vous êtes une odieuse fraudeuse. Je veux qu'on me rende mes dix shillings !

Elle m'a observée, les yeux plissés, tandis que ses lèvres maquillées affichaient un sourire forcé. Elle n'a pas répondu, n'a eu aucune réaction – mais à la porte, au moment où je sortais, Emily m'a attrapée par l'épaule avec une certaine brusquerie et m'a tendu un billet de dix shillings.

– Prends ça et ne reviens jamais, a-t-elle sifflé.

Puis Sarah m'a rejointe, toujours aussi innocemment heureuse pour moi. J'ai dû continuer à faire semblant, même si, au fond de moi, j'avais le cœur brisé. J'aurais tant voulu être convaincue par cette matérialisation maladroite, mais j'étais trop proche de ma chère maman pour être dupée par des charlatans.

Sarah jacassait au sujet de sa chère maman à elle. Je l'ai écoutée tristement, en m'efforçant de lui donner des réponses encourageantes.

– Mais parle-moi de toi, maintenant, ma chère Millie. Comment vas-tu ? Tu as un nouveau travail ? Viens prendre le thé avec Mme B. et moi et raconte-nous tout !

Elle s'est montrée si persuasive, en me prenant le bras et en me souriant avec affection comme si j'étais une sœur qu'elle retrouvait après une longue séparation, que j'ai accepté sa proposition. Je n'avais pas d'autre endroit où aller, après tout.

Cela m'a fait tout drôle de m'approcher de la maison de M. Buchanan et de descendre l'escalier de service. Sarah a levé le nez et regardé avec appréhension la fenêtre du bureau faiblement éclairé, mais M. Buchanan était à sa table, hors de vue. Sarah a tout de même posé un doigt sur ses lèvres, et j'ai descendu les marches sur la pointe des pieds, sans bruit, comme une ombre.

Une merveilleuse odeur de tourte salée toute chaude envahissait la cuisine. La table était mise pour le souper. Mme Beedosh était en train de couper sa tourte. Elle s'est immobilisée de façon théâtrale quand elle m'a aperçue, puis s'est précipitée vers moi, lâchant heureusement son couteau avant de m'enlacer, et m'a serrée de toutes ses forces contre sa poitrine rembourrée.

Mais il y avait une autre personne dans la cuisine – une jolie petite blonde aux cheveux bouclés et aux grands yeux bleus, presque aussi bleus que les miens.

– Qui es-tu ? ai-je demandé, interloquée.

Elle m'a souri gentiment.

– Je m'appelle Rose-May. Je sais exactement qui tu es, toi. Tu es la vilaine Millie Plume ! J'ai entendu tellement d'histoires à ton sujet !

– Rose-May est notre nouvelle petite servante, a expliqué Mme Beedosh – et elle lui a donné une petite tape affectueuse sur la tête. Elle commence à bien connaître le métier, maintenant.

J'ai regardé la tourte fumante, avec sa pâte croustillante et dorée, bien levée, élégamment piquetée de petits trous sur tout le tour.

– C'est toi qui as fait la tourte ? ai-je demandé à Rose-May.

Elle a acquiescé fièrement, en pliant les doigts.

– Mme Beedosh dit que je les fais tout en légèreté, a-t-elle déclaré.

– Eh bien, c'est formidable, ai-je dit.

J'ai regardé Sarah, qui retirait sa coiffe, les joues encore rouges d'excitation après son échange avec sa mère.

– Pourquoi n'as-tu pas accompagné Sarah chez Madame Bérénice ? ai-je demandé à cette petite mijaurée de Rose-May. Elle ne t'a pas demandé ? Moi, j'y allais avec elle pour m'assurer qu'elle n'allait pas tomber en pâmoison.

– Je me soucie de Sarah, bien sûr, mais je ne pourrais en aucun cas l'accompagner à cette soirée. Je suis baptiste et nous réprouvons les réunions de spiritisme et ce genre de choses.

– Rose-May est très dévote, a commenté Sarah, qui semblait éprouver pour elle un respect mêlé de crainte.

– M. Buchanan m'a envoyée à la Baptist Society pour trouver une nouvelle bonne à tout faire, a dit Mme Beedosh. Il voulait une brave fille docile qui ne causerait pas de problèmes. Il ne tenait pas à courir le risque d'embaucher une autre enfant trouvée ! Mais dis-moi, Millie, qu'est-ce que tu fais ici ? Tu as croisé notre Sarah par hasard ?

– Chut, madame B., la pauvre Millie a beaucoup souffert. Sa mère est décédée cet été.

– Oh, chère enfant, je suis vraiment désolée, a dit Mme Beedosh.

– Mais Millie a retrouvé sa chère mère ce soir. N'est-ce pas merveilleux ? s'est exclamée Sarah, toujours aussi rose et radieuse après tant d'excitation.

– Je ne suis pas sûre que j'aurais choisi le mot « merveilleux », a répliqué Mme Beedosh. Regarde l'état de la pauvre fille. Blanche comme un linge, et plus maigre que jamais.

Elle m'a entraînée avec douceur vers la table et m'a fait asseoir sur le banc.

– Mange une part de tourte, mon enfant, m'a-t-elle ordonné.

– Pauvre Millie ! a fait Rose-May.

Elle a baissé la tête, joint les mains et déclaré pieusement :

– Pour ce que nous allons recevoir, puissions-nous être sincèrement reconnaissants. Amen.

Pour être sincèrement reconnaissante qu'on m'offre une part de tourte, je l'étais, et je suppose qu'elle était délicieuse, mais j'ai eu du mal à manger. J'ai mastiqué longuement et péniblement la viande de lapin, mais je n'arrivais pas à la faire descendre.

– Tu n'aimes pas la tourte au lapin, Millie ? m'a demandé Mme Beedosh. Le jeune Bertie nous a apporté un beau lapin bien gras et déjà dépecé.

– Il a dit qu'il allait me faire une petite étole en

fourrure avec toutes ses peaux de lapin, a raconté Rose-May en gloussant.

J'ai regardé avec des yeux ronds son ravissant petit visage minaudier. J'avais envie de l'enfoncer dans sa maudite tourte. Mon estomac s'est soulevé.

– Excusez-moi, ai-je hoqueté, la main sur la bouche.

Je suis sortie de la cuisine en courant, et j'ai foncé vers les horribles toilettes du jardin. J'ai entendu Sarah demander si ça allait, et Rose-May dire qu'il fallait peut-être me suivre, et Mme Beedosh dire :

– La pauvre petite, c'est vraiment une orpheline, maintenant.

Je suis arrivée aux toilettes juste à temps, car j'ai été affreusement malade. Ensuite, je suis restée debout dans le noir, les yeux fixés sur le croissant de lune, pendant que des larmes coulaient sur mon visage. Je ne supportais pas l'idée de retourner dans la cuisine. Je n'y avais plus ma place. Je n'avais plus ma place nulle part. Je ne comptais plus pour personne, à part maman – et maintenant, je l'avais perdue pour toujours. J'étais orpheline.

Tu n'es PAS orpheline !

C'était la voix de maman, nette et claire, comme si elle était juste à côté de moi dans le clair de lune.

– Oh, maman, c'est vraiment toi ?

Bien sûr que c'est moi, bécasse. Tu ne reconnais pas ta mère ?

– Mais… Mais comment est-ce possible ? Est-ce que Madame Bérénice t'a fait apparaître, finalement ?

Cette odieuse crapule enturbannée ! Comme si j'allais m'abaisser à parler à travers ELLE ! Maintenant, écoute-moi bien, ma chérie. Tu n'es PAS orpheline. Il te reste un parent en vie.

– Tu veux dire... ?

Et si tu essayais de retrouver ton père ?

– Mais... Mais tu as dit qu'il ne savait même pas que j'existe !

Alors peut-être qu'il est temps de le lui dire !

– Mais, maman...

Il n'y a pas de « mais ».

– Je ne suis pas sûre de vouloir un père. C'est toi que je veux. Je veux sentir tes bras autour de moi. Tu ne peux pas te matérialiser d'une manière ou d'une autre ?

Nous n'avons pas besoin de ça, ma chérie. C'est TOI *qui as les bras autour de moi... parce que je suis dans ton cœur.*

J'ai croisé les mains sur ma poitrine. J'ai senti mon cœur qui battait frénétiquement, mon sang qui pulsait dans mon corps, et ça m'a picotée de partout. Je suis restée là, toujours en larmes, même si j'étais heureuse à présent. Je n'étais plus seule.

– Merci, maman, ai-je chuchoté dans le noir.

Je serai toujours avec toi, Millie.

– Je ne suis plus Millie, maman, je suis Saphir Battersea... et je vais retrouver mon père.

À suivre…

Jacqueline Wilson

L'auteur

Jacqueline Wilson est née à Bath, en Angleterre, en 1945. Fille unique, elle se retrouvait souvent livrée à elle-même et s'inventait alors des histoires. Elle a toujours rêvé d'être auteur et a écrit son premier roman à neuf ans ! Elle se souvient ensuite, adolescente, avoir rempli des dizaines de cahiers. À seize ans, elle devient journaliste d'un magazine pour adolescentes qui porte son nom : *Jackie*. Après son mariage et la naissance de sa fille Emma, Jacqueline Wilson travaille pour différents journaux. À vingt-quatre ans, elle écrit une série de romans policiers pour adultes puis se lance dans l'écriture de livres pour enfants, domaine qu'elle n'a plus quitté depuis 1990. Ses histoires, pleines d'émotion, de vérité et d'humour, font d'elle un écrivain majeur de la littérature jeunesse, adorée de ses millions de lecteurs (et lectrices !), et l'auteur le plus emprunté dans toutes les bibliothèques britanniques. Children's Laureate de 2005 à 2007, c'est une formidable ambassadrice du livre pour enfants. Grande lectrice, elle possède des milliers de livres.

Du même auteur chez Gallimard Jeunesse

FOLIO CADET

Le Site des soucis, n° 440

Lulu Bouche-Cousue, n° 425

Ma chère momie, n° 419

Soirée pyjama, n° 465

FOLIO JUNIOR

À nous deux ! n° 966

La Double Vie de Charlotte, n° 910

Les Malheurs de Millie Plume, n° 1647

Lola Rose, n° 1335

Maman au bois dormant, n° 1642

Ma meilleure amie, n° 1387

Maman, ma sœur et moi, n° 1037

Mon amie pour la vie, n° 1301

Poisson d'avril, n° 1241

Reviens, papa ! n° 1441

Un cœur brisé, n° 1488

Les aventures de Jenny B.

La Fabuleuse Histoire de Jenny B., n° 1267

Un nouveau défi pour Jenny B., n° 1424

Un rôle en or pour Jenny B., n° 1514

GRAND FORMAT LITTÉRATURE

Les Malheurs de Millie Plume

Une Nouvelle Vie pour Millie Plume

SCRIPTO

Kiss

Nick Sharratt

L'illustrateur

Né à Londres en 1962, **Nick Sharratt** a toujours aimé dessiner. Diplômé de la St Martin's School of Art de Londres en 1984, il devient illustrateur de livres pour enfants, et travaille également pour la presse. Il met en images tous les livres de Jacqueline Wilson, depuis leur première collaboration, en 1991, pour *La Fabuleuse Histoire de Jenny B*. Ses dessins, pleins d'humour et de malice, s'harmonisent parfaitement au style de chacune des histoires de Jacqueline. Il est également auteur et illustre ses propres albums, toujours très drôles et inventifs.

Découvre d'autres livres
de **Jacqueline Wilson**

dans la collection

folio junior

LES MALHEURS DE MILLIE PLUME

n° 1647

Pétillante, généreuse, fougueuse, Millie Plume grandit heureuse à la campagne dans la famille qui l'a recueillie et qui l'aime tant. Hélas, le bonheur ne dure pas. Elle doit partir pour l'orphelinat. Comment supporter cette nouvelle vie aux règles si sévères ? Grâce à son caractère bien trempé, une sacrée joie de vivre et aussi des amis… Mais ce qui anime par-dessus tout notre héroïne, c'est un rêve caché : retrouver un jour sa véritable mère.

LA FABULEUSE HISTOIRE DE JENNY B.

n° 1267

« Il était une fois une petite fille qui s'appelait Jenny Bell… » On dirait le début d'un conte de fées. Pourtant, la vie de Jenny n'a rien d'un conte de fées. D'ailleurs, elle déteste les contes de fées. Elle a dix ans, elle habite dans un foyer pour enfants parce que sa mère est partie. Mais elle est sûre qu'un jour sa mère reviendra la chercher. En attendant, elle a décidé d'écrire son histoire. Une histoire qui finira bien, c'est ce qu'elle espère…

UN NOUVEAU DÉFI POUR JENNY B.

n° 1424

Jenny Bell a enfin été adoptée par Cam, une romancière qui était venue parler de son métier dans son foyer. Au début, c'est le bonheur parfait, mais très vite, Jenny se rebelle. Elle voudrait que Cam lui achète des vêtements de marque et qu'elle cède à tous ses caprices. Elle déteste son école : au lieu d'aller en cours, elle invente des défis avec ses copains. Aussi, lorsque sa mère réapparaît brusquement, Jenny choisit de quitter Cam pour vivre avec elle…

UN RÔLE EN OR POUR JENNY B.

n° 1514

Cette année, on va jouer *Un conte de Noël* avec l'école. Ça tombe bien, j'adore faire la star, comme ma mère ! D'ailleurs, elle a promis de me rendre visite au foyer pour Noël. Cam, qui espère m'adopter, est vraiment super avec moi, elle m'aide à répéter en attendant le grand jour mais le plus important pour moi, c'est que maman soit là pour la pièce.

REVIENS, PAPA !

n° 1441

Un matin de Noël, Emie surprend Frankie, le petit ami de sa mère, père de son frère et de sa sœur, au téléphone avec une autre femme. Il annonce qu'il va quitter leur mère pour aller vivre en Écosse avec sa nouvelle compagne. Les enfants doivent-ils continuer à espérer qu'il revienne ? De désillusion en désillusion, ils réalisent qu'on ne peut pas toujours compter sur les adultes. Heureusement, Emie les console en leur racontant de belles histoires, plus abracadabrantes les unes que les autres…

MAMAN AU BOIS DORMANT

n° 1642

Chère maman,
Je sais que tu ne peux pas lire cette lettre, mais j'ai tellement de choses à te raconter. Je fais un dossier sur les baleines pour l'école. Tu savais qu'elles aiment chanter ? Tu les imagines, en train de faire des vocalises au fond de l'océan ? La prochaine fois que je viendrai te voir à l'hôpital, je te ferai écouter leur chant magique, d'accord ? Si seulement ça pouvait te réveiller.
Mille millions de bisous,
Ella

MA MEILLEURE AMIE

n° 1387

Alice et moi, nous sommes nées le même jour, dans la même ville, dans le même hôpital et depuis, on ne se quitte plus. On va dans la même école, on partage tout, on n'a aucun secret l'une pour l'autre. Mais les parents d'Alice veulent déménager à l'autre bout du pays. Pas question que je reste seule ici, et qu'on m'enlève mon amie. Je vous le promets, rien ne pourra jamais nous séparer !

POISSON D'AVRIL

n° 1241

« On me surnomme Avril Fontaine, parce que je pleure… comme une fontaine. C'est déjà mieux que Poisson d'avril, parce que je suis née le 1er avril… et, en tout cas, c'est beaucoup, beaucoup mieux que Bébé-poubelle, parce qu'on m'a trouvée dans une poubelle. Aujourd'hui, j'ai quatorze ans et j'aimerais comprendre. Comprendre d'où je viens, qui je suis et qui est ma vraie famille. »

Le papier de cet ouvrage est composé de fibres naturelles,
renouvelables, recyclables et fabriquées à partir de bois
provenant de forêts gérées durablement.

Mise en pages : Maryline Gatepaille

Loi n° 49-956 du 16 juillet 1949
sur les publications destinées à la jeunesse
ISBN : 978-2-07-064876-4
Numéro d'édition : 244431
Dépôt légal : février 2014

Imprimé en Espagne par Novoprint (Barcelone)